雪国

ゆきぐに

川端康成 著

陈德文 译

华东师范大学出版社

·上海·

图书在版编目（CIP）数据

雪国/（日）川端康成著；陈德文译. —上海：
华东师范大学出版社，2022
ISBN 978 - 7 - 5760 - 3304 - 5

Ⅰ. ①雪… Ⅱ. ①川…②陈… Ⅲ. ①中篇小说—
日本—现代 Ⅳ. ①1313. 45

中国版本图书馆 CIP 数据核字（2022）第 184154 号

雪国

著　　者	［日］川端康成
译　　者	陈德文
策划编辑	许　静　陈　斌
责任编辑	乔　健
审读编辑	许　静　李玮慧
责任校对	姜　峰　时东明
装帧设计	吴元瑛
内文设计	卢晓红

出版发行　华东师范大学出版社
社　　址　上海市中山北路 3663 号　邮编 200062
网　　址　www.ecnupress.com.cn
电　　话　021 - 60821666　行政传真 021 - 62572105
客服电话　021 - 62865537　门市（邮购）电话 021 - 62869887
地　　址　上海市中山北路 3663 号华东师范大学校内先锋路口
网　　店　http://hdsdcbs.tmall.com

印 刷 者　上海中华商务联合印刷有限公司
开　　本　890 毫米×1240 毫米　1/32
印　　张　13.25
插　　页　12
字　　数　243 千字
版　　次　2023 年 3 月第 1 版
印　　次　2023 年 3 月第 1 次
书　　号　ISBN 978 - 7 - 5760 - 3304 - 5
定　　价　69.00 元

出 版 人　王　焰

目 录

雪国

一

穿过国境长长的隧道①，就是雪国。夜的底色变白了。火车停在信号所②旁边。

姑娘从斜对面的座席上站起身走过来，落下岛村面前的玻璃窗。冰雪的寒气灌入车厢。姑娘将上半身探出窗外，填满了整个窗户，似乎对着远方喊叫：

"站长——！站长——！"

一个手里拎着信号灯的汉子慢悠悠踏雪走来，他的围

① 此处指上越线清水隧道，位于三国山脉上野国（今群马县）和越后国（今新潟县）国境线上，全长 9 702 米。1922 年 8 月开工，1931 年 9 月完成。1934 年作者两访越后汤泽，翌年开始写作《雪国》，1935—1937 年分期连载。1937 年由创元社发行初版，1948年该社出版《雪国》最终版。

② 车站间距过长时，为方便快车追越慢车，或单线时反向来车通过，为安全起见，按规定凡先到列车进站前需为前后来车让道时，应暂时停靠于专用"待避线"躲避，并设信号指示，谓之信号所。上越线 1931 年全线开通后，至 1967 年复线完成之前，一直是单线运输。清水隧道出口附近信号所，于 1941 年 1 月改设为土樽车站，多为四季登山者所利用。

巾裹着鼻子，帽子的毛皮耷拉在耳朵上。

已经这么冷了吗？岛村向外一望，山脚下散散落落，点缀着铁路员工的木板房，寒颤颤的，雪色尚未到达那里，就被黑暗吞没了。

"站长，是我，您好啊。"

"哦，这不是叶子姑娘吗，回来啦？天又冷起来喽！"

"听说我弟弟这次来这里工作，请您多多关照啊！"

"这地方眼看要变得冷清了。他年纪轻轻，怪可怜的。"

"他还是个孩子，站长，您可要多指点呀，拜托啦！"

"别担心，他干得很起劲。不久就要大忙起来了。去年雪很大，经常发生雪崩，火车开不动，村里人都忙着给旅客烧火做饭呢。"

"站长看样子穿得很厚实呀。可我弟弟在信上说，他还没有穿背心。"

"我都四件啦，年轻人一冷就拼命喝酒，横七竖八地躺在那儿，岂不知这会感冒的。"

站长朝着员工住房挥动一下手里的信号灯。

"我弟弟也喝酒吗？"

"不。"

"站长，您这就回家吗？"

"我受了伤，跑医院呢。"

"哎呀，真苦了您啦！"

和服外面穿着外套的站长，大冷天不想站在那里继续聊下去，他转过身子。

"好吧，多保重。"

"站长，弟弟今天没来上班吗?"叶子两眼搜索着雪地。

"站长，请您好好照看我弟弟，谢谢啦!"

话声优美得近乎悲戚。高扬的嗓音自夜雪上空回荡四方。

火车开动了，她没有从窗外缩回身子。就这样，火车追上走在铁道边的站长。

"站长——! 请转告我弟弟，下次放假一定回家一趟!"

"好的。"站长高声答应。

叶子关上窗户，两手捂着红扑扑的面颊。

这里是国境上的山区，准备了三台扫雪车。隧道南北拉上电力雪崩警报器，配备着五千人次扫雪夫和两千人次青年消防队员，随时应对突发事件。

看样子，铁道信号所不久将被大雪埋没，这位叶子姑娘的弟弟，打今年冬天起就开始在这里上班了。岛村知道了这些，对她更加感兴趣了。

然而，说是"姑娘"，只是凭着岛村这么看，和她一道来的那个男子是她什么人，岛村当然无从知道。两个人的举止虽说像夫妻，但那男子明显是个病人，同病人在一起，男女之间的界限就不那么分明，照料得越细心，看上去就越像夫妇。实际上，一个女人照顾一个比自己年龄大的男子，那一副年轻母亲的情怀，在别人眼里就像夫妻一般。

岛村只孤立地注意她一个人，看那姿态，他执意认定她是个姑娘。不过，他始终盯着窗玻璃这种奇妙的观察方式，也许平添了他本人过多的感伤之情。

约莫三个小时之前，岛村百无聊赖之余，不住晃动左手的食指，仔细观看，他想借助这根手指，清晰地回忆起将要会见的那个女人。然而，越是急于回想，越是不可捉摸，朦胧之中只是觉得这根指头至今依然濡染着女人的肤香，把自己引向远方那个女子的身边。他一边奇妙地遐想，一边把手指伸到鼻子底下嗅着，一不留神，指头在窗玻璃上画了一条线，那里清楚地浮现出女人的一只眼睛。他几乎惊叫起来了。但是，那只是一心想着远方的缘故，定睛一看，没有什么可奇怪的，映出的是对过座席上的那个女人。外面的天色黑下来了，车厢里亮起了灯。于是，窗玻璃变成一面镜子。不过，由于通了暖气，玻璃上布满水蒸气，不用手指揩拭，是不会成为镜子的。

姑娘的一只眼睛，反而显得异样美丽。岛村将脸凑近车窗，蓦然装出一副观看黄昏暮景而泛起满脸乡愁的神情，用手掌揩拭着玻璃。

姑娘微微俯着前胸，一心一意看着躺在面前的男子。她的肩膀显得有些吃力，稍稍冷峻的眼睛一眨也不眨，由

6

此可知她是多么认真。男人枕着车窗，两腿蜷在姑娘的身旁，翘着脚尖。这是三等车厢。他们不是在岛村相邻的一排座席，而是坐在前排对面的座席上。因此，横卧的男子，只在玻璃上映出到耳根的半个面孔来。

姑娘和岛村正好相互斜对面坐着，因此他看得很清楚。他们上车时，岛村被姑娘那副冷艳娇美的面容惊呆了。当他低下眉头的一刹那，一眼看到姑娘的手被那男子青黄的手紧紧攥住，再也不愿意向那边转头了。

镜中的男子一心一意望着姑娘的胸脯，浮现出一副安详而平静的神色来。他那久病的身体虽然很衰弱，却显出一种甜美的调和。他枕着围巾，再从鼻子下面将嘴巴盖严，然后再向上包紧面颊。一会儿滑落下来，一会儿缠到鼻子上。男人眼睛将动未动之际，姑娘便轻轻地为他重新围好。两个人若无其事地重复同一个动作，连岛村都看得心烦意乱。还有，男人包在腿上的外套，下摆不时张开、垂挂下来，姑娘也会立即发现，随时给他裹紧。这一切都显得十分自然。看那情形，他们像是忘记了里程，仿佛要去很远很远的地方。因而，岛村眼里所见没有悲伤的愁苦，而像是眺望一种梦中之景。这也许都是来自这面奇妙的镜子吧。

镜子深处漂流着暮景，就是说映射的物体和镜子如电影里的叠影一般相互运动。登场人物和背景毫无关系。并且，透明飘渺的人物影像，和朦胧流泻的夕晖晚景，两相融和，共同描摹出一个超脱现实的象征的世界。尤其是，当姑娘的面孔中央燃亮山野灯火的时候，岛村的心胸，为这难以形容的美丽震颤不已。

遥远的山巅上空，微微闪射着夕阳的余晖。越过车窗所见到的风景，虽然直至远方还保持着轮廓，但已经失去了光彩。不管走到哪里，平凡山野的姿影越发平凡。正因为没有什么特别引人注意的地方，反而涌动着一股浩大的感情的洪流。不用说这是因为有一张少女的面孔浮现在其中。映射在窗镜上的姑娘的脸庞周围，因为不断流动着暮景，姑娘的脸就显得透明起来。不过是否真的透明，由于从脸庞后面流泻的暮景总误以为是从脸庞前面通过的，定睛一看，则变得难以捕捉。

车厢里不太明亮，没有真正的镜子那种效果。几乎没有什么反射。所以，岛村在看得入迷的时候，渐渐忘记了镜子的存在，只觉得一位少女漂浮在流动的暮景之中。

这个时候，她的脸的中央燃亮了灯火，镜子里的映像不足以遮蔽窗外的灯火，那灯火也不能抹消映像。于是，灯火就从女人的脸中央流了过去。但是没有给她的面孔增加光艳。这是远方的冷光，只是照亮那纤巧的眼眸四周。就是说，当姑娘的眼睛和灯火重叠的瞬间，她的眼睛宛若漂荡在夕暮波涛间的妖艳的夜光虫。

叶子当然不会想到有人这样盯着她看，她一心扑在病人身上，即便向岛村那里回一下头，也不可能望到映在窗玻璃里自己的影像，更不会留意那个眺望窗外的男人。

岛村长久偷看叶子，他忘记了这样做对她是一种不礼貌的行为。他也许被夕暮镜子里非现实的力量征服了。

所以，她呼叫站长时有点过于认真的样子，也被岛村看在眼里。抑或此时，他也是好奇心占了上风，很想听听那姑娘的故事。

列车经过信号所时，窗户上只是一片昏暗，对面风景的流动一旦消隐，也就失去镜子的魅力。叶子美丽的容颜虽然还在映现着，尽管她的动作那么体贴入微，但是岛村却发现她身上存在一种清澄的冷寂。他不想再揩拭窗玻璃上的水汽了。

然而，半小时之后，没想到叶子他们和岛村在同一个车站下车了。他想，说不定还会发生什么和自己相关的事情，因而回头看了看。一接触站台上的严寒，他就深悔自己在车上的非礼行为，头也不回地打机车前边绕了过去。

男子攀住叶子的肩膀，打算穿过铁轨，这时，站台人员从这边一扬手制止住了。

不久，黑暗里驶来一列长长的货车，遮住了他们两人的身影。

二

　　旅馆接客的伙计，煞有介事地一身防雪服装扮，好像火灾现场上的消防队员。包着耳朵，套着长筒皮靴。候车室站着一个女子，身披蓝色斗篷，戴着风帽，透过窗户望着铁轨方向。

　　待在车厢里时的热气尚未消散，岛村还没有感受外头真正的寒冷，但因为是初次体验雪国的冬天，他首先被当地人的这身打扮吓了一跳。

　　"难道真的这么冷吗？"

　　"可不，已经完全是过冬的准备啦，晴雪的前一个晚上尤其冷。今夜要到零度以下呢。"

　　"现在就是零度以下了吧？"岛村注视着房檐下可爱的冰凌柱，和伙计一同登上汽车。雪色把家家户户本来就很低矮的屋脊，压抑得更加矮小，整个村子似乎都沉到了雪底下。

　　"果然是，摸到哪里，哪里都是冰冷冰冷的啊！"

　　"去年最冷是零下二十度。"

　　"雪呢？"

　　"雪呀，一般七八尺，多的时候超过一丈二三尺哩！①"

① 与越后汤泽同属南鱼沼郡的越后汤泽人铃木牧之《北越雪谱》："凡日本国中，古往今来，人们皆以越后为第一深雪之地也；然于越后，雪深达一二丈者，当数我鱼沼郡也。"（后亦有详注）

"你说是以后吧？"

"是以后呀。这场雪是前个时期下的，只有尺把厚，大部分都化了。"

"还会融化啊？"

"还不知道何时会下上一场大雪呢。"

时令是十二月初。

岛村患感冒，鼻子一直堵塞，这时一下子通到脑门芯，仿佛洗净了一切脏污，鼻水不住滴滴答答流下来。

"师傅家的那个姑娘还在吗？"

"嗳，还在还在。刚才您下车时没有看见她吗？她披着深蓝色的斗篷。"

"那就是她呀？——回头能叫她来吗？"

"今晚上？"

"今晚上。"

"听说今天师傅的儿子坐末班车回来，她去迎接了。"

那位黄昏暮景的镜子映射的叶子所精心护理的病人，就是岛村前来会见的女人家中的少爷。

知道这一点，岛村的心里豁然亮堂起来了。围绕这层关系，他也不觉得有什么奇怪了。他反而对这个不觉得奇怪的自己而感到奇怪起来。

那个凭指头记忆的女子和眼睛里点亮灯火的女子之间，究竟会有些什么关系？又将会发生些什么事情呢？岛村不知为何，心里似乎感觉到了什么。也许还没有从夕暮的镜子里清醒过来吧，那黄昏暮景的流动，莫非就是时间流逝的象征吗？他忽然犯起了嘀咕。

滑雪季节之前的温泉旅馆客人最少，岛村在馆内浴场①洗完澡，已经夜深人静了。他在古旧的走廊上每跨一步，玻璃窗就微微震动一下。尽头长长的柜台拐角处，一位女子长裙拖曳，亭亭玉立于寒光闪亮的黢黑的地板上。

她到底还是做艺妓了？他看到那身裙裾，猛然一怔。然而，她既没有迈步走过来，也没有作出任何迎迓的姿态。她只是站着，一动不动。岛村远远看见她那肃穆的神色，急急走了过去，他站在女人身边沉默不语。脸上涂满浓浓白粉的女子欲破颜为笑，反而显得一脸悲戚，一句话没说，两人一同向房间那边走去。

有过那段情，既不写信，也不来见面，更没有按约定寄来舞蹈造型的书什么的。这在女人看来，还不是回头一笑，就把自己给忘了？所以，照理说，岛村应当主动道歉，或者说明缘由才是。两人虽说谁也不瞧谁一眼，但凭感觉，岛村知道，她不但不怪罪自己，反而满心思念着自己。当他明白了这些之后，就越发感到，不管自己如何解释，那

---

① 原文为"内汤"（uchiyu），温泉旅馆馆内浴场，同建筑物外庭园浴池"外汤"（sotoyu）相对应。

些话就越显得自己不是个真诚的人。他被女人身上涌现出来的甜美的喜悦包容了，两人一起来到楼梯口。

"它对你记得最清楚。"他左手握着拳头，伸出食指，突然杵到女人眼前。

"是吗？"女子攥着他的手指，紧紧不放，手挽手登上楼梯。

走到被炉前，她松开手，脸孔一下子红到了耳根。她想遮掩过去，又慌忙拉住岛村的手：

"它还记得我？"

"不是右手，是这只。"他从女人的手掌里缩回右手，伸进被炉，又将左拳头给她看。

她若无其事地说：

"嗯，我知道。"

她含着微笑扳开岛村的手掌，把脸贴了上去。

"它还记得我？"

"哦，好冷啊，这么冰凉的头发还是第一次接触呢。"

"东京还没下雪吗？"

"你那时候说的话，看来是骗我的。要不然，谁会在这年关跑到这个寒冷的地方来呢？"

三

"那时候"——指的是过了雪崩危险期，进入新绿满眼的登山季节的那段时间。

不久，木通①新芽也要从饭桌上消失了。

游手好闲的岛村自然地对自己失去了真诚，他想借山野唤回真诚，于是一个人就到山间散心来了。那天晚上，他在国境的群山游荡七天之后，下山来到温泉场，吩咐召一位艺妓陪夜。那天举行修路工程竣工典礼，十分热闹，连村里的蚕房兼剧场都临时当作宴会厅了。十二三个艺妓，本来就人手不足，哪里还能临时叫得到？听说师傅家的姑娘也到宴会上帮忙了，跳上两三轮舞就回来，要不就叫她来也行。岛村又仔细问了一遍，一位侍女大致讲了下面的情景：三味线和舞蹈师傅家的姑娘虽说不是艺妓，可大宴会也时常请去，这里没有年轻的雏妓②，许多人年龄大了，不愿意出去跳舞，所以姑娘就显得特别宝贝。她倒很少单独去旅馆应客，但也不是个纯粹的素身子。

侍女的话听起来有些怪，岛村没放在心里。过了一小时光景，女子在侍女的带领下竟然来了，岛村一惊，立即端坐着。侍女正要离开，女子拽住她的衣袖，又叫她坐

---

① 又名山通草、野木瓜，生于山野的蔓生植物。春季发新叶，开淡紫色花；秋季结椭圆形果实，熟后裂开有芳香。蔓茎用于编筐篮，果实可入药，新芽可食用。

② 原文为"半玉"（han'gyoku），指只领半额"玉代"（月薪）尚未成年的艺妓。出师的艺妓称为"一本"（ippon）。下文的"陪酒女"（原文为"御酌"），亦同"半玉"。

下来。

女子给他的印象是出奇地清洁，看来就连脚趾丫里也很干净。岛村甚至怀疑是不是因为自己的双眼看了太多山里的初夏，才有如此联想。

她虽然有几分艺妓的装扮，但裙裾自然不会拖在地上，里面也规规矩矩穿着一件柔软的单衫。高价的腰带似乎有些不合身份，但看上去反而使人顿生怜悯。

先是谈了一些山中见闻，侍女出去了。村子周围可以看到的这些山峰，女子大都叫不出名字，岛村也无心再喝酒了。女子便出乎意料地直接对他说，她就生在这个雪国，到东京做陪酒女期间，被人赎出，打算将来做个舞蹈师。哪知一年半后，那位恩人就死了。打从那人死后到今天为止，这也许就是她的真实的身世，可她也不急于全部抖落出来。她说自己十九了，要是真的，那么十九岁的她，看起来像是二十一二岁的人了。岛村开始找到了宽松的话题，便谈起歌舞伎来。对于俳优的艺风和信息，女子比岛村更精通。也许渴望着这样一位可以倾诉衷肠的人，她一个劲儿说着，不由露出花街女子的根性来。她似乎很熟悉男人的心思，但尽管如此，岛村一开始就把她当作淑女看待。一个星期没有开口和人说话了，他心里充满了对于人世的思恋和温情。岛村首先从女子身上感受到一种类似友谊的东西，甚至山野的感伤也牵连到女子身上来了。

翌日午后，女子将入浴用具放在廊下，顺便到岛村屋里来玩。

她身子尚未坐稳，他就突然说想叫她帮着请个艺妓来。

"帮忙请人？"

"你明白的？"

"这怎么行？我到这里来，做梦都没想到，您会叫我干这种事情。"女子嗔怒地转身走到窗前，眺望国境的群山，面颊泛起红晕。

"这里没有那种人啊。"

"撒谎！"

"是真的。"她又猝然转过身来，坐到窗台上。

"绝对不可勉强人家的。艺妓都是自由身，旅馆一概不做这种事。不信，您随便找个人问问就知道了。"

"我想托你帮帮忙。"

"为何非要托我干这种事情呀？"

"我把你当朋友啊！既然是朋友，怎么好意思跟你调情呢？"

"这就叫朋友啊？"女子被他的话激得像个小孩子似的。接着，她甩出这么一句：

"您真了不起，这种事儿也能托我。"

"这又算什么呢？我在山上养好了身体，可头脑还是不清晰，即便和你也没法说知心话。"

女子低眉沉默不语。这样一来，岛村也显现出一个男人的厚颜无耻，不过她对这些早已习以为常，十分通达地理解了对方的意思。岛村凝望着她，也许眉毛太浓密了，她低俯的眼睛显得那般温婉而娇媚。女人的脸庞左右稍稍摇动着，又染上薄薄的红晕。

"您找个可意的吧。"

"这事得问问你呀。我初来乍到，怎么知道谁长得漂亮？"

"要找漂亮的？"

"年轻就行。年纪轻轻，就不会出大差错。只要嘴不狂、不唠叨个没完就好。傻乎乎的也不要紧，要干净些的。闲聊时我可以叫你来嘛。"

"我才不来呢。"

"别瞎说！"

"哼，就不来，还来干什么呀？"

"我想和你清清爽爽地交往下去，所以才不打你的主意啊！"

"真会说。"

"要是有了那种事儿，明天就不愿意再见到你，说起话来也不自在了。我从山上来到村子里，好不容易有个亲近的人，所以我不想作践你。不过，我到底是个出门在外的人啊！"

"嗯，这倒也是。"

"不是吗？从你来说吧，假如我找的是你讨厌的女人，以后见到了，也会恶心的。要是你替我挑，那就好多啦。"

"那谁晓得？"她冲了他一句，又蓦然转过脸去，"说的也是。"

"要是咱俩热络了，就糟啦。那多难为情，也不能长久相处了。"

"是啊，大家都这样。我生在港镇，这里是个温泉场哩。"想不到女子说得很直率，"客人大都是来旅行的，我虽说还是个孩子，可也听好多人说过，他虽然喜欢你但当面不肯说，这种人才叫人时时想着他，永远不忘记。分别后也一样。对方一旦想起你，给你写信来的，一般都是这一类人。"

女子离开窗户，这回轻柔地坐到窗下的榻榻米上了。看她脸色，似乎想起遥远的往日，急急滑向了岛村身旁。

女人的声音满含真情，这倒使得岛村感到内疚，想到不该轻易欺骗了她。

但是，他没有说谎。女人本来是个淑女，他虽然想找女人，但也不必对她有所欲求，就能问心无愧地得手。她太清纯了！从见到她第一面起，他就将她另眼相加。

况且，那时他还没有选定夏天的避暑地点，他打算带家属到这个温泉场来。这样一来，这女子幸好是个淑女，就可以陪伴妻子游玩，教妻子学习跳舞，消烦解闷儿。他确实这么想过。他虽然对女子产生一种情谊，但还是相应地度过了这一关。

不用说，在这里也有一面岛村窥看黄昏暮景的镜子。他不仅不愿意和这种身份暧昧的女子藕断丝连，而且他认为，这也和夕暮火车车窗上映射的女子面颜一样，不过是一种虚幻的影像罢了。

他对西洋舞蹈的兴趣也是如此。岛村出生于东京下町①，幼小时就迷恋歌舞伎和戏剧，学生时代偏爱流行舞和歌舞。他富有钻研精神，不达目的决不罢休。他涉猎古代记述，遍访流派宗祖，不久，又结交日本舞新人，写作研究和批评的文章。这样一来，无论在日本舞沉滞时期或者自以为是的新的探索之中，他都有一种切实的不满足感。于是，他打定主意，决心投身于实际运动之中。但当他受到日本舞蹈青年演员招请时，又猝然换马，转向西洋舞蹈了。日本舞蹈完全不看，而开始搜集西洋舞蹈的书籍和照片，甚至不辞劳苦从国外将宣传画和节目单之类弄到手。他决非仅仅出于对异国和未知世界的一颗好奇心，他由此重新获得的喜悦，在于目无所见的西洋舞蹈。岛村根本不看任何日本人跳的西洋舞蹈。借助西洋印刷品写写谈论西

---

① 指东京平民百姓聚居的商业闹市，如下谷、浅草、神田、日本桥、京桥等地。与此相对的山手区，则是富裕阶层的居住地区。

洋舞蹈的文章，没有比这更轻而易举的事了。未曾一见的舞蹈是另一个世界的故事，只能是纸上谈兵、天国之诗。名为研究，实际是凭空想象，不是欣赏舞蹈家鲜活肉体跳跃的艺术，而是欣赏西洋语言和照片所浮现出的他本人空想跳跃的幻影。这是一种捕风捉影的情恋。况且，他写一些介绍西洋舞蹈的文字，好歹也算个文人。他有时借此解嘲，以抚慰自己随处漂泊的心灵。

他的这些有关日本舞蹈的话题，使得女子对他更加亲近起来。可以说这些知识相隔多年之后又在现实中发挥了作用。然而，这或许因为岛村不知不觉将这女子当成西洋舞蹈对待了。

所以，当他觉得自己含有淡淡旅愁的话语，触及她生活中的隐痛时，他觉得欺骗了这个女子，心里十分后悔。

"这样的话，下回我带家属一道来，你们可以好好玩玩了。"

"嗳，这个我知道了。"女子放低声音，微笑着说，随后带着几分艺妓的神色调笑道：

"我也很喜欢那样，味淡而情长嘛。"

"所以请你代我叫一个呀。"

"现在？"

"嗯。"

"您真行，大白天亏您开得了口！"

"我不要被人拣剩的。"

"瞧您说的，您当这里是捞钱的温泉场呀？那是打错了算盘。您看看村里的样子还不清楚吗？"女人带着一副意外认真的口气，再三强调这里没有那样的女人。岛村一怀疑，女子就一本正经起来，且退让一步说：至于要怎么做，这得由艺妓自己决定，不过，要是不给主家打招呼就外宿，那是艺妓自己的责任，出了事主家①是不管的。要是跟主家打了招呼，那就是主家的责任，不论有什么事都会担待到底。就这一点不同。

"责任是指的什么？"

"比如搞出了孩子，或者弄坏了身子什么的。"

岛村对于自己这个颇为傻气的问题苦笑了一下，心想，这个山村说不定会有这种满不在乎的事情。

游手好闲的他自然有心要找到一种保护色，他对各地的社会民风抱有本能的敏感，从山上下来，就能从这座村子朴素的景象之中获取安闲和舒适。听旅馆人说，这里是雪国生活最舒心的村庄之一。直到前几年铁路开通之前，这座村子就是农家百姓的温泉疗养地。有艺妓的家庭，挂着餐馆或小豆汤店的褪色的门帘，看到那煤烟熏黑的旧式格子门，人们就怀疑，这里会有客人登门吗？在所谓日用杂货店和茶食店里，只雇有一名艺妓，主人除了店里生意

---

① 原文为"抱主"（kakaenushi），管理艺妓的主家。

21

之外，还到农田里干活。看来她是师傅家的姑娘，没有营业执照①，偶尔去宴会上帮帮忙。这样做也不会使其他艺妓说闲话。

"一共多少人？"

"您说艺妓？十二三个人吧。"

"什么样的人好呢？"岛村站起来去按门铃。

"我回去啦？"

"你不能回去！"

"我不愿意。"女子屈辱地摇摇头，

"我要回去。放心吧，我不在乎。我还会来的。"

可是一看到侍女，她便若无其事地重新坐正身子。侍女问她想找哪一个，问了几次，她都不肯提名字。

不一会儿，一个十七八岁的艺妓进来了，岛村一眼瞅到她，下山来村里寻欢的热情顿时凉了。她一双黝黑的膀子，瘦骨嶙峋，看样子带着几分稚气，人也还好，所以他极力不显露出一副扫兴的神情，向艺妓那边瞧过去。实际上，他的眼睛是被她身后新绿的群山迷醉了。他也不想再说什么，总之，这是一个山里的艺妓。看见岛村闷声不响，那女子颇为识相地默默站了起来。这时，场面更加尴尬。

———————

① 原文为"鉴札"（kansatsu），即"营业许可证"或"执照"之意。按当时规则，作为艺妓必须向警察署及时领取"鉴札"，凡持有"鉴札"的艺妓，不许随便带往他处，违者处罪。

22

这样僵持了一个多小时，岛村心里琢磨，如何用个巧妙的办法才能将艺妓打发回去。忽然他想到来过一张电汇单，就借口要马上跑一趟邮局，伴着艺妓一同离开屋子。

岛村走到旅馆门口，抬眼看到新绿飘香的后山，心向往之，撒野似的奔山上跑去。

也许感到有些蹊跷吧，他一个人大笑不止。

他太累了，又忽然回转身子，撩起浴衣，猝然向山下奔跑。脚底下腾起两只黄蝴蝶。

蝴蝶联翩飞舞，不久飞过国境的山峰，随着黄色渐渐变白，蝴蝶也越飞越远了。

"怎么啦?"

女子站在杉树荫里。

"您笑得挺开心啊!"

"打发走啦!"岛村又止不住大笑起来。

"走啦!"

"是吗?"

女子飘然转过身子，向杉树林里走去。他默默跟在后头。

这里是神社，布满苔藓的一对石兽①旁，有一块平滑

---

① 原文为"狛犬"(komainu)。神社等社殿门前两侧伏魔降妖、以示威严的狮子狗，据说是古代由高丽传入。一只开口欲呼"阿"(开始说话);另一只闭口欲呼"吽"(hōng，禁止出声)。原为牛闭口而发出的声音。用于咒文，则闭口不语之意。

的岩石，女子在上面坐下来。

"这里最凉快，盛夏时节也有冷风吹来呢。"

"这地方的艺妓都是那副模样吗?"

"大体都差不多。中年里头倒有长得挺漂亮的。"她低着眉淡淡地回答。她的脖颈上印着一小团儿杉树的清荫。

岛村仰望着树梢。

"算啦，体力全耗尽啦，真好笑啊!"

这棵杉树很高，只有将两手向后支在岩石上，挺起胸脯才能望见梢顶。树干笔直而立，浓密的树叶遮蔽着天空，寂然无声。岛村背靠着的是其中一棵最古老的树干，不知为什么，北面一侧的树枝，到顶端全部干枯，一排光秃的桠杈如尖桩倒刺进老干内部，犹如凶神的刀剑。

"我打错了主意。下山来初次见到你，还以为这里的艺妓都很标致呢。"他笑了，本来他想，七天里在山间养精蓄锐，从而可以顺利地宣泄一番了。岛村到现在才明白，此种感觉，实际上也是因为初遇这位清纯无垢女子的缘故。

女子凝神眺望远方夕阳下光闪闪的河水，有点寂寞难耐。

"啊，差点儿忘记了。这是您的香烟。"女子极力表现出一副轻松的样子，"刚才到您房间，看到您不在，不知出了什么事。您一个人拼命向山上跑，我是从窗户里看见的，好生奇怪。您忘记带香烟，我给您拿来了。"

她从袖袋里掏出香烟，给他点了火。

"真对不住那孩子啊！"

"没事儿，叫她什么时候走，还不是全凭客人一句话。"

布满石子的河流发出圆润、甜美的响声。透过杉树可以窥见对面山间襞褶的阴影。

"找不到一个和你相当的女子，以后见到你会后悔的。"

"我才不管呢，您倒是挺逞强的啊！"女子嘲讽似的说。和叫艺妓前大不相同，他们两个之间已经有了一种别样的感情。

一开始就想寻求这样的女子，又偏偏围着她远远绕圈子，当岛村彻底明白过来之后，他对自己甚感厌恶。同时，他发现这个女子异常美丽。女子站在杉树荫里呼唤着他，那窈窕的倩影使他浑身感到爽适。

细长而稍高的鼻梁虽显一般，但下面小巧而紧凑的嘴唇，宛如时伸时缩的水蛭漂亮的环节，细嫩、柔软，沉默时仿佛也在不停蠕动。要是有了皱纹或颜色失当，就会给人不洁的感觉，但并非如此，而是显得滑润而晶莹。眼梢既不上挑，也不下垂，着意描成横直的眼睛似乎有些不大自然，但却恰到好处地包裹在一双浓密而微微低俯的眉毛下边。丰腴的桃圆脸轮廓平凡，但皮肤犹如细白瓷上略施薄红，颈项也不显得肥满。因而，她是个美人，更是个洁女！

作为一个有过陪酒经历的女子，她的胸脯微微前挺。

"瞧，不觉间飞来这么多蚊子。"女子抖了抖裙裾，站起身来。

静谧之中，两个人面孔上都显现出百无聊赖的神情。

大约夜间十点钟，女子在廊下大声呼叫岛村的名字，她一头闯进他的房间，立即倒在桌子上。她喝醉了，双手在桌面上乱抓一气，大口大口地喝水。

听说今冬在滑雪场结识的一帮老相识，越过山岭来和她相会，他们把她请到旅馆，招来艺妓大大热闹了一场。她被灌醉了。

她头脑昏昏沉沉，一个人滔滔不绝地说着，接着又添一句：

"这不好，我得回去。他们不知出了什么事，会到处找我的。"她踉跄地走出屋门。

约略一小时后，长长的走廊又响起了杂沓的脚步声。她东倒西歪地走进来，高声喊道：

"岛村先生——！岛村先生——！"

"咦，不在吗？岛村先生——！"

这纯粹是一个女子呼喊自己的心上人的声音。岛村大吃一惊。这尖利的嗓音响彻整个旅馆，他迷惑不解地正要出去，女子一把戳破格子门，抓住门框，"咕噜"一声向岛村身上倒过来。

"唔，在屋里呀！"

女子小鸟依人，紧靠在他身上。

"我没有醉！嗯，谁醉啦？我好难受，好难受啊！可脑袋很清醒。啊，真渴。那种混合威士忌不行，一喝就上头，脑袋疼。那些人买的净是劣质酒，我哪里知道？"说着，她用手不住揉搓着脸孔。

外面骤然响起雨声。

女子稍稍放松膀子，一骨碌倒下了。他搂住她的脖子，女子的发髻几乎被他的面颊压得散开来。他顺势把手探入她怀中。

女子没有答应他的要求，两只膀子像锁紧的门闩一样，紧紧压在他想要的东西上。她玉山倾倒，已经力不从心了。

"什么呀，这个玩意儿，是什么呀？畜生，畜生！我累了啊！这玩意儿。"说罢，她猛地咬住自己的胳膊肘儿。

他连忙将她拉开，胳膊上留下了深深的牙印。

这时，她已经任他摆布了，开始胡乱地写起字来。她说她要写几个喜欢的人的名字给他看，接连写了二三十个影剧明星的名字，然后又写了无数个岛村的姓名。

岛村掌心里那团难以到手的温软而肥腴的东西渐渐热了。

"啊，好啦，这下子放心啦！"他亲切地说，他有了一种母性的感觉。

女子又急剧痛苦起来，她挣扎着想站起身子，又一头栽到房间对面的一角里。

"不行，不行，我得回去，回去！"

"你怎么走？这么大的雨。"

"赤脚也要回去！爬也要爬回去！"

"太危险啦，要走也得我送你。"

旅馆在山丘上，有一段陡坡。

"松开衣带，躺一会儿，醒醒酒。"

"那怎么行，就这样，习惯啦。"女子坐正姿势，挺起胸。然而，她很憋闷，打开窗户想吐又吐不出来。她扭动身子，想一下子躺倒，但还是咬着牙坚忍住了。这样持续了好长时间，她时时强打精神，反复说"要回去，要回去"，不知不觉过了凌晨两点钟。

"您睡吧，我叫您睡嘛！"

"那你呢？"

"我就这样，醒醒酒就回去。趁着天未亮回去。"她膝行过去，拉住岛村。

"别管我，睡下吧。"

岛村钻进被窝，女子趴在桌子上喝水。

"起来，听见了？叫您快起来。"

"你想叫我干什么？"

"您还是躺下吧。"

画 ｜ 竹 久 梦 二

"你都说些什么呀？"岛村站起来。

他一把将女子拽过去。

女子不住转头，左右躲闪，突然她急剧地伸出嘴唇。

然而，其后她又像病中说胡话一样，倾诉满心的苦楚。

"不行，不行，您不是说好了要做朋友的吗？"这句话她不知重复了多少遍。

岛村被她那真诚的声音打动了。他皱起眉头，紧绷着脸，拼命控制自己。这种强烈的压抑使他兴味索然，他想信守和女子的约定。

"我还有什么可惜的呢？我决不是可惜我自己。不过，我不是那种女人，我不是那种女人啊！您自己不是说过吗？这样就不能长久了。"

她醉意蒙眬，浑身酥软。

"这可不怪我呀，都是您不好。您输啦，都怪您，不怪我呀。"她虽然说得过于直露，但依旧抑制满心喜悦，咬住袖子不放。

好一阵子，她显得有些失魂落魄，安静了下来。忽然，她尖利地叫道：

"您在笑我，对吗？您在嘲笑我呀！"

"我没有笑你。"

"您心里在笑我！现在不笑，以后肯定还会笑我的！"女子俯伏着身体抽噎起来。

随后，她又立即止住哭，紧紧依偎着他，温婉而亲密地详细谈起自己的身世。醉态里的那种痛苦仿佛一扫而光，对刚才的一切绝口不提了。

"真是的，只顾着说话，什么都不知道啦。"这回，她倒"噗哧"笑了。

她说趁着天还没亮必须赶回去。

"夜还很黑，这里的人都起得很早啊。"她几次站起来，打开窗户朝外看看。

"还看不见人影呢。今早下雨，没人下田吧？"

可是，雨夜里，等到对面山峦和山坡上的房屋依稀可见时，女子依旧不舍得离开，但还是赶在旅馆的人起床之前，整了整头发，又怕岛村送她到大门口会被别人看到。于是慌慌张张逃也似的独自跑了出去。岛村当天也回东京了。

四

"你那时候说的话，看来是骗我的。要不然，谁会在年关跑到这个寒冷的地方来？那以后我也没有嘲笑过你呀。"

女子蓦地抬起脸，贴在岛村掌心的眼皮至鼻子两侧，一片绯红，透过浓厚的白粉显露出来了。这颜色使人联想到雪国之夜的寒冷，但由于那一头乌黑的秀发，同时也感到无上的温馨。

她的脸上漂浮着炫目的微笑。这期间，她是想起"那时候"来了，似乎是岛村的一句话渐渐浸染了她的身子。女子蓦然垂下头，露出后颈，一直可以窥见殷红的脊背，仿佛剥离出一个鲜润而充满爱欲的裸体，在头发的映衬之下，更加相得益彰了。额头上的刘海细而不密，但根部粗壮，像男人的头发，没有一丝茸毛，宛若黝黑而厚重的矿石，光耀动人。

他手里第一次接触如此异常冰冷的头发，吓了一跳，他以为这并非寒冷的缘故，而是这种头发本身就是如此。岛村重新审视着，女子已经在被炉上面掐指计算开了。她算个没完没了。

"算什么来着？"他问道，她依然默默扳着指头。

"五月二十三日是吧？"

"是吗？是在数日子。七八两个月可都是大月啊！"

"嗯，第一百九十九天。正好是一百九十九天呢！"

"真亏你还记得五月二十三日这天。"

"看日记就立即明白啦。"

"日记？你每天记日记吗？"

"嗯。看旧日记很有趣。一个不漏全都写在上头了。自己读也觉得不好意思呢。"

"从什么时候？"

"到东京做陪酒女前不久。那时候手头紧，自己买不起日记本，就花上两三文钱买个杂记本，用直尺打上细格子，看样子铅笔削得很尖，所以线画得很整齐。于是，从上至下布满了密密麻麻蝇头小字。等到自己有钱买了，就不行了，用起来大手大脚的。练字本来是用的旧报纸，后来就直接在一卷卷信纸上练起来了。"

"你一直坚持记日记吗?"

"嗯，十六岁和今年最有意思。经常从酒宴上回来，换上睡衣就写日记。回来时已经很迟，写着写着就睡着了。即使现在看看，也能记起当时一些事情。"

"可不是吗?"

"不是天天都记，也有间断的日子。这山里头的筵席还不都是老一套? 今年买到了每页都带月日的，谁知又失算了，因为一写就写得很长。"

比起日记，更让岛村意外的是女子记录小说的举动。没想到她从十五六岁时候起，就把读过的小说一一记下来了，这种杂记本有十本之多。

"写不写感想呢?"

"不会写感想，只是记下题目和作者，还有书里出现的人物的名字，他们之间的关系，等等。"

"光是记下这些有什么用啊?"

"是没有用。"

"简直是徒劳。"

"可不是吗?"女子毫不介意地明确回答。她深深地盯着岛村。

完全是徒劳!岛村不知为何,总想再强调一下。这时,他全身忽然被寂静征服了,这种可以倾听积雪崩裂的寂静,竟是从女子身上产生出来的。岛村明明知道,对于女子来说这并非徒劳,他的脑袋瓜里蹦出"徒劳"这个字眼儿,反而使他感到她的存在是多么纯粹。

从她话里可以得知,这女子所说的小说,同日常所使用的"文学"这个词儿毫无关系。她和村里人之间谈不上什么友谊,只是交换着读读妇女杂志,然后完全孤立地各人看各人的书,既无选择,也不求甚解。她只是在旅馆的客厅等处发现有些小说和杂志,随之借来读读罢了。不过,她也记住了一些新锐作家的名字,这些名字岛村基本都知道。然而,她的口气仿佛是在谈论外国文学遥远的故事,充满了一个毫无欲求的乞丐的哀鸣。岛村想,这就好比他借助外国书籍上的照片和文字,相隔万里,凭空想象西洋舞蹈究竟是什么样的舞蹈一样。

她又兴致勃勃谈起自己没有看过的电影和戏剧,似乎好几个月都在如饥似渴寻找这样一位谈话的伙伴儿。一百九十九天前那阵子,也是这般热烈地交谈着,并且主动投到岛村的怀抱。她好像忘记当时是如何的冲动,她自己的语言所描画的情景似乎又使她的身体燥热起来。

但是，这种对于都市事物的憧憬，如今也实实在在变得无可指望了，只成了飘渺的梦境。因此，较之那些都市逃亡者高傲的不平情绪，她更有着强烈的单纯的徒劳之感。她自己丝毫不因此而表现一副颓唐的样子，但在岛村眼里，却充满莫名的哀怨之情。假如一味沉沦于这种境况，那么岛村自己的存在也将变得徒劳，而陷入迷茫的感伤之中。然而眼前的她，在山野气息的熏染下却焕发着青春的朝气。

不管怎样，岛村都要对她重新审视，她现在当艺妓了，反而难于开口了。

那个时候，她烂醉如泥，浑身麻木。

"这是什么玩意儿。畜生，畜生，我累啦！这是什么玩意儿。"她烦躁不安，照着自己的膀子猛咬一口。

她站不起来，身子一骨碌倒下了。

"我决不是可惜我自己。不过，我不是那种女人，我不是那种女人！"她想起她说过的话，岛村一泛起犹豫，女子很快注意到了，她立即加以反驳。

"是零点的上行车呀！"① 正好趁着同时响起的汽笛声，她站起身子，气急败坏地猛然打开格子窗和玻璃窗，一跃坐到了窗台上，背靠着栏杆。

---

① 当时一日之间火车很少，来往车次定时运行。

一股冷气流进屋子。火车的鸣叫渐去渐远，仿佛听到夜风的声音。

"喂，不冷吗？傻瓜！"岛村也走了过去，没有风。

一派冻雪崩裂的声响，仿佛在地层底下鸣动。严酷的夜景。没有月。谎言般众多的星辰，抬头一看，明光耀眼，闪闪飘浮，似乎皆以虚幻的速度继续沉落下去。群星渐次接近眼眉，天空渐渐高远，夜色更加幽邃。国境的山峦重重叠叠，模糊难辨，厚重的黑暗沉沉垂挂于星空的四围。一切都达到了一种清雅和静谧的调和。

女子发觉岛村走近她，立即趴在栏杆上。她一点儿也不显得纤弱，在夜景的衬托之下，她的姿影显得无比坚强。"又来啦。"岛村立即有了某种预感。

然而，山色尽管黑暗，但鲜丽的、银白的雪色映照得山野生机勃勃，于是，山峦使人感到似乎透明而又静寂。天空和山野谈不上调和。

岛村抓住女子的领口。

"要感冒的，这么凉。"他猛然把她往后拖，女子抓住栏杆哑着嗓子说：

"我要回去。"

"回去吧。"

"让我再待一会儿。"

"我要去洗澡啦。"

"不要走，就待在这儿吧。"

"把窗户关起来。"

"让我在这里再待一会儿吧。"

村庄的一半掩映在守护神杉树林的绿荫里。乘汽车不用十分钟就到车站了，那里的灯火灼灼闪耀，仿佛将要被严寒摧毁，发出了毕毕剥剥的响声。

女子的面颊，窗户上的玻璃，还有自己的棉袍袖子，对于岛村来说，凡是手接触的地方，都使他第一次感到冰凉难耐。

脚下的榻榻米也冷起来了。他想一个人去洗澡。

"等等，我也去。"这次女子爽快地跟他一道去。

女子把他胡乱脱掉的衣服收拾到竹筐里，这时，进来一个男浴客，他一眼看到将脸藏在岛村胸前的女子。

"哦，对不起。"

"不，请吧，我们到那边的浴池去。"岛村立即应道。于是，光着身子抱起散乱的衣筐走向隔壁的女子浴池。女子当然装作一副夫妻的样子来。岛村默默不响，也不回头看一下，火速跳进了温泉。他放心地高声大笑，接着又连忙对准喷水口漱了漱嘴。

回到屋子，女子横卧着，微微抬起头，用小手指拢一下鬓发。

"好可悲呀。"她只说了这么一句。

女子似乎半睁着乌黑的眸子，凑近一瞧，原来是眼睫毛。

神经质的女子一直没有阖眼。

坚挺的腰带发出很大的声响，岛村似乎醒了。

"这么早把您吵醒，实在不好意思。天还黑着吧。哎，不过来看看我吗?"女子熄灭电灯。

"能看见我的脸吗? 看不清楚吗?"

"看不清楚，天还未亮啊。"

"瞎说，您再仔细瞧瞧。"女子敞开窗户。

"坏啦，能看见了。我得回去。"

这黎明的寒冷令人惊奇，岛村从枕上抬起头，天空还是夜色，山野已是早晨。

"对啦，不碍的，眼下是农闲时节，没有人一大早就外出的。不过，会不会有人上山呢?"她一个人自言自语。女子拖着扎了一半的腰带走着。

"现在五点的下行车没有乘客，旅馆的人还都没起床。"

腰带扎好了。女子走了一会儿，又坐了一会儿，接着她不断走到窗边盯着外面。就像夜行动物害怕早晨一样，她来回转悠，坐立不安。仿佛妖艳的野性发作了。

不知不觉，屋里明亮起来，女子绯红的脸庞十分显眼，岛村惊呆了，他凝神看着那艳丽的红潮。

"瞧，脸蛋儿都冻得发红啦!"

"我不冷。那是洗掉白粉的缘故。我一钻进被窝，一股热流直冲脚尖儿呢。"她转向枕畔的镜台。

"天终于亮啦！我该回去啦！"

岛村看着外面，一下缩回了头。镜子深处白光闪耀，那是雪。雪里浮现着女子艳红的面颊，显现出无可形容的清洁和俊美。

太阳升起来了，镜中的雪光冷艳似火，一片灿烂。女子的头发随着雪色飘浮，散射着紫黑的光亮。

五

旅馆的墙脚下开挖了一圈儿淌水沟，利用浴池里排放的热水溶化积雪，大门口形成了一个泉水般浅浅的水洼。一条黧黑、肥壮的秋田狗，踩在脚踏石上久久舔着热水。库房里的客用滑雪板被搬出来晾晒，那幽微的霉味儿经热气一熏，变淡了。雪块儿打杉树枝上掉下来，落在公共浴场的屋顶上，暖暖地散开了。

不久，从岁暮到新年，那条道路将被暴风雪封锁，再也看不见了。要去赴宴，就得套上防雪裤①，脚蹬长筒靴，

---

① 原文为"山裤"（sanpaku），别名"雪裤"（yukibakama）、"猿裤"（sarubakama）。腰肢部宽松，小腿以下紧缩，便于日常劳作。

披上斗篷，裹紧面纱。那个时候的雪深达一丈。再说眼下，岛村正在下山，他走的正是女子早晨从山上旅馆窗口里俯视的山路。然而，透过路边高高晾晒的襁褓下面，可以窥见国境上的群山，闪耀着悠闲的雪光。青绿的葱还没有被雪掩埋。

田地里，村中的孩子在滑雪。

从公路上一踏进村口，就能听到静静的雨滴般的声音。

屋檐下小小的冰凌柱泛着可爱的光芒。

一个洗澡归来的女人用湿手巾揩着额头，迎着眩目的雪光，抬眼望着屋顶上正在扫雪的汉子，叫道：

"喂，顺便也给我们这边除一除吧。"

她似乎是趁着滑雪季节及早流落来这里帮工的女佣。隔壁玻璃窗上的彩画也陈旧了，屋脊歪斜着。这是一家饮食店。

家家户户的屋顶大都葺着细木板，上面排满了石头。那些浑圆的石头向阳的半面在雪里露出黝黑的质地，那黝黑的颜色是因为濡湿、更因为长久经受风雪的侵蚀而形成的。而且，那一排排低矮的房屋都和那些石头一样，乖乖地蹲伏于北国的这个角落里。

一群儿童一次次从水沟里抱来冰块，扔在路上玩。大概摔碎时飞散的冰块光闪闪的，很有趣吧。岛村一站在太阳地里，就想象着那冰块厚得令人难以相信，他盯着看了好半天。

　　一个十三四岁的女孩儿一个人靠在石墙边织毛衣。防雪裤下是高齿木屐，没有穿白布袜，赤裸的足踵冻得裂了口子。一个三岁光景的小女童坐在她身旁的木柴堆上，不在意地握着线团。一根毛线从小女童扯向大女孩儿，这根灰色的旧毛线也发出温暖的光亮。

　　七八家滑雪板制造场里传来刨木头的声音。对面的屋檐下有五六个艺妓站着聊天。那位今早才从旅馆侍女嘴里知道艺名叫驹子的，也在这里头。好像是她先看到岛村一个人走着，带着极为认真的表情走着。一定是满脸通红，故意装出无所谓的样子吧？岛村无暇考虑这些，驹子却早已红到了脖颈。要是那样，完全可以回一下头，可是偏偏局促地低着眉，一面随着他的脚步微微掉过脸去。

　　岛村脸上发烧，匆匆而过。驹子立即追过来。

　　"真叫人难为情啊，您怎么打这里走过？"

　　"难为情？我更是难为情呢。你们这么多人，差点儿吓退了我，平时也都是这样吗？"

　　"可不是，吃过午饭就到这里来。"

　　"你红着脸吧嗒吧嗒追过来，不是更加难为情吗？"

　　"管他呢。"驹子干脆地说，脸上又红了。她伫立不动，一把抓住道旁的柿子树。

　　"我以为您会路过我家里，才跑到这儿来的。"

"你家在这儿吗?"

"嗯。"

"给我看日记,我就去。"

"那些劳什子,我要是想死都会预先烧掉。"

"你家里有病人吧?"

"哎呀,您都知道?"

"昨晚上你不也去接车了吗,披着深蓝的斗篷?我也乘那班车,就坐在病人附近。旁边有位姑娘亲切而认真地照料着病人,那是他的妻子吧?是从这里去接的,还是从东京来的?就像母亲一样,我都看得受感动了。"

"您真是,这事儿昨晚怎么没给我说?干吗瞒着我?"驹子有些动怒了。

"是他妻子吧?"

然而,她没回答他。

"为什么昨晚不说?真是个怪人!"

岛村不喜欢女子这般厉害。不过,把女子惹怒的原因既不在岛村也不在驹子本人,看来这是驹子性格的展现。总之,岛村反复受到她的诘难,似乎被她触到了要害之处。今朝看见映在镜子中的驹子时,岛村也自然想起暮景里映在火车窗玻璃里的姑娘,可是为什么没把这档子事儿告诉驹子呢?

"有病人也不碍事,反正不会有人到我屋里来。"驹子闪入低矮的石墙。

右首是覆盖白雪的田地，左面沿邻家的围墙站着一排柿子树。房前是花圃，正中间有个荷塘，里面的冰被捞到了岸边，红鲤鱼在水里游动。房子枯朽得似柿树的老干，积雪斑驳的屋顶，木板烂了，庇檐歪歪扭扭。

进入门内，一阵透心的寒冷，摸黑登上了梯子。这确实是个梯子，上面的房间也是真正的阁楼。

"这里是蚕宝宝的房子，很感惊讶是不是？"

"要是喝醉了回家，还不经常打梯子上摔下来？"

"是要摔下来。不过那时一坐进被炉，大体就那么睡着了。"驹子将手伸进被炉的被子底下试了试，然后去取火。

岛村环顾一下这座奇怪的房子，南边只开着一扇低矮的窗户，细木格子门新贴了纸，光线很明亮。墙壁上仔细地糊着白纸，所以好似钻进了旧纸箱子。但头顶的屋脊内部整个儿低俯在窗户上，脑门上仿佛笼罩着一团"黑色的寂寞"。他猜想，墙壁的对面该会是怎样的呢？这座房子犹如吊在空中，有一种不稳定之感。但墙壁和榻榻米虽然古旧，却非常清洁。

驹子蚕一般透明的身体，就住在这里吗？

被炉上的被子是和防雪裤一样的斜纹棉布做的，衣箱陈旧了，但却是纹路整齐的桐木，浸染着驹子东京生活时期的馨香。与此不大相称的是那只粗糙的镜台。红漆的针线盒依然闪耀着华贵的光泽。墙上嵌入一块块木板，那是书箱吧，上面垂挂着毛织的帘子。

昨夜的宴会服挂在墙上，衬衫露出枣红的里子。

驹子拿着火钳，很麻利地登上梯子。

"虽说是打病人屋里取来的，但这火可是干净的。"她低俯着刚理的发髻，拨弄炭火。听说病人患的是肠结核，是回老家等死的。

虽说老家，少爷也不是生在这儿。这村子是母亲的娘家。母亲在港镇做艺妓，后来就在那里当舞蹈师傅，没到五十岁就患上中风病，回到这个温泉地疗养。少爷从小就喜欢摆弄机器，进了一家钟表店，留在港镇。不久又到东京，上了夜校。身子也许吃不住了。今年才二十六岁。

驹子一气说了这么多，但是带少爷回来的那位姑娘是谁？驹子为什么待在这个家里？她依然一句都未提及。

然而光凭这些，在这座悬在空中的房子里，驹子的声音也能传到了四面八方，岛村心里很不踏实。

走出门口，一件东西泛着白色闯入眼帘，回头一看，是桐木的三味线盒子。似乎比实物又长又大，背着这玩意儿赴宴简直令人难以置信。正当这时，煤烟熏黑的隔扇打开了。

"驹子姐姐，可以从这上面跨过去吗？"

清澄而优美的声音近乎悲戚。这声音似乎又从哪里弹回来了。

岛村记得，这是那位叶子姑娘从夜行火车的窗口呼叫站长的声音。

"可以。"驹子回答。叶子穿着防雪裤，蓦地跨过三味线，她手里拎着玻璃尿壶。

昨晚和站长谈得很熟，又穿着防雪裤，看来叶子明明是这一带的女孩子。一副华丽的腰带有一半露在防雪裤外头，黄褐色的防雪裤和黑色的粗纹棉布十分惹眼，毛织的长袖也一样鲜艳夺目。防雪裤在两膝上边开衩，看起来宽松肥大，而且又是硬挺的棉布，似乎显得很舒适。

叶子冷不丁儿睃了岛村一眼，一声不响地走过门口。

岛村来到外面之后，叶子的眼神在他额上烧得他难以忍受。那眼神像遥远的灯火一般寒冷。为什么呢？当他凝望映在火车玻璃窗里叶子的容颜时，山野的灯火从她眼前流去，灯火和眼眸相重合，欻然一亮的当儿，岛村为着那种难以言说的美丽而惊颤不已。他抑或回忆起昨夜的印象来了吧？说到这个，他也同样想起镜里一派白雪之中浮现出的叶子的红颜。

他加快了脚步。尽管生就一双肥硕、白嫩的腿脚，但喜欢登山的岛村，一面眺望着山野，一边轻松愉快地走着。不觉之间便疾步如飞。这对于随时拿得起放得下的他来说，那夕暮的镜子和晨雪的镜子，很难使人相信是人工做的。

那是一面自然的镜子，那是一个遥远的世界！

就连刚刚离开的驹子的小屋，也已经成为遥远的世界。他对自己甚感惊讶，登到坡顶，一位按摩女走来，岛村立即盯住她问：

"按摩师傅，能给我揉揉吗？"

"那么，现在是什么时辰了？"说罢，她把竹杖夹在胳肢窝里，右手从腰带里掏出带盖的怀表，用左手指摸索着表盘。

"二时三十五分过了。我三时半必须赶到车站，不过迟一点儿也没关系。"

"你能清楚地知道钟表的时间？"

"我把玻璃盖子拿掉了。"

"一摸就能知道了吗？"

"数字摸不到。"她又一次掏出女子用起来稍大的银制大怀表，打开盖子，这里是十二点，这里是六点，正中间就是三点。她按着手指说：

"然后加以推算，一分不差不敢说，但决不会有两分的误差。"

"是吗，你走坡道不怕滑倒吗？"

"下雨时女儿会来接的。晚上给村里人按摩，已经不大上山啦。旅馆的侍女说是我丈夫不放我出来，真是没法子。"

“孩子都大了吧?”

“是呀,大女儿十三啦。”她说着进了屋,默默按摩了一会儿。远方的筵席上传来三味线的声音。

“这是谁呀?”

“从三味线的音色上,你能知道是哪个艺妓弹的吗?”

“有的能知道,有的不知道。老爷,看来您过的是好日子,细皮嫩肉的。”

“不感到僵硬吧?”

“论僵硬,脖子挺僵的。身子生得很匀称,不喝酒是吧?”

“你什么都知道啊!”

“我还熟悉三位客人,他们的体形和老爷您一样。”

“我的这种体形平凡至极啊!”

“可又说回来,不喝酒还有什么意思呢?借酒浇愁嘛。”

“你丈夫喝不喝酒?”

“怎么不喝,真难办呀!”

“这是谁在弹三味线?好难听啊!”

“可不。”

“你也弹琴吗?”

“弹的,从九岁练到二十岁,有了丈夫之后,十五年没弹啦。”

岛村想,盲女看起来比她年龄更显得年轻。他问道:

"你小时候学琴，琴艺还是蛮扎实的吧？"

"手是已经变成按摩师的手，但耳朵还能分辨。所以一听到艺妓弹得这么糟，心里就着急。真的，就好像过去自己弹的那样。"说着，她又侧耳细听：

"这是井筒屋的文子那丫头吧？弹得最好的和弹得最差的我全都清楚。"

"谁弹得最好？"

"驹子那孩子，年纪轻轻，这阵子弹得可熟练啦！"

"唔。"

"老爷，您认识她吗？说她一手好琴艺，也只是在这座山村里。"

"不认识。不过，她师傅的儿子回来了，昨晚我和他同一趟火车。"

"哦，他病好以后回来的？"

"看样子还没有好。"

"啊？听说那位少爷长期在东京治病，驹子这孩子今年夏天当了艺妓，挣钱给他寄去了住院费，这到底是怎么回事啊？"

"你是说那个驹子？"

"看在未婚夫这个分上，能尽力的也都该尽力做好，可这样下去何时能了呢？"

"你说是她未婚夫，真的吗？"

"是的，听说是未婚夫。我也不清楚，都这么传说呀。"

在温泉旅馆听按摩女讲艺妓的身世，虽说极为寻常，可是反而会遇到一些意想不到的事情。驹子为了未婚夫去当艺妓，这也是小事一桩，不过在岛村看来，他感到不可理解。也许这件事本身是同道德规范相冲突的缘故。

他还想继续更深入地问个仔细，可是按摩女却沉默不语了。

驹子是师傅儿子的未婚妻，叶子是他的新情人。可是，那儿子不久就要死了，岛村的头脑又泛起"徒劳"这个词儿。驹子守住未婚妻的名分，甚至卖身为他挣钱治病，这不是徒劳又是什么呢？

岛村盘算着，要是再见到驹子，就迎头给她一句"徒劳"；可转念一想，他反而感到她的存在是纯粹的了。

这种虚伪的麻木藏着寡廉鲜耻的危险性，岛村细细品味着其中的奥秘。按摩女走了之后，他躺下睡了，可心底里一阵冰冷。一看，窗户依然大敞着。

山峡里太阳很快掠过，寒冷的黄昏及早降临了。晦暗中，夕阳映照着远山积雪的峰峦，看起来近在咫尺。

不一会儿，远近高低的连山渐次清晰地显现出或浅或深的襞褶，淡淡的残曛流连忘返，积雪的峰顶晚霞灿烂。

村庄的河岸、滑雪场、神社，随处点缀着一团团杉树黝黑的阴影，十分显眼。

岛村正在承受一种虚幻的痛苦折磨的时候，驹子仿佛伴着温暖的阳光走了进来。

听驹子说，欢迎滑雪客的筹备会就在这家旅馆举行。她应召参加当晚的宴会。驹子坐进被炉，她蓦地抚摸一下岛村的面颊。

"今晚上很白，挺怪的呀。"

她就像要揉碎似的抓起他脸上柔软的肌肉。

"您是傻瓜！"

她有点儿醉了。宴会结束后，她又来了。

"不知道，我不知道。头疼，我头疼！啊，真难，真难啊！"她说着，一头倒在镜台前边，醉醺醺的，脸上闪过奇怪的表情。

"我很渴，快给我水喝！"

她双手捂着脸，顾不得发型散乱地倒在地上，不久又坐起来，用冷霜洗去白粉，露出通红的面庞，驹子独自一人得意地笑起来。有趣的是，她很快清醒了，瑟瑟地震颤着双肩。

接着，她用沉静的口吻对他说，整个八月，她都在患神经衰弱，头脑一直昏昏沉沉的。

"我担心我会发疯。我一直都在苦苦思索，我自己也不知道，究竟在思索些什么。好可怕呀！一点儿也不能睡觉，只是到筵席上才能安稳些。夜里老是做梦，吃饭也不香，拿起缝衣针在榻榻米上戳来戳去没个完。又是大热天。"

"当艺妓是几月里?"

"六月。要不然，我如今也许到浜松去了。"

"去成亲?"

驹子点点头。浜松的男人一个劲儿催她结婚。她一直不喜欢那个男人，所以很犹豫。

"不喜欢就拉倒，有什么好犹豫的!"

"不能那样说。"

"结婚? 你还有那股子劲头儿?"

"讨厌，不关这个。不过，我不把身边的事情安排妥帖，是不会结婚的。"

"哦。"

"您说话太随便啦。"

"那么，你和浜松那个男人有过什么瓜葛吗?"

"要是有，谁还会犯犹豫呢?"驹子提高了嗓门。

"不过他说了，只要我待在这块地方，他就不许我和别人结婚。否则，他会不择手段地加以捣乱。"

"浜松那么个远地方，你还担心这个?"

驹子沉默好大一会儿。她一直躺着，仿佛在品味自己身体的温暖。她突然不经意地说：

"我当时还以为自己怀孕了呢。现在想想真可笑。嘻嘻嘻。"她掩口笑起来，立即缩着身子，两只手孩子般紧紧抓住岛村的衣领。

紧闭的睫毛看上去宛如半睁半阖的黑色的眼眸。

六

翌日早晨，岛村醒来，驹子一只胳膊支着火钵，翻开一本旧杂志，在上头乱涂乱画起来。

"哎，我回不去了。侍女来添火，真叫人难为情，吓得我一咕噜爬起来，太阳已经照到格子门上。昨晚喝醉了，就这么稀里糊涂睡着了。"

"几点了？"

"已经八点了。"

"去洗澡吧。"岛村起身了。

"不，走廊上会碰到人的。"她又变成一个规规矩矩的女子了。岛村洗完澡回来，她随即顶起一块手巾，动作麻利地打扫着房间。

她有些神经质地揩拭着桌腿和火钵的边缘，平整炭火也十分熟练。

岛村把腿伸进被炉，悠闲地躺卧着，烟灰掉落下来，驹子用手帕悄悄擦去，拿来了烟灰缸。岛村爽朗地笑起来。

驹子也笑了。

"你要是有了家，丈夫肯定成天要挨你骂的。"

"可我什么也没骂呀。人家老笑话我，说我就连要洗的脏衣服也叠得整整齐齐。生就的，没办法。"

"所以说嘛，看看壁橱，就知道这家女人怎么样。"

早晨的太阳照得屋子暖洋洋的。

"真是好天气，要是早点回去，练练琴该多好。这样的天气，音色也不同啊。"

驹子一边吃饭，一边抬眼望着湛蓝的天空。

远处的山峦，白雪似烟，群峰包裹在乳白色的轻雾之中。

岛村想起按摩女的话，说在这里也能练琴，驹子霍然站起身来，给家里打电话，叫把换洗的衣服和长歌①歌谱一起送过来。

岛村心想，白天见到的那间屋子也有电话吗？这时，他脑子里浮现出叶子的一只眼睛。

"是叫那个姑娘送来吗？"

"也许是吧。"

"听说，你就是那家少爷的未婚妻？"

"哎呀，您什么时候听说的？"

---

① 江户初期，上方（大阪、京都）地区流行的长篇三味线曲。

"昨天。"

"真是个怪人，听说就听说了呗。昨晚为何不告诉我一声？"不过，这回同昨天白天不一样，驹子一直都是一副清纯的笑容。

"我不想伤害你，所以才没说。"

"心里根本不是这样，东京人，都爱撒谎，我讨厌。"

"瞧，我一开口你就打岔，不是吗？"

"不是，您真的这么想？"

"真的。"

"您还在骗人。您明明不是这样。"

"我开始不理解，可是听说，你为了这门婚事当了艺妓，挣钱为他交医疗费。"

"讨厌，简直像演新派剧①一样。谁说我定亲了？好些人都这么看。我也不是为了别人当艺妓，不过，我能做的还是应该做。"

"你说的我一点儿也猜不透。"

"直说了吧，师傅也许有这番意思，觉得我和他家少爷

① 一种对抗所谓旧剧歌舞伎的戏剧。明治中期，川上音二郎等倡导以当代为题材的戏剧运动，初以自由民权思想的壮士为主角，后来脱离政治色彩，转而取材于社会问题，作为一门新的剧种而成长起来。明治末期，结合社会现实以上演催人泪下的悲剧为主。此处借以比喻容易引起悲伤的话题。

可以在一起。这只是她的想法，嘴里从来没说过。师傅的心思，少爷和我也都约略知道些，可我们俩并没有什么。就这些。"

"你们是青梅竹马吗?"

"那倒是，可我们天南海北，不生活在一起。我卖到东京的时候，他一个人来送我。最老的日记第一页上，这事都写着呢。"

"要是两人都在港镇，现在说不定成家了呢。"

"我觉得不会的。"

"那也是。"

"不要为别人操心吧，都是快死的人了。"

"可住在外边总是不好。"

"您哪，说这些就不好啦。只要我爱干，一个将死的人又怎样管得了呢?"

岛村无言以对。

可是，驹子还是对叶子的事一字不提，这是为什么呢?

还有那位叶子，在火车上像年轻母亲一样忘我地照顾着病人，把他送回家来，今早又给和这个男人有着某种关系的驹子送换洗的衣服，她究竟是怎么想的呢?

岛村正在不着边际地胡思乱想。这当儿，忽然听到一种低沉而清澈的声音，正是叶子优美的呼唤。

"驹子姐姐，驹子姐姐！"

"哎，辛苦啦！"驹子走进里边的三铺席房间。

"叶子妹妹来啦？哎呀，这么重，真难为你啦！"

叶子似乎默默回去了。

驹子用指头绷断最细的第三根弦，换了新的，调准了音。其间，他已经知道她的嗓音十分清澈俊雅，打开被炉上包着一大叠乐谱的包袱一看，除了一般练习曲之外，还有杵家弥七[①]的《文化三味线谱》二十册。岛村感到很意外，他拿起一本来，问：

"就用这些作为练习曲吗？"

"这里没有师傅，实在没办法呀。"

"家里不是有个师傅吗？"

"中风啦。"

"中风，嘴还能动啊。"

"嘴也不灵啦。教舞蹈，只能用还能动的左手纠正动作，可弹起三味线来不堪入耳。"

"只看乐谱明白吗？"

"都明白。"

---

① 杵家弥七（1890—1942），本名赤星曜，二世弥七的门弟弥寿治之女。大正五年（1916）袭名四世弥七。为实现三味线音乐乐谱化而呕心沥血，完成《三味线文化谱》。进而通过广播普及文化谱，致力于发展长歌。

"不说良家淑女，单说艺妓，在这遥远的山里，竟然令人钦佩地专心演练高雅的三味线入门曲，乐谱店老板知道了也一定很高兴吧？"

"酒宴上主要是跳舞，后来到东京也是学的舞蹈。三味线只略略记得一些，忘记了也没有人给予指点，全仗音谱啦。"

"唱歌呢？"

"哦，唱歌呀？学跳舞的时候也听熟了一些，还算凑合，新的歌是从广播里学，自己也不知道怎样。其中还有自己瞎琢磨的，想必很好笑吧。还有，在熟人面前不出声，碰到陌生人也能放开嗓门大声唱。"她有些羞赧，摆了摆姿势，紧紧盯着岛村的脸，仿佛说："您点吧。"

岛村一下子被她慑服了。

他生在东京下町，从小熟悉歌舞伎和日本舞，听惯长歌的词句，自然也就记住了。但他没有亲自学习过。一说起长歌，他首先浮现于脑海中的是舞姿翩跹的舞台，而不会想到艺妓卖笑的筵席。

"真没劲，您真是个最叫人头疼的客人啊！"驹子咬住下唇，将三味线横放在膝头。不过，她似乎换了另外一个人，认认真真摊开练习歌谱说：

"今秋，一直都是练的这个谱子。"

她指的是《劝进帐》①。

忽然，岛村浑身一阵透凉，几乎使他绷紧了面颊，一股清泠之气直达五脏六腑。在他那朦胧虚空的头脑里，响彻了三味线的弦音。这音乐使他大为惊奇，更将他击倒在地。他承受着虔诚之念的冲撞和悔恨之思的洗礼。他自己已经毫无气力，只好舍身于驹子的艺术长河之中，任其随波逐流，以图心神涤荡之快。

一个十九、二十岁光景的山野艺妓，弹起三味线，琴艺竟然如此高妙，弹奏的地点虽说是筵席，但这不正像舞台上的音乐吗？岛村转念又想，这也许只是自己对于这片山野的感伤之情所致吧。驹子时时生硬地念一句歌词，就说这里节奏太慢，又很麻烦，干脆跳过去。她不知不觉忘情地提高了嗓门，嘈嘈的弦音也激越地响彻四面八方。岛村害怕了，这种音乐究竟会传向哪里呢？于是他有些虚张声势似的枕着胳膊躺下了。

《劝进帐》一曲终了，岛村放下心来，"哦，这个女子爱上我了。"想到这里，他心绪一阵悲凉。

"这样的天气，音色也不一样。"他抬头仰望雪后的晴天丽日，想起驹子说的这句话。空气也不同往常。既没有

① 歌舞伎十八番之一，独幕剧。三世并木五瓶词，四世杵屋六三郎曲。叙述源义经为逃脱源赖朝迫害，与家臣辨庆装扮成化缘的和尚，巧妙通过安宅关的故事。

墙壁，也没有听众，更没有都市的尘埃，只有音乐透过这个纯粹冬日的早晨，径直飞向远方积雪的山峦。

永远面对山峡这片大自然的景观，不知不觉之间，她已经将其当作听众，一直进行孤独的练习，这早已形成了她的习惯，所以弹拨的力量自然强劲起来了。这孤独踏破哀愁，蓄积着野性的意志和力量。虽有几分基础，但从阅读音谱学习复杂的音曲，到撇开音谱独自弹奏，一定是靠着坚忍不拔的毅力而付出无数次努力才获得的吧？

驹子的生存方式，被岛村看成是虚空的徒劳，哀叹为遥远的憧憬；然而，她却凭借自身的价值，弹拨出凛凛动听的音乐！

岛村的耳朵无法辨认她是如何灵巧挥动着那双纤指，他单凭音乐感情加以理解，但对于驹子来说，他是一名相当好的听众。

当弹到第三支曲子《都鸟》^①的时候，也许因为曲调本身过于柔艳，岛村紧张的心情放松了，而变得温馨而安然，他一味紧盯着驹子的面颜。于是，他越发体会到一种肉体的亲近之感。

细而高耸的鼻梁，虽然显得很平常，但面孔生动、高

---

① 《都鸟》，安政二年（1855），二世杵屋胜三郎创作的长歌曲。描写东京隅田川春夏之交的美景，借助河中雌雄相从、浮沉嬉戏的都鸟，歌颂男女欢爱之情。曲调高雅。

雅，仿佛窃窃自语："我就在这儿。"优美而鲜润的朱唇，紧紧吮缩在一起时，看上去光亮细腻，似乎还在微微蠕动；虽然随着歌唱时而张大，但又立即缩小下来，显得楚楚可爱，和她全身的魅力十分相合。微弯的眉毛下，眼角既不上挑，也不下垂，故意描成直线的眼睛，如今盈盈生辉，闪动着稚气的光芒。她没有施白粉，都市的烟花生活使她通体明净，且染上几分山野之色，浑身的皮肤宛若新剥的百合和玉葱的球茎。她的颈项红润润的，看上去洁净无比。

她端然而坐，看起来像一位靓妆少女。

临了，她说眼下正在学习《浦岛新曲》[①]，一边看谱，一边弹奏。驹子默默将琴拨子塞进琴弦，随之放松了姿势。

她立即变得风情万钟，妩媚动人。

岛村没有说话，驹子也无心听取他的评论，她只是一味陶然自乐。

"这里的艺妓弹三味线，你只要听一下就能知道是谁吗？"

"我当然知道。不到二十个人呀。要是弹《都都逸》[②]就更好分辨了。这曲子最能弹出个人的特点来。"

然后，她捧起三味线，移动一下蜷曲的右腿，将琴担

①《浦岛新曲》，以浦岛传说为题材的舞蹈剧。坪内逍遥作。
②《都都逸》，描写男女情爱的俗曲，由七七七五共二十六音组成。

在小腿肚上，腰肢转向左侧，身子倾向右方。

"从小就是这么练习的。"她瞅着琴把子唱起来：

"黑——发——的——呀……"随着稚气的歌唱，也跟着响起铮铮的琴声。

"你一开始学的就是《黑发》① 吗？"

"哪里呀。"驹子还像小时候那样摇着头。

七

从此以后，驹子在这里过夜，也不硬要赶在天亮之前回去了。

"驹子姐姐！"廊子远处传来了语尾上挑的呼喊声，是旅馆里的小女孩。驹子把她抱进被炉，一心一意逗她玩耍，快到中午，她带着这个三岁的小女孩去洗澡。

洗完澡又给她梳头。

"这孩子一见到艺妓，就尖声地叫'驹子姐姐'，最后一个字声音很高。照片或画面只要有留着日本发型的，都成了'驹子姐姐'。我喜欢小孩，知道孩子在想些什么。'小君呀，到驹子姐姐家里玩吧。'"她站起身来，又悠闲

---

① 《黑发》，练习长歌时的短曲。描写伊东佑亲的女儿辰姬与源赖朝相恋，后让情于政子，自己一边梳头，一边为相思所苦的情景。

画 | 竹久梦二

地坐到廊下的藤椅上。

"东京人好性急呀，这么早就滑起来啦!"

这间房子位于小山之上，可以清晰地看到南面山脚下的滑雪场。

岛村也从被炉里转过头去，只见斜坡上面白雪斑驳，五六个身着黑色滑雪服的人一直在山下稻田里滑着。那层层梯田，尚未被积雪掩盖，坡度也不大，选的实在不是地方。

"好像是学生，赶上星期天了吧，那样玩法会有趣吗?"

"不过，他们滑的姿势都很好呢。"驹子悄声地自言自语：

"在滑雪场上碰到有艺妓打招呼，人们总是惊叫一声：'是你呀?'她们在滑雪场上晒黑了皮肤，认不出来了。平时晚上看到的都是化了妆的。"

"也是穿的滑雪服吗?"

"是防雪裤。啊，真讨厌，真讨厌，在筵席上一碰上，就立即说：'明天在滑雪场再见吧。'今年不想滑雪了。再见吧，喂，小君，咱们走吧。今夜要下雪。下雪之前天气很冷啊。"

驹子走了，岛村坐在她坐过的藤椅上。他看见滑雪场前头的山坡上，驹子牵着孩子小手往回走。

云彩出来了。背阴里的山和日光照耀的山重合在一起，时阴时晴，变幻不定，显出一派薄寒的景象。不一会儿，滑雪场倏忽蒙上一片阴影。视线转回窗户下边，只见干枯的菊花篱笆上早已凝结了晶莹的冰凌柱。然而，屋顶融化的雪水流进竹管里，淙淙之声不绝于耳。

夜里没有落雪。一阵冰霰过后，下了雨。

回东京前的一个夜晚，月色清雅，空气凛冽。岛村再次叫来驹子，虽说快到十一点了，驹子非要出去散步不可，怎么说都不行。驹子动作有些粗暴，硬把岛村拖出被炉，拉着他一道去了。

道路已经结冰，村庄寒森森的，寂悄无声。驹子撩起衣裾，掖在腰带里。月亮明净，宛如蓝色冰海上的一把利剑。

"到车站去！"

"你疯啦？来回要走七八里呢。"

"您就要回东京了吧？我去看看车站。"

岛村从肩膀到两腿，冻得发麻了。

一回到房间，驹子猝然显得神情颓唐，她把双手深深探进被炉，低着头，久久不肯去洗浴。

被炉上面蒙上一层被子，褥子紧挨着地下火钵的边缘，铺成一个被窝。驹子面对被炉坐在一旁，一直俯首不语。

"怎么啦？"

"我要回去。"

"瞎说!"

"好啦,您休息吧,我就这么坐着。"

"为什么要回去?"

"我不回去啦。天亮前我就待在这儿。"

"你这么闹别扭,不好。"

"我没有闹别扭,谁给您闹别扭了?"

"那好吧。"

"嗯?我受不了呀!"

"什么呀,怪不得,来吧,没关系嘛。"岛村笑了。

"不会难为你的呀。"

"不行。"

"真傻,到处乱闯一气。"

"我要回去。"

"不要走嘛。"

"受不了啦,好吧,您回东京吧。我太难受啦。"驹子
在被炉上悄悄埋下头来。

所谓受不了,还不是害怕同客人的关系越陷越深?也
许每到这个时候,她实在熬不住了。女人的心思已经到这
个份上了吗?岛村一阵沉思起来。

"您快回去吧。"

"我打算明天就走。"

"哎呀,您为什么要回去呀?"驹子醒过来似的抬起头。

"可我这样一直待下去，又能为你做些什么呢?"

驹子含情脉脉望着岛村，突然带着激烈的口气说:

"您不能这样，您不能这样啊!"她焦躁地站起身子，猛然搂住岛村的脖子。

"您呀，不该这么对我说。快起来，我叫您快起来，您就快起来嘛。"她一边诉说，一边倒了下来，一阵狂乱之中，完全忘记了自己的身子。

片刻过后，她睁开温润的眼睛。

"您明天真的要回去吗?"她沉静地问道，捡起了席面上的落发。

岛村决定第二天午后三点出发。他换衣服时，旅馆伙计把驹子叫到廊下。"行啊，就算十一个小时好啦。"驹子答道。也许伙计认为十六七个小时太长了吧。

一看账单，早晨五点回去算到五点，翌日零点回去算到零点，一切都按钟点计算。

驹子外套外边围着一条雪白的围巾，她把岛村送到车站。为了消磨时间，岛村买了一些旅途中的土产，如腌木蓼果、滑木菇罐头之类，还剩二十分钟。他到站前高坡上的小广场散步，举目四望，原来周围雪山攒聚，中间夹着这块褊狭的土地啊!驹子一头秀发抑或太黑了吧，在山峡一派沉寂的日阴景象之中，反而增添一层悲戚的感觉。

远方河流下游的山腹一个地方，不知为何，照射下来一团薄薄的阳光。

"我来之后，积雪大都消解啦。"

"不过，要是连着下上两天，立即就会达到六尺深。继续下去，连电线杆上的电灯都会埋进雪里。像您那样一边走一边想心事，弄不好撞到电线杆上，会碰得头破血流的!"

"那么深啊!"

"前头一所镇上的中学，听说大雪的早晨，从宿舍二楼的窗户里，有的学生赤条条地跳进雪里，身子一下子沉下去，不见了。就像游泳一样，他们只是在雪底下游来着。瞧，那边也有扫雪车。"

"很想来赏雪。但是过年时旅馆很拥挤，又怕火车被雪崩埋掉了。"

"您真会享福哩! 您一直过着这种日子吗?"驹子盯着岛村的脸。

"为什么不留胡子呢?"

"哎，想留啊。"他抚摸着刚剃过的浓黑的须根，在自己唇边荡起一丝皱纹，使柔润的面颊更显得精神焕发。驹子也许对这一点最感兴趣吧? 他想。

"我说你呀，一旦洗去白粉，一张脸就像刚刚用剃刀刮过一样啊。"

"乌鸦又叫啦，真晦气。是在哪儿叫啊? 好冷!"驹子仰望天空，两肘抱着双肩。

"到候车室烤烤火吧。"

这当儿，从公路拐进车站的宽阔路面上，身穿防雪裤的叶子，慌慌张张跑过来了。

"喂，驹子姐姐！行男哥哥他⋯⋯驹子姐姐！"叶子气喘吁吁，就像一个从恶人手里逃脱的孩子死死缠住母亲，叶子一把抓住驹子的肩膀。

"快回去！情况紧急，快！"

驹子强忍肩头的疼痛，她闭着眼睛，脸色突然变得惨白起来，出乎意料地使劲摇了摇头。

"我要送客人，不能回去。"

岛村大吃一惊。

"送什么呀，你甭管啦。"

"这不好，我不知道您还会再不再来呀。"

"来，来!"

叶子似乎什么也没听见，她急急地劝道：

"刚才电话打到了旅馆，听说你在车站，我就跑来啦。行男哥哥在叫你呢。"她拽住驹子，驹子一直忍耐着，这时忽然甩掉叶子。

"我不!"

这时，驹子跌跌撞撞走了两三步路，接着一阵恶心，她想呕吐，但嘴里什么也没有吐出来。她眼角潮润润的，双颊起了鸡皮疙瘩。

叶子呆然而立，直盯着驹子。由于她的神情过于认真，看不出是恼怒、惊奇，还是悲哀。假面般的容颜使她显得十分单纯。

她猝然转过脸来，蓦地抓住岛村的手。

"哎，求求您啦，让她回去吧。快让她回去吧!"她一个劲儿高声喊叫，缠住他不放。

"好，我会让她回去的!"岛村大声对她说。

"快快回家去，傻瓜!"

"是您，您在说些什么?"驹子说着，她的手把叶子从岛村那里推开。

岛村指了指站前的一辆汽车，被叶子用力抓住的手已经麻痹了。

"我教那辆汽车马上送她回去，你先走吧。这里，人会看见的呀。"

叶子微微点了点头。

"快点儿，快点儿!"她说罢转声跑回去了。岛村简直不敢相信这是真的，他似乎仍不满足，目送着叶子渐去渐远的背影。此时，他的心头掠过一丝不应有的疑虑：为什么那位姑娘总是这般认真呢?

叶子近乎悲戚的优美的声音，眼下似乎正从雪山某处飘然而至，久久存留于岛村的耳鼓。

"上哪儿去?"岛村去找汽车司机,驹子将他拉回来。

"我不回去!"

岛村蓦地对驹子感到一种肉体的憎恶。

"你们三人之间究竟发生了什么事情,我一字不晓。少爷也许就要死了,他很想见你一面,才派人来喊你的。老老实实回去,不然你会后悔一辈子。我们说话的当儿,要是他咽气了,怎么办?不要再犟啦,快回去,就此将一切了断吧!"

"不对,您误解我啦。"

"你被卖到东京的时候,不就是他一个人为你送行的吗?你最早的日记第一页上不是写的他吗?有什么理由不去送他一程呢?快去吧,将你写在他生命的最后一页上吧!"

"不,我不愿看着一个人的死。"

驹子究竟是出于冷酷的薄情,还是出于热烈的爱恋?岛村一时迷惘起来。

"还记什么日记呀?我要全部烧掉!"驹子嗫嚅着,面颊潮红。

"您啊,真是个老实人。看您这么老实,把我的日记全都送给您吧。您可不要取笑我呀。我觉得您是个老实人呢。"

岛村胸中涌起莫名的激动。是的,他也觉得没有比自己更老实的人了。他不再强求驹子回去了。驹子也闷声不响了。

驻在车站的旅馆支店的伙计出来，通知他们检票了。

四五个身穿黯淡冬装的当地人，默默不语地上上下下。

"我不进站啦，再见！"驹子站在候车室的窗户里面。玻璃窗关着，从火车上看去，她就像穷乡僻壤的一家水果店的一只苹果，被人遗忘在煤烟熏黑的玻璃箱里。

火车开动了，候车室的窗玻璃闪着光亮。驹子的容颜在光明之中一下子燃烧起来，又骤然消泯了。那是和早晨雪光映照的镜子中一样的红颜。在岛村眼里，那是即将告别现实世界的一种颜色啊！

从北面登上国境的山峦，穿过长长的隧道，冬日午后淡薄的阳光仿佛已经被地下的黑暗吸收去了，古老的火车犹如脱去明净的外壳一般钻出隧道，于重峦叠嶂之间顺着暮色渐浓的山峡呼啸而下。山的这边还没有下雪。

火车沿着河流行驶，不久来到广阔的原野。山峰好似经过精雕细镂，一条条优美的斜线自顶端缓缓伸向遥远的山裾，山顶上空，月色清明。整个山体在霞光浅淡的夕空映射下，呈现一派浓丽、缥缈之色，这就是山边麓地唯一的景象。月光溶溶，没有冬夜的严寒之气。天上不见一只飞鸟。山间野地，一览无余，向左右绵延伸展，直达河岸。岸边矗立着一座水力发电站，只有这座纯白的建筑，一直映在冬日萧索的车窗里。

车窗因暖气而变的模糊不清了。暮色渐次笼罩外面的原野，窗玻璃上又映出乘客半明半暗的影像来。那是暮景之中镜子的嬉戏。这趟列车只挂了三四节褪色的车厢，和东海道①不同，这是在另外的地方用旧的车厢，电灯也很黯淡。

岛村好像乘上一种非现实的工具，不再考虑时间和距离，一味听任身子虚空地向前运行。他一旦陷入此种精神恍惚的状态，就开始将单调的车轮声听成是女人此前说的话。

这些话语时断时续，虽然简短，但却显示了一个女人努力活着的意志。他听了甚感难过，而且不会淡忘。然而，对于如今远行的岛村来说，这是一个遥远的声音，只不过给他平添几分旅愁罢了。

也许就在这时候，行男断气了吧？她为何那样顽固，不肯回家呢？难道驹子因此再也不能和行男见上最后一面了吗？

乘客少得可怕。

一个五十多岁的男人和一个面色红润的姑娘相向而坐，不住说着话儿。那姑娘丰腴的肩头围着黑色的围巾，肤色

---

① 指东京到京都沿海一带的道路。

宛如一团燃烧的烈火。她挺着胸脯，专心地倾听着，快活地频频点头。看样子两个都是出远门的旅伴。

但是，到了有烟囱的缫丝厂的一座车站，老爷子急匆匆从行李架上取下行李，打车窗扔到站台上了。

"我走了，有缘总会在一起的。"他对姑娘打了招呼，下车了。

岛村蓦地热泪盈眶，他不由惊诧不已。这使他越发感到，这个男人彻底离开女人回家去了。

做梦也没有想到，他们原来是萍水相逢的两个旅人。男人看来是个行商。

八

正是飞蛾产卵的季节，不要把西装挂在衣架①或墙壁上。离开东京家里时，妻子这样叮嘱过他。回来一看，吊在卧室屋檐边的装饰灯上趴着六七只橙黄色的大蛾子，里间三铺席房子里的衣架上，也停着一只躯体肥大的小飞蛾。

夏天，窗户上装了防虫纱网，那网上也一动不动地贴着一只蛾子，突露着红褐色小小羽毛似的触角，翅膀却是

---

① 原文为"衣桁"（ikou）。室内晾挂衣物的木架，门型，近顶部有横木。有单门独立，底部加平行木支撑；亦有屏风型双门或多门，成直角或锐角曲折联立。

透明的浅绿，羽翅修长，宛若女人的纤指。对面国境上连绵的群山，经夕阳一照，已是一派秋色，因而，这一点浅绿反而显得更加死寂。唯有前后翅膀相互重叠的部分，绿色才变得浓丽。秋风一来，那翅膀如一角薄纸闪闪飘动。

大概还活着吧？岛村走过去，用手指弹了弹纱网的内侧，蛾子没有动。他握起拳头"咚"地敲打了一下，蛾子像一片树叶飘落下来，半道上又翩翩飞走了。

凝神一看，对面杉树林的前边，正在飞过一群群数不清的蜻蜓，如蒲公英的绒毛飘忽不定。

山脚下的河水看起来好像打杉树梢顶流了过去。

稍高的山坡上开满胡枝子的白花，银光闪烁。岛村一直贪婪地朝那里遥望。

岛村走出室内浴池，看见一位俄罗斯妇女坐在大门口卖东西。她为何要到这样的乡间来呢？岛村过去想看个究竟。只见她卖的是一般的日本制化妆品和发饰等物。

她四十出头，污秽的脸上布满细细的皱纹，肥硕的脖颈上显露出洁白的脂肪。

"你从哪里来？"岛村问。

"从哪里来？是啊，我是从哪里来的呢？"俄罗斯女子不知如何回答，她一边收拾东西，一边思忖着。

裙子像卷裹着的一片脏布，早已看不出西式服装的影子。她像一个过惯了日本生活的人，背起那只大包袱回去了。不过，她脚上穿的依然是靴子。

在一起目送俄国女子回去的老板娘的劝诱下，岛村也走进柜台，看到炉畔坐着一位大块头的女子，脊背朝外。女子收起裙裾站了起来。她穿着一身玄色的礼服。

滑雪场有一幅宣传画，画着一个女子，穿着陪酒时的和服，下身套着棉布防雪裤，同驹子肩并肩乘坐在滑雪板上，岛村记得那位艺妓就是她。她是一位腰肢丰满、举止大方的中年女子。

旅馆老板把火筷子搭在炉子上，烤着一个椭圆形的大包子。

"吃一个吧，怎么样？这是人家送礼的，尝一口玩玩吧！"

"刚才那位洗手不干了吗？"

"是啊。"

"她是个挺好的艺妓吧？"

"满期了，特来辞行的。她可是很叫座的呀。"

岛村对着热包子，一边吹气一边咬嚼。坚硬的包子皮散出一股陈旧的香味，微带酸涩。

窗外，夕阳照耀着鲜红的熟柿子，那光线似乎反射到屋内梭连钩①的竹筒上来了。

----

① 原文为"自在钩"（jizaikagi），旧时炊具，将铁链套上竹筒吊在屋梁上，自由调节其高低，下端钩子挂茶壶锅釜，用于烧煮。

"那长得长长的，是芒草吧?"岛村好奇地望着山坡路。一位老婆子背着一捆芒草踽踽而行，芒草高过她身子一大截，而且挺着长长的穗子。

"那个呀，那是芭茅啊!"

"是芭茅吗? 是芭茅吗?"

"铁道省①举办温泉展览会时，记得建造了一所休息室还是茶室，就是用这里的芭茅葺顶的。听说东京来人把这座茶室整个买下来了。"

"是芭茅吗?"岛村又一次自言自语地嘀咕着。

"看起来，山间开放的是芭茅花，我还以为是胡枝子哩。"

岛村下了火车，首先映入眼帘的是山野上的白花。陡峭的山腹上头，临近峰顶，洁白似雪，闪耀着璀璨的银光，看上去好比遍布山巅的秋阳。他不由"啊"的一声动了情。他认定那就是胡枝子的白花。

然而，走近一看，芭茅劲健的气势和那仰慕远山的感伤之花全然不同。大捆大捆的芭茅严严实实遮蔽了背草女人们的身影，擦着山路两侧的石崖沙沙作响，高扬着坚实的穗子。

---

① 日本管理国营铁路事务的最高行政机构。1945 年改称为运输省。历经几次统合，现称为国土交通省。

回到房间一看，隔壁昏暗的灯影里，一只个儿大的飞蛾正在黑漆衣架上爬行，产卵。屋檐下的蛾子也吧嗒吧嗒不住扑打在装饰灯上。

虫子大白天就唧唧唧叫个不停。

驹子来得稍微晚了些。

她站在廊下，面对面盯着岛村。

"您，来干什么？到这个地方来干什么呀？"

"我来见你呀。"

"您心里根本没有我。东京人净撒谎，我讨厌。"

她一边落座，一边低声柔和地说：

"我不愿为您送行了，说不清是一副怎样的心情。"

"哦，我这次一声不响地回去。"

"不，我说的是不到车站去。"

"他怎么样了？"

"还用问，死了。"

"就在你送我的时候？"

"不过，和这没关系。说送行，谁能想到会那么难受啊！"

"嗯。"

"您二月十四那天干什么来着？您骗人！我等得好苦啊！您说过的话，根本不算数。"

二月十四日是赶鸟节①，这是雪国孩子们一年里的盛大节日。十天前，村里的孩子们就穿着草鞋踩雪，再将踩得硬实的雪板，切割成二尺见方的雪块，堆积起来建造积雪的殿堂。这种雪堂面积有三十多平方米，高达丈余。十四日晚上，将各家稻草绳集中起来，堂前燃起熊熊篝火。这个村子的新年是二月一日，所以稻草绳有的是。接着，孩子们爬上雪堂屋顶，挤在一起，合唱《赶鸟歌》。然后，孩子们进入雪堂，点灯守夜，直到黎明。十五日天亮，他们还要再次爬上雪堂屋顶，合唱《赶鸟歌》。

这时候，正是积雪最深的时节。岛村约好了，他要来观看赶鸟节。

"我二月里正在老家，后面停了生意，想着您肯定要来，十四日回到这里。早知道，慢慢照顾病人该多好呀。"

"谁生病了？"

"师傅来到港镇，得了肺炎，我正好在家，他们打来电报，我就过去护理了。"

"好了吗？"

---

① 旧历新年正月 14 日夜至 15 日，为追赶有害于农田及农作物的鸟兽，祝愿当年丰收，聚众齐唱《赶鸟歌》。歌曰："鸟自何方来？来自信浓国；被何物追赶？一束湿木柴。草地与河畔，群鸟高高飞，哎哟哎哟呵……"年轻人挨家挨户边唱敲打竹籤（zhēn，竹制乐器）以乐之。

"没有。"

"都怪我呀！"岛村没有守约而甚感悔恨。他对她师傅的死表示哀悼。

"算啦。"驹子连忙宽宏地摇摇头。她用手帕掸掸桌子。

"虫子真多啊。"

矮桌上和榻榻米上到处落满了小羽虫，许多小蛾子围着电灯飞旋。

纱窗外面也停留着好多种斑斑点点的蛾子，在清澄的月光里浮动。

"我胃疼，我胃疼呀！"驹子两手插进腰带，一下子趴在岛村的膝盖上。

她那涂着厚厚白粉的后颈从衣领里露出来，上面立即落满了一群比蚊子还小的蠓虫，有的眼看着死去，有的不能动弹。

她的粉颈比起去年更加丰满了，已经二十一岁了，岛村想。

他的膝头流过一股温润的气息。

"账房的人见到我，一齐笑着说：'驹子，快到茶花间瞧瞧吧。'我不愿去，把阿姐送上火车，回来想美美睡上一觉，可电话打过来了。我很累，本来打算不过来了。昨晚为阿姐钱行，多喝了点酒。账房一个劲儿取笑，他们说原来是您。隔一年了，看来是个一年只来一次的主儿吧。"

"我也吃了那包子。"

"是吗?"驹子挺起胸脯，她的脸抵在岛村膝盖上的部分留下一团潮红，看上去略带几分天真。

她说，一直把那位中年艺妓送到下下个车站才回来。

"真难办啊，从前不论干什么，大家都能立即抱成团，可现在个人主义渐渐抬头，各有各的打算。这地方也完全变样啦，净是来一些不对脾气的人。菊勇姐姐走了，我也孤单了。以前不管什么事，只要她一句话。又是个花魁，上客不少于六百支香①，我们这里拿她当宝贝哪!"

那位菊勇到了期限回老家去了。岛村问，她是结婚还是重操旧业呢?

"阿姐是个很可怜的女子。从前的婚姻失败了，才来这里的。"驹子迟疑了一下，她想不再说下去，随之望了望月光下的梯田。

"那半山腰里不是有一座刚盖成的房子吗?"

"你是说'菊村'小酒馆吧?"

"是的，她本来要嫁给那家老板的，可阿姐临时改了主意，吹了。闹了好一阵子，特叫人家为自己盖了新房，刚要嫁过去，就一脚蹬了。原来她又有了相好的，打算同那人结婚，谁知又受了骗。一旦迷上一个人，竟会变成那副

---

① 艺妓接客时点燃线香计算时间，月终凭线香数目领取工钱。故"玉代"亦称"线香代"。

样子吗？那男子把她给甩了，如今又不能回心转意，要来房子住进去。因此，只得远走高飞，另谋出路了。想想好可怜啊！我们知道的不多，听说有过好几个男人呢。"

"男人吗，总有五个吧？"

"可不嘛。"驹子咔咔笑了，一头躺下来。

"阿姐也太软弱啦，她胆子小。"

"真是没办法。"

"不是吗？招人喜爱，又算得了什么？"

她俯伏着，用簪子搔了搔头皮。

"今天去送行，真叫人难过。"

"那座好不容易新盖的店铺怎么办呢？"

"由原配来掌管。"

"原配来掌管？那倒有意思。"

"开业的一切手续都办妥了，也只能这么办理。那位原配领着孩子，搬了过来。"

"家里怎么办？"

"撇下一个老婆子。寻常百姓，男人喜欢这种生活，他倒是个挺乐观的人呢。"

"游手好闲吧？大概上了几分年纪。"

"还年轻，三十二三岁光景。"

"哦？那么说，小老婆要比原配大呀！"

"一般大，都是二十七。"

"菊村就是菊勇的'菊'字吧？那店果真交给原配了？"

"一旦打出牌子，就不好变卦啦。"

岛村合上衣领，驹子过去关窗户。

"阿姐对您很了解，今天还问起您来着。"

"她来辞行，在账房里碰见过。"

"都说些什么？"

"没说什么。"

"您知道我的心情如何？"驹子又一下子把刚刚关紧的窗户打开来，一跃身子坐到窗台上。

过了一会儿，岛村说：

"这里的星光和东京完全不同，看起来好像飘浮在空中。"

"因为是月夜嘛，也不总是这样。今年的雪好大呀！"

"火车好像常常不通吧。"

"是啊，很可怕。五月里才通汽车，比往年晚个把月呢。滑雪场不是有一家小商店吗？二楼被雪崩冲毁了，楼下的人一点儿不知道。听到一种奇怪的响声，还以为是厨房的耗子闹腾的，出去一看，根本没有什么耗子，楼上全堆满了雪，挡雨板也被卷走了。虽说是表层雪崩，广播里大肆报道一通，吓得滑雪客再也不敢来啦。今年也不打算滑雪了，年前早把滑雪板送了别人。不过也还是滑了两三次。看我没变吗？"

"师傅死了，你怎么办呢？"

"人家的事儿，别管！二月里不是一直在这儿等您吗？"

"回到港镇，悄悄给我写封信不就得啦？"

"才不呢。干吗那样可怜兮兮的！给您的信，连您夫人也能看，那才真叫可怜呢。我犯不上顾忌谁而自欺欺人！"

驹子急风暴雨地好一阵数落着，岛村频频点头。

"您不要坐在虫子窝里，关掉电灯算啦。"

月色皎洁，照在女子的耳轮上，清晰地映出凹凸不同的阴影。泠泠的寒光如一根根银针刺进榻榻米的深处。

驹子的嘴唇柔美而滑润，如水蛭身上的环节。

"好啦，放我走吧！"

"还是那么着急。"岛村转过头去，对着那张奇妙的、略显饱满的桃圆脸，就近仔细地瞧。

"大伙都说，和十七岁刚来那阵子毫无两样。生活嘛，本来就是千篇一律啊。"

她仍保有北国少女火一般红润的脸庞。艺妓般的肌理经月光一照，越发泛起贝壳似的光亮。

"可我家里还是变了，您知道吗？"

"你师傅死了，你已经不住在那间蚕房里了。新搬的地方是个真正的香巢①了，对吗？"

---

① 原文为"置屋"（okiya），艺妓之家。禁止狎客游兴，仅可应扬屋〔ageya，即召见花魁（oiran）之所〕和茶屋（chaya）之招，派出艺妓。

"您是说真正的香巢？可不，店头贩卖粗果子和香烟，也还是我一个人。这回成了替人打工的了，夜里很晚，我就点上蜡烛看书。"

岛村抱着她的肩头笑了。

"人家装了电表，不好意思再浪费电了嘛。"

"是呀。"

"不过，也就是替人干活呗。这家人待我很好，孩子哭了，太太怕打扰我，就抱到外面去。一切都不缺，只是有时床铺歪歪斜斜，不好看。回来晚了，他们早给我重新铺好了。有时被褥叠得不整齐，被单儿打皱了，看着心里觉得别扭，可自己又懒得再铺好。人家一片好心，真是很难得。"

"你要是有了家，只怕更苦了。"

"大伙儿都这么说，生就的嘛。家里有四个孩子，东西扔得乱七八糟，我成天价里里外外跟着收拾。等归整好了，又不知会乱得怎么样呢。但总得有人管，否则哪里坐得住啊。我琢磨着，只要境况允许，我会活得更体面些的。"

"是啊。"

"您知道我的心情吗？"

"知道。"

"知道什么？说说看。快呀，快说说嘛。"驹子突然紧追不舍，声音也尖利了。

"瞧，说不出来不是？撒谎！您花天酒地过日子，是个很马虎的人。您不懂!"

接着又放低声音：

"可悲呀，我是个傻瓜。您也明天回去吧!"

"你这样步步追逼，我哪里一下子说得清楚？"

"有什么说不清楚？您呀，在这一点上，不可指望。"驹子又气馁地沉默不语了。她双眼紧闭，心想，岛村不会把自己放着不管的吧？她很知趣地摇摇头说：

"一年来这么一次，也行。只要我在这块儿，您一年务必来一趟啊!"

她说期限是四年。

"待在老家时，做梦都想不到出来做营生，滑雪板也送人了，要说干成的只是戒烟啦。"

"对对。以前你抽得很厉害。"

"嗯。筵席上客人送的，我悄悄装在袖袋里，每次归来，都有好几根呢。"

"四年也够长的。"

"很快就会过去的。"

"好暖和。"驹子挨过来，岛村一把抱起她。

"生来就是个暖身子呀。"

"早晚要冷起来啦。"

"我到这里五年了，开始很担心，这个地方能住下去吗？铁路开通前，这里更冷清。您第一次来，也有三年了。"

岛村思忖着，不到三年自己来了三次，每一次都看到了驹子境遇的变化。

几只纺织娘急急地鸣叫起来。

"好心烦呀。"驹子说着离开他的膝头。

北风吹来，纱网上的蛾子一齐飞了。

浓密的睫毛闭在一起，看上去仿佛半张半阖的黑眸子。岛村虽然早知道这些，但他还是就近窥视了一番。

"一戒烟，就发胖。"

腹部的脂肪增厚了。

一旦别离，再难以寻觅，眼见着他们又找回了过去的亲昵之情。

驹子一只手伸进前胸。

"一边怎么变大啦？"

"傻瓜，还不是他的坏习惯，专揉一边。"

"好个你呀，真讨厌！瞎说，你真坏！"驹子立即上火了，岛村想起是怎么回事了。

"下次跟他说，两侧平均使力气。"

"是要平均吧？要叫他平均，对吗？"驹子温存地将脸贴了过去。

这间屋子位于楼上，蛤蟆围着房子四周乱叫。听起来不是一只，而是两只、三只，一同爬行。久久地鸣叫着。

驹子在室内浴场洗罢澡，怀着一副安闲的心情，又沉静地谈起自己身世来了。

这里初检时，她以为和雏妓一样，只敞开胸脯，被人取笑，大哭了一场。她连这些都说了。只要岛村问起，她什么也不在乎。

"我呀，那种事儿可准时啦，每个月都是提早两天来呢。"

"那要是碰到赴宴，不是挺糟糕吗?"

"哎，您连这都懂啊?"

每天到著名的温泉场洗洗澡，暖暖身子，每逢赴宴，打旧温泉到新温泉来回要走七八里路。加上山间生活很少熬夜，身子骨健康而粗大，但却生就一副艺妓常有的小腰身，骨盆又窄又厚。其实，这女人引得岛村千里迢迢来相会的，只不过是她那一副深深的哀愁。

"像我这样的人，还能不能生孩子呀?"驹子十分认真地问道。她是说，只要跟一个男人交往下去，不就等于是夫妻吗?

岛村第一次听说驹子有这么个男人，打十七岁起一直相处了五年。岛村很早就感到吃惊，由此更能看出，她是多么无知和缺少警惕。

她刚出道时，为她赎身的那位恩人死了之后，驹子回到港镇也许就同这个人好上了。不过她从开始到现在都讨厌他，所以两人的关系不很融洽。

"能维持五年也很不容易啊！"

"曾有过两次要分手，一次是来这里当艺妓；另一次是打师傅家搬到新家的时候。都怪我太懦弱，我真是个意志薄弱的人啊！"

听说那个男人住在港镇，她留在那里不方便，所以趁着师傅来这座村子，带过来安顿在这里了。人倒也随和，可她从未想过要许配给他，说起来好可怜。年龄相差很大，只是偶尔来一次。

"怎样才能了断呢？我时常想，索性变得浪荡些好了。我真的这么想过呀！"

"不能那样。"

"还是不该放纵自己，由着性儿不成。我很爱惜自己的青春的身子，只要我愿意，就能将四年期限改成两年，可我不想勉强自己，身体要紧啊！硬撑着也能挣好多支香。有了期限，不至于使主家吃亏。多少月钱，多少利息，多少税金，再加上伙食补贴，按月算得清清楚楚。我不想硬要多揽活儿，要是上宴会太麻烦，即刻拔腿一走了之。除了熟人点名相邀，旅馆里太晚了也不会传话过来的。要是自己大方起来，哪里还有个底儿？随赚随花，落得轻松自在，也就罢啦。本钱也归还一半了，还不到一年哩！可零花钱，月月也要开销三十元呢。"

一她说每月能挣上百八十块的就行了。上月客人最少，只到三百支，六十元。驹子赴宴九十多回，次数最多，一次宴会一支归自己所有，虽说主家吃亏了，还会不断赚回来。据说这家温泉浴场，借钱延长期限的一个也没有。

翌日清晨，驹子依然起得很早。

"我正做梦同插花师傅一起打扫这个房间就醒啦。"

移到窗边的镜台映着红叶的山峦。镜子里秋天的太阳十分耀眼。

粗果子店的女孩儿拿来了驹子的替换衣服。

"驹子姐姐！"隔扇的暗角里传来的，不是那位叶子清澈而悲戚的声音。

"那姑娘怎样了？"

驹子蓦地扫了岛村一眼。

"老是去上坟。还记得吗？滑雪场山下有块乔麦田不是？开满白花，没看见左面有座坟墓吗？"

驹子回去之后，岛村也到村里散步。白粉墙的屋檐下，女孩子穿着大红色的灯芯绒防雪裤，在玩皮球。秋天确实来临了。

这里有好多老式风格的房子，令人想起"参觐交代"① 的时代。庇檐深广。楼上的窗棂只有一尺高，又细又长。檐端吊着茅草帘子。

土坡上围着一道长满丝芒草的篱笆，绽开一片淡黄色，每一根丝芒草的细叶，都向四面八方伸展开来，状如喷水，好看极了。

道路旁边的太阳底下，铺着稻草席子，叶子在上头打小豆。

一粒粒亮晶晶的红小豆，从干枯的豆荚里蹦出来。

大概因为顶着手巾的缘故，她没有看见岛村。叶子一边张开穿着防雪裤的两个膝头，一面打小豆，一面用那清澈而悲戚、可以传遍山野的声音唱着歌儿：

蝶儿舞，

蜻蜓翔，

蝈蝈山上叫嚷嚷，

松虫、铃虫、纺织娘。

————————

① 江户时代，地方诸侯（大名）定期到江户（东京）朝拜将军，所经之地，沿途设置许多驿站，供给食宿。汤泽町位于自越后至关东翻越三国岭的三国街道线（国有干道）上。作为越后国的出口，汤泽町乃是重要宿场。当地的熊胆、山菜等为当地山民一大收入来源。1925 年，上越北线始通汤泽。

九

还有一支歌：

杉林里，晚风刮，
飞起一只大老鸹。

如今，从窗户里俯瞰杉树林前边，今天也有一群蜻蜓飞流而过。天近黄昏，看来，它们的飘游只好匆匆忙忙，加快速度。

岛村出发前，在车站的小店里，看到新出版的有关这一带登山指南的书，买了一本。他随意地翻看着，书里写道：从这间屋子一眼看到的国境上的群山，其中一座山峰附近，蜿蜒的小路边有个美丽的池沼，一带湿地长满各种高山植物，繁花似锦。夏天，红蜻蜓款款而飞，有时会停在游人的帽子、手，甚至眼镜框上，那种悠闲的样子，都市的蜻蜓比起来相差万里。

可是，眼下的这群蜻蜓，好似被什么人追逐一般，急急地飞翔，它们要赶在暮色降临之前逃脱，以免被黯黑的杉树林吞没了身影。

远方，夕阳遍山。可以清晰地看到红叶自山端开始次第变红了。

"人是脆弱的，要是从山上摔下来，从头到脚，立即就会粉身碎骨。但是据说熊等动物，打再高的山崖上滚下来，身子一点儿都不会受伤。"岛村想起了今朝驹子说的话。当时她指着那座山，告诉他又有人遇难了。

人假如长着熊一般的又硬又厚的毛皮，人的官能就大不一样了。人相互爱慕的是细皮嫩肉，想到这个，岛村遥望夕晖里的群峰，感伤地眷恋起人的肌肤来了。

"蝶儿舞，蜻蜓翔，蝈蝈……"提前吃晚饭的时候，不知是哪个艺妓，弹着拙劣的三味线，唱起了这首歌。

登山指南书上，只是简单地标着：道路、日程、住宿以及费用等，反而可以任凭自由地想象。岛村当初认识驹子，也是在残雪尚存、新绿渐萌的山间旅行之后，来到这座温泉村的时节。眼望着留下自己脚印的山峰，想到如今正是秋天登山的季节，一颗心早已飞到山里去了。

一无所成、游手好闲的他，艰难跋涉于山野之间，这正是不折不扣的徒劳！唯其如此，他才感受到一种非现实的魅力。

一旦远离，就会不住思念着驹子。尽管如此，等一来到身边，就立即安下心来。眼下，他太亲昵于她的肉体了，他怀恋人的肌肤。他向往山野，陶醉于同一种梦境。这也许是因为驹子昨晚刚在这里过夜的缘故吧。然而，如今他只好静静地呆坐着，听凭驹子翩然而至。一群徒步旅行的女学生嬉戏打闹，听着他们热烈欢快的叫喊，岛村昏昏欲睡，及早进入了梦乡。

不一会儿，似乎就要下雨了。

第二天醒来，驹子已经端坐桌前看书了。她随身穿一件丝绸外褂。

"醒啦？"她声音沉静，朝这边看了看。

"怎么啦？"

"您醒了吗？"

岛村怀疑她是偷偷来睡在这里的。他环顾一下自己的床铺，拿起枕畔的钟表一看，才六点半。

"好早啊！"

"可是侍女早来生过火啦。"

一大早，铁壶里就冒出了水汽。

"起来吧。"驹子站起身，坐到他的枕头旁边，一副家庭主妇的表情。岛村伸着懒腰，顺势抓住女子膝头上的手，摆弄着她小指上弹琴磨的茧子。

"我好困呀，不是刚刚天亮吗？"

"您一个人睡得舒服吗？"

"还好。"

"您呀，还是不肯留胡子。"

"对啦对啦，上次分别时，你说过来着，是叫我留胡子的。"

"忘了也就算啦。胡碴子总是刮得青凛凛、光秃秃的。"

"你还不是一卸了白粉，脸上就像刚刮过一样吗?"

"腮帮子又胖起来吧? 白白的面孔，睡着了，没胡子，模样儿很怪，圆乎乎的。"

"还是柔和些为好。"

"没指望。"

"讨厌，你是不是一直死盯着我看?"

"可不。"驹子吃吃笑着点点头，先是微笑，接着就着火般地大笑起来。她不知不觉握紧了他的手指。

"我躲在壁橱里，侍女一点儿也没觉察。"

"从什么时候藏进去的?"

"不就是刚才吗? 侍女来生火的时候呀。"

她想起来就大笑不止，忽然红到了耳根，为了掩饰，她抓起被头扇着风。

"起来，快给我起来呀!"

"好冷。"岛村紧紧抱着棉被。

"旅馆的人起床了吗?"

"不知道，我打后山上来的。"

"后山?"

"顺着杉树林爬上来的。"

"那里有路吗?"

画 | 竹久梦二

"没路，可很近。"

岛村吃惊地望着驹子。

"我来谁也不知道。厨房里有响声，但大门还是紧闭着的。"

"你一直起得很早吧?"

"昨晚上没睡好觉。"

"知道下雨吗?"

"是吗? 那里的山白竹都湿了，原来是雨淋的呀? 我走了，您再睡一会儿，歇着吧。"

"我起来了。"岛村攥住女子的手，一跃出了被窝。他走到窗前，俯视着女子上山的路径，遍布着茂盛灌木的山脚下，长着一片茁壮的山白竹。那里是连接杉树林的山丘地带，窗下的稻田里种着普通的蔬菜，有萝卜、白薯、葱和山药等，在朝阳的照射下，他第一次发现每片叶子的颜色都不相同。

伙计站在通往浴场的走廊上，给泉水里的红鲤鱼喂食。

"天一冷，鱼也不肯吃食了。"伙计对岛村说。他对着漂浮在水面的干蚕蛹屑，瞧了老半天。

驹子干干净净地打坐着，对洗澡回来的岛村说:

"待在这种清净的地方，做做针线活儿该多好!"

房子刚扫过，稍显陈旧的榻榻米，秋日的太阳深深地射进来。

"你会做针线吗?"

"这话真失礼。姊妹行里数我最苦。想起我长大成人那几年,似乎正逢家境贫寒的时候。"她喃喃自语,突然提高嗓门:

"侍女一见到我,总是满脸疑惑地问:'驹子姑娘,什么时候来的?'我总不能两次三番钻壁橱呀,那多难为情。我回去了,尽快洗个澡。不然,等头发干了,再到梳头师傅那里去,就赶不上中午的宴会了。虽说这里也有个宴会,但是昨夜才来通知我,我已经答应了别的地方,来不了啦。星期六,忙得很,没空儿过来玩啦。"

驹子尽管这么说着,却迟迟不愿意离开。

她不去洗头了,把岛村带到后院,大概她刚才是打这里悄悄溜进来的,过道儿上放着驹子的湿木屐和湿布袜子。

她爬着经过的那片山白竹看样子是走不通的,所以只好顺着田埂向有水声的方向走去。河岸变成了幽深的悬崖,栗子树上传来孩子的叫喊。脚边的草丛里落了来几颗毛栗子,驹子用木屐踩碎,剥出了栗子。都是些小栗子。

对岸是倾斜的山腹,盛开着芭茅的花穗子,银光闪耀,飘摇不定。那炫目的白色,又像飞翔于秋空里的透明的幻影。

"到那边看看吧。那里有你未婚夫的墓。"

驹子倏忽挺立身子,盯着岛村看了看,将手里的小栗子，猛地掷向他的脸孔。

"你总是耍弄我!"

岛村来不及躲避，额头上发出噼噼啪啪的声音，疼极了。

"那座坟和您什么缘分，也劳你去参观一番?"

"干吗那么当真?"

"对我来说，这可是正经事儿，不像你，只管自己整天享清福!"

"谁整天享清福了?"他有气无力地嘟哝着。

"我问你，为何要提未婚夫什么的? 我从前不是反复对你说过吗? 他不是我的未婚夫，你忘啦?"

岛村当然没有忘。

"师傅或许希望我和少爷在一起，但也仅仅是心里这么想，嘴里从来没有提到过。对于师傅的这番心意，少爷和我都约略知道些。不过，我们两个从未有过什么。各人有各人的生活。我被卖到东京的时候，只有他一个人为我送行。"

岛村记得驹子这样说过。

那男子病危时，她住在岛村这儿。

"我愿意干什么就干什么，一个将死的人怎能管住我呢?"她曾经孤注一掷地说。

而且，正当驹子送岛村到车站的当儿，病人情况突变，叶子来接驹子回去，驹子断然拒绝，没有回去，从而未能见到最后一面。这样一来，岛村对那个叫做行男的人留下了很深的记忆。

驹子一直避而不谈行男的事，就算不是未婚夫，为了给他挣医疗费，跑到这里当艺妓，这无疑也是出自"正经事儿"的考虑。

栗子砸到了脸上，也不见生气，驹子一时有些惊讶。她有些不忍心，即刻对他厮磨起来。

"我说，您真是个老实人，看来，心里有什么伤感的事情吧？"

"树上的孩子正看着哪。"

"真闹不懂，东京人太复杂。周围一吵闹，注意力就消散！"

"什么都消散得彻底。"

"不久连生命都会消散的。去上坟吧。"

"还去吗？"

"瞧，您根本不愿意去上坟，对吗？"

"只是怕你有所顾忌呀。"

"我一次也没来过，是有顾忌，真的。一次也没来过。如今，师傅也一起埋在这里了，我感到对不住师傅，越发不愿来上坟了。这事儿总觉得有些虚情假意。"

"你这才是相当复杂啊。"

"为什么？人活着的时候，没有向他表白心事，死了之后，总该要说说清楚吧。"

杉树林一派寂静，能听到冰冷的雨滴掉落的声音，打这里穿过去，沿滑雪场下边再走一段路，就到了坟场。高高田埂的一角里，竖立着十座古老的石碑和一尊地藏菩萨像，寒碜地裸露着身子。没有鲜花。

地藏菩萨后面低矮的树荫里，蓦然浮现出叶子的前胸。她也似乎有些意外，绷着脸孔，一副认真的表情，目光如火，直直对这边瞧着。岛村突然对她点点头，就兀立不动了。

"叶子妹妹好早啊。我呀，正要去梳头师傅家呢……"驹子正说着话，一股黑色的旋风卷地而来，刮得她和岛村浑身缩成一团。

一列货车打眼前通过。

"姐姐——！"一声呼喊透过震耳欲聋的巨大声响传来，货车黝黑的车门里，一位少年不停挥动着帽子。

"佐一郎——！佐一郎——！"叶子呼叫着。

这是在雪中的信号所呼叫站长的嗓音，犹如徒然呼唤着船上远游的亲人，那声音优美而悲戚。

货车驶过去了。仿佛取下眼罩，铁路对面的荞麦田，繁花如雪，静静地在红色的茎上一起绽开，鲜明耀眼。

冷不丁碰到叶子，他俩没有注意火车通过，然而，其中似乎有一种东西被这趟货车裹走了。

这之后，叶子的声音似乎比轰隆的车轮留下了更长久的余韵。纯洁的充满情爱的呼唤仿佛依然在天上回荡。

叶子目送着火车。

"弟弟在车上，我要去车站看看。"

"火车也不会在车站等着你呀。"驹子笑了。

"是啊。"

"我呀，不会给行男哥哥上坟的。"

叶子点着头，她迟疑了一下，就跪在墓前，双手合十。

驹子伫立不动。

岛村转眼看看地藏菩萨，三面长脸，两手合掌于胸前，左右还各有两只手。

"我梳头去啦。"驹子对叶子说罢，沿着田间道路走回村子。

当地土话有一种称为"禾台"的东西：在两棵树干之间，用竹子或木棒绑捆扎成晒衣竿的样子，分成几段，挂上稻子晾晒，看起来像高大的稻草屏风——岛村他们经过的道路旁边，百姓们正在做"禾台"。

穿着防雪裤的姑娘，身子一扭，就投过来一个稻捆，站在高处的汉子，灵巧地一把抓住，双手捋了捋，分开来搭在竿子上。他们习惯了，悠闲地、手脚熟练地重复着相同的动作。

"禾台"垂挂着稻穗，驹子珍惜地捧在手里仔细端详，轻轻晃动着。

"这稻子真饱满呀，摸一摸心里也舒畅，和去年大不一样啊！"她眯起眼，用心体会着稻谷的触感。一群麻雀打低空胡乱地飞了过去。

道路边的墙壁上残留着陈旧的布告，上面写着：

插秧工工钱协约：男工每天工钱九角，包伙。女工打六折。

叶子家里也设了"禾台"，搭建在离公路稍远的洼地稻田里。庭院左首，是邻家的高大的"禾台"，架在白粉墙边一排柿子树上。稻田和庭院之间也有"禾台"，同柿树上的"禾台"构成直角，一端的稻穗底下开了小门，就从那里出出进进。没脱粒的稻穗不可做草帘子，正好搭成稻棚子了。旱地里枯萎的大丽花和玫瑰园前面，山药展显着浓绿的叶子。放养红鲤鱼的荷花池被"禾台"遮住了，看不见。

去年驹子住过的那间蚕房的窗户，也被遮挡了。

叶子娇嗔地低着头，钻过稻穗底下的小门回去了。

"家里就她一个人吗?"岛村目送着那稍微前屈的背影问道。

"大概不会吧。"驹子冷冷地回答。

"啊，烦死啦。不去梳头了，都怪你多嘴多舌，扰乱人家上坟！"

"是你太固执，不愿在坟场见到她呗。"

"你根本不了解我的心情！回头有空，我去梳头，也许会晚些，我一定来。"

凌晨三点钟。

突然，"哗啦"推开障子门的声响将岛村惊醒，驹子"扑通"躺倒在他身上。

"我说来，就来。对吧，我说过要来，这不就来了？"她剧烈地喘息起来。

"看你醉成什么样子。"

"是吧，我说来，一定来。"

"哦，你是来了。"

"来的路上看不见，看不见啊，唉，苦死啦！"

"真难为你，是怎么爬过那段山坡的呢？"

"不知道，谁还记得。"驹子翻转过来，滚动着身子。岛村不堪其苦，他想坐起来，因为还没睡醒，不由摇晃了一下，头颅倒在一个灼热的东西上了。他吃了一惊。

"简直是一盆火！傻瓜。"

"是吗？火枕，会把你烫伤的呀！"

"真的。"他闭起眼睛，一股热流直冲脑门，岛村切实感到了生命的活力。随着驹子剧烈的喘息，传递着一种实实在在的东西。这东西像是一种难以割舍的悔恨，又像是一颗安然期待复仇的心灵。

"我说来，这不就来了?"驹子只是重复着这句话。

"我算来过了，这就回去。我要去梳头。"

她爬起来，咕嘟咕嘟地喝水。

"你这副样子，不能回去!"

"回去，有伴儿。洗澡的用具呢，到哪儿去啦?"

岛村站起来，打开电灯，驹子双手捂着脸，趴在榻榻米上。

"讨厌!"

驹子身穿袖口金丝滚边的漂亮夹衫，外面罩着黑领睡衣，系着一根窄腰带。因此，看不到贴身内衣的领子。她醉态蒙眬，连脚底板儿都泛着殷红，畏怯地团缩着身子，显得十分可爱。

洗澡的用具看来都扔掉了，肥皂、梳子散落在地上。

"剪吧，剪子我拿来啦。"

"剪什么呀?"

"剪这个。"驹子将手伸向后边的头发。

"在家时想剪掉头绳，可手就是不听使唤，特来这里，想叫你给我剪一剪。"

岛村分开女子的发髻，剪去了头绳，每剪掉一根头绳，驹子就甩甩头发，心情也渐渐沉静下来。

"现在几点？"

"已经三点了。"

"哎呀，这么快呀？可不能把真发剪了呀。"

"怎么扎这么多绳子？"

他抓起一束假发卷儿，发根热乎乎的。

"已经三点了吗？从筵席上回来，倒头就睡了吧？和朋友约好了，是她们请我的。也许不知我到哪儿去了。"

"她们在等你吗？"

"去公共浴场洗澡来着。三个人，有六场筵席，只能赶四场。下周是红叶季节，很忙。谢谢啦!"她梳理着散乱的头发，抬起脸来，眯细着眼睛，微笑了。

"不管它，嘻嘻嘻，真好笑呀。"

随后，她惋惜地拾起一束假发。

"叫朋友们久等，这不好。我走啦，回来不再路过这里啦。"

"认得清路吗？"

"认得清。"

她踩住了衣裾，摇晃了一下。

早上七点和凌晨三点，在特殊的时间里，一天瞅空子来两次，岛村想想，觉得真是非同寻常。

十

　　旅馆的伙计们像过年扎门松一样，将红叶装饰在大门口。这是为了欢迎赏枫的客人。

　　一个临时雇用的领班口气生硬地指挥着，这人曾自嘲是一只候鸟，从新绿至红叶这段时期，他在附近山间温泉一带干活儿，冬天到伊豆半岛的热海、长冈等地的温泉浴场做工。每年他都不固定待在同一家旅馆里。他吹嘘自己对于伊豆的繁华温泉场极富经验，背地里总是说这些山间温泉不会善待客人。他一边搓着两手，一边盯住客人不放，表现出一副毫无诚意、低三下四的嘴脸。

　　"先生，您知道木通果吗？要想尝尝，我这就给您拿来。"他冲着散步回来的岛村说。他把结着果实的蔓子都挂在红叶枝头了。这些红叶打山上砍来就高高挂在屋檐上了，旅馆的大门忽然一片鲜红，十分惹眼。一片片红叶硕大无比。

　　岛村握着冰凉的木通果，向账房里瞥了一眼。叶子端坐在炉边。

　　老板娘用铜壶①温酒。叶子和她相向而坐，老板娘每

_____

① 将铜制水壶埋在火钵一侧炭火中，用以烫酒。

103

当说起什么，叶子总是认真地点点头。她没有穿防雪裤和外套，只有一件刚浆洗过的丝绸和服。

"她是来帮忙的吗？"岛村不经意地问那个领班。

"哦，托您的福，人手不够，没法子呀。"

"和你一样？"

"哎。乡下姑娘，就是与众不同啊！"

叶子看来是在厨房做事，还没有上过筵席。客人一多，厨房的侍女就大声嚷嚷，可就是听不见叶子优美的嗓音。负责整理岛村房间的侍女说，叶子临睡前喜欢在浴槽里唱歌，可他未曾听到过。

不过，一想到叶子待在这家旅馆，岛村总觉得不便再招驹子来了。尽管驹子的爱情一直针对着他，但他自身空虚，只把这看作是美丽的徒劳。然而，另一方面，驹子对于生命的渴望，也像她那赤裸的肌体，深深触动了他。他可怜驹子，也可怜自己。岛村似乎察觉叶子长着一双慧眼，一切都瞒不住她那犀利的目光。于是，岛村也被这个女子所吸引。

不等岛村召唤，驹子当然也会自动上门的。

他去溪流深处观赏红叶，曾经打驹子家门前通过。当时，她听到车声，心想一定是岛村来了，跑出去一看，他连头也没有回。他真是个薄情郎！她呢？只要被叫去旅馆，总是要到岛村房间，一次也不落。每逢洗澡，也要路过那里。一有宴会，她总是早来一小时，先到岛村这里玩，等侍女来叫再过去。她时常逃席来找岛村，对着镜台匀匀脸。

"我要去干活。我要做生意，好吧，做生意挣钱。"她说着，走了。

不知为什么，她回去的时候，总是将琴拨子、外褂等随身带来的东西，丢在他的房间里。

"昨夜回来，没有烧开水，到厨房里稀里哗啦盛了碗饭，浇上早晨剩下的黄酱汤，就着腌咸梅吃了，冰冷冰冷的。今早家里没人叫我，睁开眼已经十点半了。本来打算七点起床的，还是没做到啊！"

就连这些事，还有从哪家到哪家，筵席是什么样子，总要絮絮叨叨报告一遍。

"我还会来的。"她喝了口水站起来。

"也可能不来了。本来三十个人的筵席，只有三个人陪，忙得抽不开身呀。"

然而，过一会儿她又来了。

"累死啦，三十个人只有三个人陪，她们两个一老一小，苦了我啦！客人又是小气鬼，肯定是哪个旅行团的。三十个人至少也得六个人陪着。我喝上几杯吓唬吓唬他们去。"

天天如是，究竟会走到哪一步呢？驹子也想将自己的身体和心思一概掩藏起来，可是她的这种孤独的志趣，反而更加使她风情万种。

"廊子里有响声，多难为情啊！放轻脚步，还是有人能听到。打厨房穿过吧，人家就会取笑说：'驹子，又去茶花间吗？'我还从未想到，我会这般顾忌着别人。"

"地方小，不自由嘛。"

"大家都知道了。"

"这可不行。"

"是啊，一旦稍稍坏了名声，在这块小地方，就很难混下去了。"说罢，她抬起头来，笑了。

"哎，没关系，我们到哪里都一样干。"

这种发自肺腑的大实话，使得坐食祖产的岛村甚感意外。

"真的，到哪里都是一样干，用不着瞎担心。"

从她那一副淡然的口气里，岛村听出了女子的心声。

"这就行啦。因为唯有女人，才会真心爱上一个男人。"驹子低俯着略显红润的脸孔。

后衣领张开了，背部到双肩形成一面洁白的扇形，浓饰白粉的肌肉悲惋地聚拢起来，看上去，好似一块毛织物，又像背负着一只小动物。

"当今的世道下是这样啊。"岛村嘀咕着，又悚然觉得这话多么空洞。

"什么时候都一样。"驹子倒很单纯。

她扬起脸来，又莫名其妙地加了一句：

"你不知道吗？"

她的贴身石榴红内衣看不见了。

岛村正在翻译瓦雷里[①]、阿兰[②]，还有俄罗斯舞蹈流行年代法国文人的舞蹈理论，计划自费出版一小部分精装本。这种书对日本舞蹈界毫无作用，但正因为如此，反而使他心安理得。通过自己的工作嘲弄自己，也有一种类似撒娇的愉快。抑或从这些方面，可以产生他哀惋的梦幻的世界吧。因此，他不必急着出外旅行。

他用心观察昆虫郁闷而死的情形。

秋令渐凉，他房间的榻榻米上每天都有死去的虫子。翅膀坚硬的虫子一旦翻转，就再也翻不回来了。蜂子走上几步就倒下来，再走再倒。随着节令的推移，这虽然属于自然的消亡，安静的死灭，然而走近一看，它们竟是震颤着脚肢和触角郁闷而死的。这些小小的祭场，安设于八铺席的榻榻米上，真是显得太空旷了。

岛村正要伸手捡拾昆虫的尸骸，忽然想起留在家里的

---

① 瓦雷里（Pul Valery，1871—1945），法国象征派诗人、评论家。主要著作有诗集《幻美集》《海滨墓园》，评论《达·芬奇论》《关于舞蹈》等。

② 阿兰（Alain，本名 Emile Chartier，1868—1951），法国思想家、教育家。主要著作有《我的思想历程》《幸福论》《关于精神和热情的八十一章》等。

孩子们。

平时落在窗户纱网上的蛾子也死了，如散乱的枯叶。有的从墙壁上掉下来，捧在手里一看，为什么都这般美丽？岛村思索着。

防虫纱网拆除了。虫声悄然减少了。

国境上的山峦变成深沉的铁锈色，于夕晖掩映之下，闪现着矿石般冷寂的钝光。旅馆里赏枫的游客蜂拥而至。

"今天不能来啦，也许。有本地人的筵席呢。"当晚，驹子路过岛村这里，不久，大厅里响起鼓声，夹杂着女人尖利的喊叫。一片嘈杂声里，意外听到一个极为清纯的嗓音。

"劳驾！劳驾！"是叶子在呼唤。

"哎，这是驹子姐姐叫我送来的。"

叶子站在原地，像邮差一样伸过手来，又慌忙跪在地上。岛村打开折叠的信笺，叶子早已消失了踪影，什么话也没来得及说。

眼下正闹得欢，还喝了酒。

随身携带的"怀纸"上胡乱写着这样的字句。

可是没过十分钟，驹子蹬蹬蹬地跑进来了。

"刚才那丫头带来什么东西了吗？"

"带来了。"

"是吗?"她快活地眯起眼睛。

"啊,真开心!我说去拿酒,就这样溜出来啦。给领班看见了,挨了骂。酒真好,被骂了都不会在意脚步声。啊,真讨厌,一来就喝醉了。回头还得上班呢。"

"连指尖儿都变得好看啦。"

"唉,为了生意嘛。那丫头和你说什么来着?知道吗?她可会嫉妒了!"

"谁呀?"

"妒火也能烧死人啊!"

"那姑娘也是来帮忙的吧?"

"手里捧着酒壶,站在廊下的暗角里,一直盯着什么,眼睛光闪闪的。你也挺喜欢那双眸子吧?"

"她大概觉得场面太无耻才这么看着的吧。"

"所以我才写个纸条儿叫她带来。我渴了,给我水喝。你若不肯甜言蜜语把一个女的勾引到手你就不会明白。我醉了吗?"她身子摇晃了一下,抓住镜台两端照了照,撩起衣裾,出去了。

不久,宴会似乎散了,立即微微传来杯盘碰撞的声音。看来驹子是被客人带到别的旅馆二次筵席上去了,这时,叶子又送来了驹子折叠的信笺。

山风馆不去了，接下来去梅花间。回去时会去您房间。晚安。

岛村有些难为情地苦笑了。

"谢谢。你来帮忙的吗？"

"嗯。"她点点头。叶子顺势用那冷峻而美丽的眼睛，向岛村瞟了一下。岛村有些狼狈起来。

他见过她好几回了，每次都留下令他感动的印象。这位姑娘娴静地跪坐在他面前，反而使他感到不安。她的过于认真的举止，看起来似乎正置身于极不寻常的事件之中。

"你挺忙吧？"

"哎，不过，我什么都不会呀。"

"我见过你好几次了。开始是在回来的火车上，你服侍着他，还托站长照顾弟弟，还记得吗？"

"嗯。"

"听说你临睡前常在浴池里唱歌，是吗？"

"哎呀，太失礼啦，真是难为情。"她的声音优美得惊人。

"我觉得你的事我全都了解。"

"是吗？是听驹子姐姐说的吧？"

"她呀，没说过，她似乎不愿提起你的事。"

"是这样啊。"叶子悄悄转过脸去。

110

"驹子姐姐很好，她很可怜，请您好好待她。"

她说得很快，语尾里微微震颤着。

"可我无能为力啊。"

叶子这回连身子也颤抖起来，她的脸上闪耀着危险的光辉。岛村移开视线，他笑了。

"我也许早些回东京更好。"

"我也去东京。"

"什么时候？"

"什么时候都行。"

"那么，我带你一道走吧？"

"哎，请带我一道回去吧。"她淡然地说，但语气很认真，岛村很是惊讶。

"只要你家里人同意就成。"

"家里人只有一个在铁路工作的弟弟，我自己决定就行了。"

"东京有落脚的地方吗？"

"没有。"

"要和她商量吗？"

"你是指驹子姐姐？我恨她，不跟她说。"

说着说着，心情轻松了，她抬起湿润的眼睛看了看岛村。他从叶子身上感受着奇妙的魅力，不知为何，反而对驹子越发燃起了爱的烈焰。同一位不明底里的少女私奔般地跑回东京，这也许是向驹子最激烈的赔礼方式吧？也是一种变相的刑罚！

"你呀，跟一个男人走不害怕吗？"

"为什么要害怕呢？"

"你到东京没有栖身之地，也没决定要干些什么，不是太冒险吗？"

"一个单身女子怎么都能活下去。"叶子说话，尾音上挑，十分动听。她一直盯着岛村。

"就在您家做侍女，好吗？"

"什么，做侍女？"

"我并不想做侍女。"

"先前在东京干什么来着？"

"护士。"

"在医院，还是上护校？"

"都不是，只是这么想想罢了。"

岛村回想起叶子在火车上照拂师傅儿子的身影，她那一丝不苟的态度里不正包含着自己的志向吗？想到这个岛村微笑了。

"那么说，这回想去学护士了吗？"

"我已经不打算当护士了。"

"你这样像浮萍随处飘泊怎么行呢？"

"哎呀，什么浮萍不浮萍，我不爱听。"叶子不服气地笑着。

她的笑声响亮、清澈而又悲戚，听起来不像故意犯傻。然而，这笑声撞击在岛村空虚的心版上之后消泯了。

"有什么可笑的吗?"

"我只想护理一个人呀。"

"哎?"

"现在不行了。"

"是吗?"岛村没想到她会突然说起这个，沉静地说。

"听说你每天都到荞麦田下边的墓场去上坟?"

"嗯。"

"这一生再也不想护理别人，或为别人上坟了，对吗?"

"是的。"

"不过，你舍得丢下那坟，一心无挂碍地去东京吗?"

"哎呀，拜托了，就请带我走吧。"

"驹子说，你非常嫉妒她，那个男子不是驹子的未婚夫吗?"

"你说行男哥哥? 撒谎，胡说!"

"驹子哪一点值得你恨呢?"

"驹子姐姐吗?"叶子好像呼唤眼前的驹子一样，目光峻厉地看着岛村。

"您要好好对待驹子姐姐。"

"我是无能为力啊。"

叶子眼里溢出了泪水，她捏住掉在榻榻米上的小飞蛾，哭着说：

"驹子姐姐说我会发疯的。"说罢，她飘然离开屋子。

岛村浑身发冷。

他打开窗户，正要把刚才叶子捏死的小飞蛾扔出窗外，一眼看到醉醺醺的驹子，弓着腰在和客人划拳。天空阴霾。岛村到室内浴场去洗澡。

隔壁的女子浴场，叶子领着旅馆的女孩儿走进去。

叶子叫她脱掉衣服，给她洗澡，亲切地和她对话，那甘美的声音听起来，就像一位年轻的母亲。

接着，那声音唱起歌来：

……

……

进了后院抬头看，

三棵梨树三棵杉。

三加三是六棵树，

下面乌鸦来做窝，

上头麻雀在睡眠。

森林里的蝈蝈儿，

怎么叫呀怎么喊？

阿杉为友来上坟，

一盘一盘又一盘。

她熟练地唱着这首拍球歌，嗓音细嫩、生动，调子活泼而富于节奏感，岛村做梦都不会想到是刚才那位叶子唱的。

叶子不停跟女孩儿说话，出了浴场，她的声音依然似悠扬的笛韵在原地回响。门口古旧的黝黑闪亮的地板上，靠着一只桐木三味线盒。秋夜岑寂，岛村不由被那只桐木琴盒所吸引，他正读着那位持有者艺妓的名字，不想驹子从洗涮杯盘的地方走过来了。

"看什么呢?"

"她在这儿过夜吗?"

"谁? 唔，她呀? 傻瓜，你知道吗? 这玩意儿不会一直带在身边的，有的要搁在这儿好几天呢。"她笑了，痛苦地叹息着，闭上了眼睛。她放下身子一侧的衣岔，倒向岛村。

"哎，送我走。"

"不要回去了。"

"不行，不行，我要回去。当地人开宴会，她们都上二次筵席了，只有我留下来。因为在这里开宴，一切都好说，可是朋友们回来，要约我洗澡，我要是不在家，那就太失礼啦。"

驹子虽然烂醉如泥，可还是抖擞精神，沿着陡峭的坡

115

路回去了。

"是你把那丫头给逗弄哭的?"

"这么说,她确实有点不正常啊。"

"你这样看人家,觉得有意思吗?"

"不是你说的吗?说她要发疯了。她一想到你说的这句话,就呜呜哭起来了。"

"那就好。"

"可是没过十分钟,就在浴池里唱起动听的歌来。"

"洗澡时候唱歌,是那丫头的老毛病。"

"她真心实意地要我好好善待你呢。"

"真傻。不过,这种事儿,你大可不必对我吹嘘一通,不是吗?"

"吹嘘?我真不明白,为何一提到那个姑娘,你总是意气用事。"

"你想娶那丫头吗?"

"你怎么能说出这种话?"

"我不是开玩笑。我一见到那个丫头,总觉得到头来将成为我的一个包袱,我也不知道为什么。你呀,如果喜欢她,不妨留心看看再说吧。我想你肯定也会有这个感觉的。"驹子双手搭在岛村的肩膀上,亲昵地依偎过来。突然,她又摇了摇头。

"不对,在你这样的人手里,那丫头也许不至于会发

116

疯。那就把我这个‘包袱’给带走吧，行吗?"

"算了吧!"

"你以为我是酒后胡说一气呀？那丫头在你身边有人疼爱，想起这个，我就会在这山里纵情享乐，那才开心哩!"

"喂——"

"甭管我!"她一溜小跑地逃走了，"扑通"一声撞在挡雨板上，那里就是驹子的家。

"她们以为你不回来了呢。"

"不，门是开着的。"

她抱起那扇发出干裂声响的门板，拉开来。驹子低声说：

"进去吧。"

"不过，这么晚……"

"家里人都睡了。"

岛村犯起犹豫。

"好，我送送你吧。"

"不用了。"

"不行，你还没看过我这个新家啊!"

走进后门，这个家里的人横七竖八躺在眼前。他们盖着褪色的硬挺挺的棉被，里面塞的是这一带产的防雪裤用的棉花。昏黄的灯光底下，主人夫妇和十七八岁的女儿，还有五六个孩子，脑袋各自朝着不同的方向，脸上露出寂寞而坚毅的表情。

岛村仿佛被温热的气息推拥了回来，不由想退出门外，驹子将后门"咣啷"一声关上了，大踏步越过木板地面。岛村悄悄从孩子们的枕头旁边穿过，一种奇妙的快感在他心头荡漾。

"在这等着，我去楼上开灯。"

"算了。"岛村摸黑从楼梯登上去，回头一看，朴素的睡脸对面是卖粗果子的柜台。

这里是普通百姓家的房子二楼，四间①的面积，榻榻米也很陈旧。

"我一个人住，大倒是挺大的。"驹子说。隔扇全敞开了，一间堆满了这个家里的旧家什。煤烟熏黑的障子门内铺着驹子的小小寝床。墙上挂着赴宴的衣服，简直像个狐狸的巢穴。

驹子孤零零坐在地板上，仅有的一个坐垫让给了岛村。

"呀，好红啊！"她照着镜子。

"怎么醉成这副样子？"

接着，她在衣柜上头摸索着。

"瞧，日记。"

"真多呀！"

———————————————

① 日本旧时表示面积大小的单位。四间约 13.2 平方米。

她从旁边抽出一个花纸糊的小盒子，里头塞满了各种香烟。

"客人们送我香烟，我就装在袖口或夹在腰带里带回来，虽然揉皱了，但是不脏，而且很齐全。"她坐在岛村面前，将箱子伸到岛村面前，翻着给他看。

"哎呀，没有火柴。我自己戒烟了，不用火柴啦。"

"不用啦，你也做针线吗?"

"是啊，赏红叶的客人一来，根本没空做啦。"驹子回过头去，收拾一下衣柜前边的缝补衣物。

也许是对东京生活的留恋吧，纹路整齐的精美的衣柜，红漆的高级的针线盒，依然像是住在师傅家里，在这粗陋的二楼上，显得很寒酸。

电灯系子垂挂到枕头上。

"读罢书想睡了，一拉这个，灯就灭了。"驹子摆弄着那根细绳，规规矩矩坐在那里，像个家庭妇女，带着几分腼腆。

"狐狸嫁闺女——好齐全呀。"

"可不是嘛。"

"这屋子要住四年?"

"可是，已经半年了，很快就会过去的。"

可以听到楼下传来的鼻息声，似乎没有话说了，岛村连忙站起来。

驹子一边关门，一边伸头仰望天空。

"要下雪了，红叶期马上就要过去啦。"她又来到外面，说：

"'这一带，是山乡，红叶艳艳雪飞扬。'① 红叶季节也会下雪呢。"

"我走了，晚安。"

"我送你，送到旅馆门口。"

然而，她和岛村一起进了旅馆。

"你休息吧。"她说罢，翩然而去。不一会儿，端着两杯冷酒，进入他的房间。大声说：

"给，快喝吧，喝呀！"

"旅馆的人都睡了，你打哪儿弄来的？"

"甭管，自然有地方。"

看来，驹子是从酒桶里灌的，先喝了一杯，刚才的醉态又来了，她眯着眼，盯着就要溢出来的酒杯。

"不过，摸黑喝酒，喝不出味道啊！"

驹子把冷酒杵到他眼前，岛村一口气喝了进去。

---

① 司马芝叟作净瑠璃《箱根灵验躄者复仇记》，俗称《躄者胜五郎》，时代物（历史故事），享和元年（1801）作，12 段，描写下肢行动不便的胜五郎及其妻初花为兄报仇的故事。其中第 11 段，描写胜五郎之妻初花，于塔之泽瀑布冲水，向神明祈祷，随即跛子胜五郎腿脚立起。此乃该段初花台词。

这点儿酒虽然不至于喝醉，但在外走了段路，身子发冷，心里一阵难受，酒劲儿也上了头。他似乎也感觉自己脸色惨白，于是闭上眼睛躺下了。驹子连忙过来照料。不久，岛村百依百顺地完全陶醉于女子温热的肌体中了。

驹子宛若一个尚未开怀的少女，很不好意思地抱着人家的孩子一样，一心呵护着他。她抬起头，仿佛端详着孩子的睡姿。

岛村过了一会儿，断断续续地说：

"你呀，是个好姑娘。"

"为什么？我哪里好？"

"是个好姑娘。"

"是吗？你真坏，说些什么呀？正经点儿！"驹子不加理睬，她一面摇着岛村，一面三言两语地敲打他，接着，便沉默不响了。

然后，她独自笑了。

"这样不好，我心里很难过，你还是回去吧。我已经没有什么衣服可穿了。每到你这儿，都想穿不一样的宴会服，可是实在没有可挑的了，这还是借朋友的呢。我这个人很坏吧？"

岛村无言以对。

"我这个样子，哪一点儿好呢？"驹子哽咽着问。

"第一次见你，觉得很讨厌，谁会像你那样，说话净招人嫌？对你，我真的讨厌死啦。"

岛村点点头。

"嘿，这事儿我一直瞒着你，知道吗？一个男人，当面被女人指出这个来，那就算完啦！"

"我不在乎。"

"是吗？"驹子似乎在回想自己，久久不说话。一个女人对于生命的感悟像一股暖流传到他身上。

"你是个好女子。"

"哪点儿好呢？"

"是个好女子啊！"

"真是个怪人！"她有些不好意思地缩紧双肩埋下脸来，突然又想起什么，一只胳膊支撑着，仰起脑袋。

"你是什么意思？说呀，什么意思？"

岛村惊讶地望着驹子。

"快说呀！你就是为这个来的？你在耻笑我吧？你确实在耻笑我啊！"

她满脸通红，瞪着岛村紧追不舍，肩头因愤怒而激剧地颤抖。忽然，她又面色转青，扑簌扑簌流下泪来。

"真窝囊！啊，我真窝囊！"她一骨碌折身而起，背对这边坐着。

岛村想到驹子误解了自己，他猛然一惊，闭上眼睛一言不发。

"真可悲啊!"

驹子自言自语,团缩着身子倒了下来。

她或许哭累了,拔出银簪子扑刺扑刺向榻榻米上一阵乱戳,又霍然站起身来,离开屋子。

岛村不好去追赶她,听了驹子的一席话,他心里十分内疚。

谁知,驹子似乎又立即悄悄转回来,站在障子门外尖声叫道:

"喂,不去洗澡吗?"

"来啦。"

"对不起,我想通啦。"

她躲在廊下,没打算进屋,岛村拎着毛巾出去,驹子也不和他照面,微微低着头先走了。那副样子,就像一个罪行败露的犯人,被解走了。可是,当她泡在热水里时,又可怜见地瞎闹起来,没有一点儿睡意。

次日早晨,岛村在谣曲①声中醒来。

他静静听了一段谣曲,驹子从镜台前边回过头来,冲他嫣然一笑。

"是梅花间的客人,昨晚宴会后,我不也被召去了吗?"

"是谣曲会的团体旅行者吧?"

"嗯。"

---

① 古典能乐剧的唱词。

"下雪了？"

"嗯。"驹子站起来，打开窗户给他看。

"红叶期已经过去啦。"

窗外一方灰暗的天空上，纷纷扬扬飘浮着鹅毛大雪。四周静寂得令人难以置信。岛村心里空空的，他睡眼惺忪地眺望着雪景。

演唱谣曲的人们也敲起鼓来。

岛村联想到去年岁暮，一个雪天早晨的镜子，他向镜台望去。镜子里浮现着冰冷而硕大的雪花，在敞开领口、揩拭脖颈的驹子周围，飘扬着一条条银线。

驹子的肌肤洁净如洗，自己一句无心话竟然惹起她那样的误解，岛村怎么也不会想到她是这样的一个女人。然而，正因为如此，看上去，反而有一种难以违逆的悲悯之情。

远山铁锈色的红叶日渐黯淡，初雪覆盖着群峰，一片明丽。

杉林罩上一层薄薄的雪花，十分显眼。站立于雪地上的树木，一棵棵直指苍穹。

十一

雪里缲丝，雪里织布，雪水漂洗，雪上晾晒。从纺绩

画 | 竹 久 梦 二

到织造，全过程都在雪里进行。有雪才有绉绸，雪是绉绸之母。——古人①在书里写道。

这种绉绸是村里的妇女守着漫长的雪日手工制作的。岛村曾经在估衣店找到雪国地带的一种麻纱，用来做过夏装。由于研究舞蹈，他结识一位贩卖能乐剧古戏装的店老板，托付他：一旦发现高级的绉绸，随时请自己来看。他很喜爱这种绉绸，还用来做过一件内衣。

古时候，据说每年一开春，撤除防雪帘子，积雪融化的日子，绉绸就上市了。"三都"②的绸缎庄，千里迢迢跑来购买绉绸。当地甚至有他们专设的旅店。姑娘们半年里辛辛苦苦织成的东西，也是为了能拿到"初市"上销售。远近村庄的男女都来赶集，杂耍、百货，应有尽有，像庙会一般热闹。绉绸上的纸牌上表明织女的姓名、地址，根据成绩评出一等、二等来。也可供选媳妇作参考。要从小学起，而且只有十五六到二十四五的女孩儿，才能织得一手好绉绸来。一旦上了岁数，织出的绸子表面就失去了光

---

① 铃木牧之（1770—1842），新潟县南鱼沼郡盐泽町人，终生继承祖上历代家业，经营当铺及绉绸生意，业余学习俳谐与书画。同当时江户文人马琴、蜀山人、京传、京山、一九、三马等过从甚密。一面交往风雅之士，一面热心于买卖，两不相误。勤俭力行，粗衣粗食，安于简素之生活。著有《北越雪谱》，记录北越庶民生活至为详尽，乃成今日古典之名著。

② 江户时代的京都、江户（东京）和大阪。

泽。姑娘们都想进入屈指可数的"纺织名女"的行列，拼命磨炼技艺，从旧历十月开始缲丝，到翌年二月半晾晒，在这段大雪封门时期，什么也不做，天天一门心思做着这种手工活计。成品中包含着她们满腔的情爱。

岛村穿着的绉绸，也许就是明治初年或江户末期的姑娘们制作成的。

直到现在，岛村也还把自己的绉绸拿去"雪晒"。这些不知是穿在谁人身上的估衣，他每年都送到产地晾晒，虽说很麻烦，但一想起古代冰天雪地里姑娘的心血，依然想到织女的家乡实行真正的晾晒。晾晒在深雪上的白麻，经朝阳映照，一片艳红，分不清哪是雪哪是布。只是感到，夏天的污垢去除了，自己的身子也变得清净而爽适起来。不过，这些都是由东京估衣店代劳，传统的晾晒方法是否流传至今，岛村就无从知晓了。

晾晒店自古就有。织女很少各自在家晾晒，大多是送到晾晒店去。白色的绉绸一下机就晾晒，染色的绉绸则要桄在拐子①上晾晒。白绉绸可以直接铺在雪上，从正月晒到二月，有的干脆把白雪覆盖的旱地、稻田当晒场。

不论是布还是绸，都要浸在灰汁里泡一夜，翌日早晨

① 原文为"拐"（kase 或 kasegi），抽丝或纺纱暂时"桄线"用的"工"字形工具，三根木棒组合，一根竖立，两根上下平行，方向互为直角。俗曰"线拐子"。直至现在，我国农村仍在使用。

再用清水漂洗几遍，绞干后晾晒。这种工序要连续反复好几天。正当白绉绸晾晒接近尾声时，旭日东升，晨光绚丽，那副美景无可形容，真想请温暖地方的人也来观赏一番。——古人在书里写道。还有，晒绸一结束，就预示着雪国的春天快要到来了。

绉绸的产地临近温泉乡，就在山峡渐渐开阔的河流下游的原野上，从岛村的房间里就能看见。古代大凡有绉绸集市的镇子，都建造了火车站，如今都成为著名的纺织工业基地了。

然而，不管是可穿绉绸的盛夏，抑或生产绉绸的严冬，这两个时期岛村一次也没来过这座温泉乡，所以他没有机会同驹子谈起绉绸的事。

岛村听到叶子在浴场里唱歌，忽然想到，这姑娘要是生在古代，指不定也会面对纺车和织机唱起歌来吧？叶子的歌声听起来就是那样一种声音。

比羊毛还细的麻丝，没有浸透天然的雪的湿气，比较难于处理。阴冷季节最好，古代有种说法：数九寒冬纺织的麻布，三伏酷暑穿在身上肌肤生凉，这是自然界阴阳相生的结果。对岛村一往情深的驹子，总有一种根性上的清凉之感，因而，驹子的一腔热情，在岛村看来，显得十分难得。

然而，这种痴爱未能像一片绉绸一样留下确实的形态。

用来做衣服的绉绸，在工艺品中尽管寿命最短，但只要着意加以爱护，五十年前的绉绸，穿在身上仍不褪色。但是，人身上的依恋之情缺乏绉绸一样的寿命。岛村一旦朦胧地意识到这一点，心里就浮现出驹子为别的男人生儿育女的一个母亲的形象。他惊恐地环视周围，心想，自己兴许太疲劳了。

这种忘记回归自家妻子身边的长久的逗留，并非因为难舍难分，而是养成了等待驹子频频前来幽会的习惯。驹子越是迫不及待，岛村越是受到一种苛责：莫非自己已经不再活着？可以说，他一边眼望着自身的寂寞，一边又在原地伫立不动。驹子为什么能占据自己的心灵？对此，他迷惑不解。岛村可以理解驹子的一切，驹子却根本不理解岛村。驹子撞在虚空墙壁上的回响，在岛村听来，犹如雪花纷纷而降，堆满心头。岛村如此为所欲为，自然也不会永远持续下去。

他感到，这次归去暂时不会再到这个温泉之乡来了。雪天将临，岛村依偎着火钵，旅馆老板特意拿出来的京都产的古老铁壶，水开了，发出轻柔的嘶嘶声响。壶身上嵌着银丝的花鸟，栩栩如生。嘶嘶的水沸声有两种，一远一近，远处如松风谡谡，近处若银铃叮咚。岛村将耳朵凑近铁壶，倾听那轻微的铃声。于是，叮咚不绝的远方蓦地传来籍籍履声，岛村忽然看见驹子莲波细步、翩翩而至的那双娇小的腿脚。岛村不由一怔，他觉得，是应该早早离开这块地方了。

岛村打算到绉绸产地去看看。他想借此增强自己离开这个温泉之乡的心情。

可是，河下游有好几座町镇，岛村不知道该到哪里去。他不想参观现代织机业发达的大町镇，随便在一处旅客稀少的车站下了车，走了一会儿，来到古时候曾经做过驿站的镇子。

家家伸展着长长的庇檐，支撑着一端的木柱排列于道路上，好似江户时代町镇上的"店下"①。可是在雪国，自古称之为"雁木"，雪深时作为人行通道。一边是一排排房舍，庇檐一直连续不断。

因为每户人家的房檐互相毗连，屋顶的积雪只有卸到中间街道上来，别无办法。实际上，是将大屋顶上的积雪抛到道路当中的雪堤之上。要去街道对过，就在一段段雪堤上开凿隧道，供人来往。当地人听说把这叫做"钻胎"。

同是雪国，驹子所在的温泉村，家家户户不相毗连，所以岛村来到这座镇子才首次看到"雁木"。他十分好奇地在里面走了走。古老的庇檐底下晦暗无光，倾斜的柱子根部腐烂了。他仿佛是在窥探当地的人家，他们祖祖辈辈埋

① 店铺外侧廊下、通道等。

129

在深雪之中，过着忧郁的日子。

织女们在雪中精心从事这份手工制作，她们的生活可不像自己织成的绉绸那样滑爽、明净。细思之，这里给他留下一个地地道道的古镇的印象。记载绉绸的古书，援引了唐代秦韬玉[①]的诗句。但是，没有人愿意雇用织女在家纺绩，因为制作一匹绉绸十分费工，成本上不划算。

这些辛苦一辈子的无名工人早已死去，只留下美丽的绉绸。这些绉绸成为岛村们的华丽的衣着，即使炎夏也是遍体生凉。这种本来并不奇怪的事情，岛村反而觉得不可思议。难道一切包含挚爱的行为，到头来总要给人以伤害吗？岛村走出"雁木"，来到街上。

这是一条笔直的长长的街道，似乎是从温泉村延续下来的古老驿站的大道。板葺的屋顶摆着横木和压石，同温泉镇没什么两样。

庇檐的柱子投下模糊的影子，不知不觉间，夕暮降临了。

再没有可看的了，岛村又乘上火车，到下一个镇子去。这里和前一个镇子一样。他依然信步遛达着，为了驱驱寒

---

① 唐末政治家、诗人，字中明，生卒年不详。大致与皮日休、陆龟蒙同时。唐僖宗中和二年（882），特赐进士及第，编入春榜。京兆（今西安）人。所作《贫女》诗云："苦恨年年压金线，为他人做嫁衣裳。"

气，他只吃了一碗乌冬面。

面馆就在河岸上，这也是打温泉浴场流过来的。他看到三三两两的尼姑，前后从桥上走过。她们穿着木屐，有的背着圆顶斗笠，托钵而回，犹如乌鸦急急归巢一般。

"好多尼姑从这里经过吗？"岛村问面馆的老板娘。

"是的，这后面有座尼寺①，一到下雪的日子，就很难出山啦。"

桥对面，暮色笼罩的山峰，已经变白了。

这个地区，每到木叶凋零、朔风劲吹的季节，一直都是寒气砭肤的阴天。正是温雪的日子。远近的高山一派白色。这叫"岳环峰宕"。另外，面海的地方，有海鸣，深山之处，有地吼，声如远雷。这叫做"地吼海鸣"。看了"岳环峰宕"，听了"地吼海鸣"，就会知道雪天不远了。岛村记得，古书上是这么写的。②

岛村躺在被窝里静听赏红叶的客人唱谣曲时，那天下

---

① 疑指距离越后汤泽四十公里小出车站附近的尼寺，一般称为"小出学林"。1895 年，由中村仙岩尼开基于北鱼沼郡汤之谷村，命名为龙谷院，后改称尼僧学林。现称为新潟专门尼僧堂。

② 此处仍指《北越雪谱》一书，关于雪的文字如下："我国雪意，不同于暖国。九月半起，则入霜期，寒气渐剧。至九月末，杀风侵肌。冬枯诸木，枝叶凋零。天色霎时不见日光，连日欲雪之相。天气朦胧，数日远近高山，白雪点点可观。里人称之为峰峦回转。又，有海之所则曰海鸣，山间深处则曰山鸣，声如远雷……直至秋分前后。每年如是矣。"

了第一场雪。今年应该也"地吼海鸣"了吧。岛村孤身之旅，一个人待在温泉旅馆，等着和驹子相会，渐渐地，他的听觉也变得异常灵敏。当他一想到"地吼海鸣"，耳眼里就流过遥远的响声。

"尼姑马上要过冬了吧，她们有多少人来着？"

"呀，大概好多吧！"

"尼姑们聚在一起，大雪封门好几个月，她们都干些什么呢？过去这一带纺织绉绸，尼寺里也干这种活儿，那该多好！"

岛村满心好奇，听他这么一说，面馆老板娘只是以微笑作答。

岛村在车站等回程车，等了将近两个小时。微弱的太阳落山了，寒气打磨着满天星斗，闪闪烁烁。腿脚冰冷。

岛村毫无目的地转了一圈儿，又回到温泉浴场。车子越过铁道路口，开到守护神杉树林旁边，眼前出现一座灯火闪耀的店铺。岛村放下心来，这里是"菊村"小酒馆，三四个艺妓站在门口闲聊天。

驹子也在这里吗？他刚这么想，驹子就出现了。

车子立即减速，司机似乎知道岛村和驹子的关系，他若无其事地缓缓而行。岛村蓦地向驹子的背后方向回过头去。自己乘坐的汽车的辙印清晰地留在雪上，在星光照耀下向远方绵延。

车子来到驹子面前，只见驹子眼睛一闭，猛地扑向汽车。车子没有停留，静静登上山坡，驹子躬着腰站在车门外的踏板上[①]，紧紧抓住门把手。

驹子就像被一种外力紧紧吸引住了，岛村似乎寄身于一团温暖之中，他没有觉得驹子正在干着一件极不自然、极其危险的事情。驹子像揽住窗户一般举着一只臂膀。袖口滑落下来，闪出了贴身长衫的艳色，越过厚厚的玻璃，映在岛村冻得紧绷着的眼睑上。

驹子将额头抵在窗玻璃上，高声喊叫：

"到哪儿去啦？我问你，到哪儿去啦？"

"太危险啦，胡闹！"岛村高声应和，这可是一次甜美的嬉戏。

驹子打开车门一头倒了进去。这时候，车子停了，已经到山脚下了。

"告诉我，到哪儿去啦？"

"唔，没有。"

"哪儿呀？"

"哪儿也没去。"

驹子整整衣裙，那副做派像艺妓。岛村好奇地望着她。

司机呆然不动。车子已经开到了路尽头，岛村看到司

---

① 旧时汽车门外装设幅宽三十厘米踏板以便于上下。

机仍然坐在车里，甚感不解。

"下车吧。"岛村说。驹子把手叠在他的膝头。

"呀，好冷，怎么这样冷！为什么不带我去？"

"别问啦。"

"什么呀？真是个怪人！"

驹子快活地笑了，登上了一段陡峭的石阶小径。

"你出门的时候，我看到了，大约是两点或不到三点钟吧？"

"唔。"

"听到车声，我就出来了，到外头一看，你连头也没回，对吗？"

"是吗？"

"就是没回嘛。干吗不回头看看呀？"

岛村一惊。

"你呀，不知道我来送行啊？"

"不知道。"

"我就知道。"驹子依然快活地笑着，她挨过肩来。

"为什么不带我去？你变得冷酷了，真可厌。"

突然响起了火警的钟声①。

---

① 原文为"擦半钟"，报告火警的钟声。远处火灾，则一点点悠悠传响；近处火灾，则急急无间断鸣响。

134

两人回头张望。

"失火啦，失火啦!"

"火灾!"

火焰从下面村庄的中央升起来。

驹子喊了两三声，抓住了岛村的手。

翻卷的黑烟之中隐隐约约看到了火舌。火势向横里蔓延，舔舐着周围人家的屋檐。

"是哪里? 你原来师傅的家，不是离得很近吗?"

"不对。"

"是什么地方?"

"还向上一些。靠近车站。"

火焰穿过屋顶，蹿向天空。

"啊呀，是蚕房! 糟啦，糟啦，蚕房着火啦!"驹子不住叫喊起来，她的面颊紧紧抵在岛村的肩膀上。

"是蚕房，是蚕房!"

火势很旺，从高处俯视下去，广阔的星空之下，玩具般的火场寂悄无声。正因为如此，仿佛传来一阵阵可怕的燃烧的音响。岛村抱住了驹子。

"不要害怕。"

"不，不，不。"驹子摇着头，大哭起来。她的脸伏在岛村的手心里，似乎比平素更加娇小，紧绷的太阳穴不住地跳动。

一见到火就放声大哭，她为什么哭，岛村并未怀疑，依然紧抱着她。

　　驹子忽然停止哭泣，抬起头来。

　　"啊呀，想起来啦，蚕房今晚有电影，一定是挤满了人。瞧……"

　　"那可不得了。"

　　"有人会烧伤，会烧死的呀！"

　　他俩慌忙跑上石阶，上面可以听到嘈杂的声音。抬眼一看，高处二三楼上的房间，大都拉开了格子门，跑到光亮的廊下，观看大火。庭院角落一排干枯的菊花在旅馆的灯光或星光的辉映之下，现出清晰的轮廓，立即使人想到，这是大火照耀的缘故吧？在这菊花的后面，也站满了人。旅馆的领班带着三四个伙计，从他们两人前面跌跌撞撞跑了下来。驹子扯开嗓门高声问道：

　　"喂，是蚕房吗？"

　　"是蚕房！"

　　"有人受伤吗？有没有人受伤啊？"

　　"正在救人哪。是电影胶片一下子着了起来，火势蔓延得很快。打电话问过啦，瞧！"领班一行人迎头碰见他们两个，扬了扬手，走了。

　　"据说孩子们都从楼上一个个扔了下来。"

　　"哎呀，这可怎么得了呀？"驹子跟着领班下了石阶，

136

后面的人一起跑了过去，驹子也一道跑起来了。岛村紧追不舍。

石阶下边，火场被房屋遮挡了，只能看到火舌。火警的钟声在空中回荡，越发使得人们惶恐不安，跑动得更快了。

"地上的雪冻了，当心滑倒。"驹子回头望着岛村，她就势站住了。

"哎，这样吧，你算了，不用去啦。我是担心村里的人。"

照理说，也是。岛村有些扫兴，发现脚边是铁轨，他们已经走到铁道路口。

"银河！多美啊！"

驹子自言自语，仰头看看天空，又跑了起来。

啊，银河！岛村也抬头赞叹。蓦然，他觉得身体仿佛正向银河飘浮而去。银河的光亮越来越近，似乎要把岛村托举起来了。羁旅中的芭蕉①，于荒海之上看到的，也是这个光明浩瀚的银河吗？赤裸裸的银河眼看就要降临这里，它想亲自用肌肤卷裹暗夜的大地。它艳丽得令人恐惧！岛村感到，自己渺小的身影从地面反映于银河之中了。银河

---

① 松尾芭蕉（1644—1694），江户时代著名俳句诗人。元禄二年（1689），芭蕉游越后出云崎，作俳句："瀚海佐渡夜，高空横天河。"

里面群星灿烂，光明耀眼。随处可见的闪光的彩云，飘荡着一粒粒银砂，绮丽、明净。深不见底的银河，紧紧吸引着岛村的视线。

"嗬——依！嗬——依！"岛村呼唤着驹子。

"嗬——依，快点儿来呀！"

驹子奔向银河低垂的黑暗的群山。

她褰裳而来，挥动着素腕，火红的衣裾飘舞翩翩，星光点点的雪地上，扬起一朵艳红。

岛村飞也似的追过来。

驹子放缓脚步，松开衣岔，拉住岛村的手。

"你也去吗？"

"嗯。"

"真好奇！"衣裾垂落在雪地上，她一手拎起来。

"人家要笑话我的，回去吧。"

"不，到前头再说。"

"这样不好，我怎能带你到火场去呢？村里人看见了，多不好意思。"

岛村点头同意了，停住脚步。可是驹子又轻轻拽着岛村的衣袖慢慢走起来。

"你在一个地方等我，我马上回来。在哪儿等呢？"

"哪儿都行。"

"对，再朝前走走。"驹子瞅着岛村的脸，可是又急忙摇摇头：

"我讨厌，够啦。"

驹子"咚"地撞着岛村的身子，他摇晃了一下。道边的一层薄薄的积雪里，立着一排排大葱。

"你好无情啊!"

驹子立即冲着他说。

"你呀，不是老说我是个好姑娘吗？一个转脸要走的人，干吗要说这种话？仅仅是表白一下吗?"

岛村想起驹子用簪子扑刺扑刺戳进榻榻米的样子来。

"我哭了呀，回到家里之后，我哭了一场。同你离别，太可怕啦。不过，你还是早点儿回去吧。听你一说，我就哭啦，这件事我不会忘记的。"

岛村想起那句被驹子误解、反而深深刻在女人心底的话语，不由感到依依难舍起来。忽然，火场上人声喧嚣，新燃起的烈焰又腾起了火苗。

"啊呀，又烧起来啦，火势好大呀!"

两人喘了口气，得救似的跑了出来。

驹子速度很快，木屐掠过冰冻的积雪向前飞奔，两只胳膊不是前后，而是左右摆动，张开两肋，用力挺着胸脯，身子显得格外娇小。略显肥胖的岛村一边看着驹子，一边奔跑，早已疲乏无力了。然而，驹子急速喘着气，向岛村身上倒来。

"眼珠子发冷，就要流泪了。"

面颊出火，只有眼睛冰凉。岛村的眼睑也濡湿了。他眨眨眼睛，银河也在眼里闪着光辉。岛村强忍住即将掉落的泪水，问道：

"每晚，银河都是这样吗？"

"银河？好漂亮吧？不是每晚都这样，今夜非常晴朗啊！"

银河从他们跑来的方向转到了前面，驹子的面庞看起来好似映照在银河之中了。

但是，看不清鼻子的形状，嘴唇的颜色也消失了。岛村很难相信，充溢于太空的明丽的光带，竟然如此黯淡？淡淡的星光不如薄薄的月夜，但较之满月的天穹，银河却更为明亮。驹子的容颜在地上没有留下任何影像，宛若一副古老的面具，飘忽不止，洋溢着女人的馨香，令人不可思议。

抬头仰望，看样子，银河为拥抱大地，依旧徐徐降落下来。

银河，这浩大的极光浸透了岛村的身子，使他随着光波流转，犹如立于地极顶端，虽然冷寂难耐，但却妖艳夺人。

"你走后，我要正儿八经地过日子。"驹子说罢迈出步子，用手整整蓬松的发髻。走了五六步，又回过头来。

"怎么啦？这不好。"

岛村站着不动。

"行吗？等着我，过会儿一块儿到你房间去。"

驹子扬了扬左手，跑了。她的背影几乎被黑暗的山峦吸附而去。银河在群峰起伏的分界线上散开衣裾，又反转过来，将灿烂无边的华美的境界回映于浩渺的天宇。群山愈加晦暗、岑寂。

岛村走出去不久，驹子的身影就被公路旁的人家遮住了。

"嘿哟！嘿哟！嘿哟！"听见一阵吆喝，公路上出现了抬水泵的人们。有人打后面跑过来，岛村急忙上了公路。他俩走的那条路和公路交接成"丁"字形。

又有水泵过来，岛村为他们让开，随后跟在后头跑着。

这是老式的手压形木质水泵。一行人拖着长长的绳子，另外，还围着一些消防队员。那水泵小得可笑。

驹子也站在路口，等着水泵过去，她看见了岛村，两人又一道儿跑过去。站在路边给水泵让路的人们，仿佛被水泵紧紧吸引，一起追过去了。眼下，他们两个也加入了奔向火场的人群。

"你也去吗？真好奇！"

"哦。那水泵靠不住啊，明治时代以前的玩意儿。"

"是的，不要摔倒啦。"

"挺滑的哩！"

"可不，不久就会整夜里刮起雪暴，弄得人惶恐不安，你不妨来看看。你不会再来了吧？野鸡、兔子都逃到人家里了。"驹子的声音和着消防队员的吆喝和人们的脚步，听起来十分爽朗。岛村也感到身轻如燕。

传来了火焰炸裂的响声。眼前又蹿出了火苗。驹子抓住岛村的胳膊。公路边低暗的屋顶深呼吸一般，猝然浮现在火光里，接着又淡漠不清了。水泵的水从脚下的道路流过来，岛村和驹子也自然站在人墙之中了。火场的焦煳味儿夹杂着煮蚕茧的腥气。

人们这一堆那一团，高声交谈：什么电影胶片着火啦，孩子一个个打楼上扔下来啦，什么没有人受伤啦，村里的蚕茧、大米幸好没放在这里啦，等等，议论不止。然而，大家一同面对火场，却一言不发，远近一片寂静，尽皆统一于火场之上了。人们都在倾听火花的毕剥之声和水泵的轰鸣。

不时有些晚来的人，到处呼唤亲人的姓名，一旦有人答应，则高兴得大呼小叫起来。唯有这些声音才带来一些活气。火灾警报已经停止。

岛村怕引起注意，悄悄离开了驹子，站到一堆孩子的后面。火势燎人，孩子们向后退缩着。脚下的雪似乎有些融化了，人墙前面的积雪经火与水一番消解，上面满是纷乱的脚印,一片泥泞。

那里是蚕房一旁的旱地,和岛村他们一同赶来的村民,大都拥到这里来了。

大火似乎是从安置放映机的入口烧起来的,蚕房一半从屋顶到墙壁都倒塌了,房梁和柱子等骨架还在冒烟。因为屋里只有木板墙和地板的屋子本来就是空的,所以屋内没有卷起黑烟,屋顶上浇足了水,大概不会再着火了。不过,火势还在蔓延,意料不到的地方突然冒起火苗。三台水泵慌忙转过去,火苗立即上蹿,腾起一股黑烟。

火影在银河里扩散开来,岛村仿佛又被掬向银河里去了。黑烟流向银河,相反,银河也欻然下泻。脱离屋顶的水泵里的水龙左右晃动,水烟溟蒙,一团灰白,宛如受到了银河之光的照射。

驹子不知何时走过来,她握住了岛村的手。岛村回头看了一眼,没有作声。驹子望着火焰,火影在她那红通通的不苟言笑的脸上明灭、闪烁。岛村的胸中不由涌起了一股激情。驹子的发髻散开了,她挺起了脖颈。岛村正想伸手过去,手指却颤抖起来。岛村的手很温暖,驹子的手更炽热。岛村感到,别离的时候迫近了。

入口的廊柱等物又着起来,一根水龙猛喷过去,栋梁刺刺地冒着水汽倒了下去。

蓦然之间,人们一下子惊呆了,他们看到一个女子掉落下来。

蚕房也时常用来演戏，楼上安装着简单的座席。虽说是二楼，但很低矮，从上头落到地面只是一眨眼的工夫。不过，人们还是在这一瞬间里充分看清了她掉落的全过程。她也许像个玩偶，令人不解地掉了下来，一眼就能知道已经不省人事了。虽说是掉落，却没有发出声音。因为地面有水，所以也没飘起什么尘埃。她跌落在刚刚燃起的新火焰和重新转旺的老火焰之间了。

一台水泵对准老火焰喷射出弯弓一般的水流，就在这股水流前面，忽然浮现出一个女体。她就是这么掉落的。女体在空中保持了水平姿态。岛村心头突然紧缩，但也没有立即感到什么危险和恐怖，仿佛是非现实世界的一个幻影。僵直的身子于落下的空中变得柔软了，而从这个玩偶的姿态上，可以得知，她已经毫无抵抗，因失却生命而变得自由，生与死一概休止了。岛村心里闪过一丝不安，水平伸展的女体，头部是否冲着下方？腰部和膝盖是否有所弯曲？看上去虽然很有可能，但却仍是水平般地掉落下来了。

"啊！"

驹子尖利地号叫一声，捂住了双眼。岛村一直盯着，眼睛一眨也不眨。

跌落下来的女子正是叶子！岛村是什么时候知道的呢？

人群的惊讶和驹子的尖叫实际上发生在同一瞬间，叶子的小腿在地上抽搐，也是在同一瞬间。

驹子的叫喊，贯穿着岛村的全身，和叶子小腿的抽搐一起，使得岛村冰冷的足尖不由地痉挛起来。他沉浸在一种莫名的深沉的痛苦和悲哀之中，心脏不住激烈地跳动。

叶子轻微的抽搐几乎难于辨认，又立即停止了。

在看到叶子的抽搐之前，岛村首先看到了她的容颜和鲜红的箭翎和服。叶子是仰面掉落下来的。一边的膝盖上缠绕着裙裾。她跌到地上，小腿只是抽动了一下，就昏过去了。岛村总是觉得她没有死，他只是感到，叶子的内部生命已经发生异变，迅速转型了。

叶子从二楼看台上掉下来，二楼的两三根柱子向外倾斜，在叶子脸的上方燃烧起来。叶子闭上那双摄人魂魄的俊美的眼睛。她翘着下巴颏，挺直颈项。火影飘摇，映着她惨白的面庞。

岛村忽然想到，多年前他到这个温泉浴场会见驹子，在火车上看到叶子脸庞的后面，点燃起野山的灯火，心中又是一阵颤栗。霎时，仿佛也映照出他和驹子在一起的岁月来。他的揪心般的痛苦和悲哀也正出自于此。

驹子从岛村身边跑了出去，这和驹子尖叫一声捂住眼睛，几乎是同一瞬间，也就是人们大吃一惊的时候。

烧焦的黑色木块，水淋淋的，散乱一地。驹子像艺妓一般长裙拖曳，脚步踉跄地奔过去，想将叶子抱回来。驹子奋力挣扎的脸孔下面，低垂着叶子临死前虚空的容颜。看起来，驹子宛若怀抱着自己的牺牲或刑罚。

人们交头接耳地谈论着，迅速向她们两个围过来了。

"闪开，请闪开！"

岛村听见驹子喊道。

"这丫头疯啦，她疯啦！"

驹子疯狂叫喊着，岛村想走过去，被一群汉子推开，摇晃着身子。那些人想从驹子手里抱回叶子。岛村站定脚跟抬头仰望，刹那间，天河似乎流水哗然，直向岛村的心头奔泻下来。

舞姫

皇居的护城河

东京日落时分是四点半左右，这时正当十一月中旬……

出租汽车刺耳地怪叫一声停住了，车尾喷出了黑烟。

这辆车后边拖着炭包和柴袋，还吊着一只歪歪扭扭的旧水桶。

听到后面车子的警笛声，波子回过头去。

"我好怕，我好怕呀！"

她缩起肩膀，紧靠着竹原。

接着，她把手举到胸前，似乎要捂住脸孔。

竹原发现波子的手指尖儿不住颤抖，吃了一惊。

"怎么啦……怕什么呀？"

"会被人看到的，好像会被人看到的呀！"

"啊……"

原来是这样，竹原看看波子。

从日比谷公园后头进入皇居前边的广场，其间的交叉路口上车辆很多，下班的人们来来往往。他们两个人的那辆车堵在道路中间，后头还停着三四辆车，左右的车流连续不断。

后面顶住车尾的车子向后一倒，头灯照进他们车内，波子胸前的宝石闪闪发光。

波子黑色礼服的左胸别着一枚胸针，细长的葡萄形，白金的蔓子，碧玉的叶子，点缀着几粒钻石。

配合着项链，她还戴着一副珍珠耳环。

不过，耳环掩在头发里，时隐时现。因为穿着白色蕾丝内衣，颈上的珍珠不太显眼。绣衣的花边似乎是白的，但也可能是淡白的珍珠的颜色。

那花边直到乳沟之下，滑爽、柔软，为此种年龄的她，平添了几分高雅。

而且，蕾丝的领口不是高得直挺挺的，从耳下打上几个褶子，一直向前，越来越圆浑而又深邃，使那细长的脖颈看上去波浪起伏。

薄明之中，波子胸前宝石的闪光，仿佛也在向竹原求援。

"被人看见？在这种地方，有谁会看见呢？"

"矢木……还有高男……高男对他父亲言听计从，一直监视我呢。"

"你丈夫不是在京都吗？"

"不知道。再说，谁知道他什么时候回来。"波子摇着头，"都是你叫我乘坐这样的车子。很久以来，你就净干这种事!"

这时，车子"吱呀"一声又开动了。

"哦，又走了。"

波子小声说。

这辆车在十字路口冒黑烟，交警也看见了，没有过来拦截，因此停的时间非常短暂。

波子的恐惧似乎依然留在脸上，她用左手捂住面颊。

"叫你乘这种车，我反倒挨骂了……"竹原说，"因为我看见你冲开人群，逃也似的出了公会堂，神色很是慌张。"

"是吗？我自己倒没有感觉到，也许是这样的。"

波子低着头说。

"今天呀，走出家门，忽然戴了两枚戒指呢。"

"戒指?"

"是的。丈夫的财产啊……如果碰到了丈夫，看到这宝石，就会想到，自己不在家的时候，东西也没有丢。矢木会很开心的……"

波子说话的当儿，车子又"吱呀"一声停住了。

这回，司机下了车。

竹原盯着波子的戒指说：

"你是有意想让矢木先生看见，才佩戴宝石的吧?"

"是的。不过也没有特别在意，只是偶然想起。"

"好叫人惊奇啊。"

波子似乎没有听见竹原在说什么。

"真讨厌，这车子……又坏啦，真可怕。"

"烟好大啊。"

竹原望着后面的车窗。

"看来要打开盖子点火呢。"

"这种鬼汽车，我们下去步行吧。"

"先下车再说。"

竹原好容易推开车门。

车子停在通往皇居前广场的护城河桥上。

竹原走到司机那里，回头看了看波子。

"急着回家吗?"

"不，没关系。"

司机用一根长长的旧铁棍，打开炉盖，搅得炉膛嘎啦嘎啦直响。似乎在引火。

波子避开人眼，俯视河里的水，竹原走了过来。

"今晚家里只有品子一个人。那孩子一看我回去晚了，就问去干什么了、到哪儿去了，两眼泪汪汪的，随时要哭的样子。她是不放心我来着。她可不像高男那样监视着我。"

"是吗？不过，你刚才谈到宝石，我很纳闷。宝石本来不是你的吗？你们家里的生活，不是还像往常一样，一切都是全靠你支撑着吗?"

"是这样。我虽然没有太大的力量……"

"这事确实很难办。"

竹原看着波子有气无力的样子说：

"我真不理解，你丈夫是怎么想的。"

"只是矢木家的家风。打结婚那天起，从未改变过。已经成了习惯。竹原你不是老早就知道吗?"

波子继续说下去：

"也许结婚前就是如此，从婆婆那一辈人起……矢木的父亲死得早，婆婆一手将矢木拉扯大，又培养他读书。"

"这和那时候不同。战前，靠你那一笔陪嫁钱，过着富裕的生活。现在不一样了。这一点，矢木比谁都清楚。"

"这我知道。矢木他说过，人人都各自背着一个痛苦的包袱，痛苦的包袱若是太重，就会带来其他后果，比如对另外的事情或熟视无睹，或束手无策。其实，我们也能互相理解。"

"别犯傻啦！矢木先生有些什么痛苦，我不知道，可是……"

"日本战败后，矢木心里的美好理想也破灭了。他说他

153

自己就是古老日本的亡灵。"

"又嘟囔什么亡灵不亡灵的，难道波子夫人在家里的痛苦，他都打算视而不见……"

"他也不是视而不见。东西减少了，矢木也是感到很不安，所以他才监视我的行为。对于零花钱都计较得很厉害。我担心，一旦到了一无所有的时候，矢木可能会自杀的。一想起这个，我就害怕。"

竹原也不由打了个寒噤。

"所以你就戴两枚戒指出来了？……矢木倒不是亡灵，而波子你也许是亡灵附身了呢。对于父亲这种卑怯的态度，一直袒护他的高男，又是怎么看呢？他也不是个孩子了吧。"

"哎，他也很苦恼。在这一点上，他是同情我的。他看到我工作，说想退学去找工作干。那孩子对于父亲这位学者，一直无比敬仰。所以，要是他一旦怀疑起父亲，指不定会是什么样子呢。好可怕呀。不过，这些话，在这里说说也就算了……"

"好的，以后静下心来，再听你细说。可我看到你今天如此害怕矢木先生，真是于心不忍。"

"对不起，不说了。我有时会因为恐惧而精神不正常，像癫痫，又像歇斯底里……"

"是吗？"

竹原有些将信将疑。

"真的，刚才车子停了，实在有些受不了，现在好了，没事了。"波子说着抬起头来，"多么美丽的晚霞啊！"

天空的颜色似乎也映在项链的珍珠上了。

午前晴天，午后云淡，这样的天气已经接连两三日了。

这是地地道道的薄云呢，日暮后的西边天空，云彩和暮霭互相交织、融和；然而，迷蒙的夕雾之所以带有微妙的色彩，是因为有云朵的关系。

霞光照耀的天空，烟雾低垂，朦胧而甘美地继续包裹着昼间的温热，然而其中也开始透露着秋夜的寒凉。深红的晚霞的颜色，正好也是这样的感觉。

红彤彤的天空，有的带着暗紫，有的显露薄红，也有极少处略显绛黄、淡蓝。还有的是别样的颜色。这些色彩，一概融于霞光之中，看样子一直是低俯不动，实际上早已渐渐移转，消泯，无影无踪了。

接着，皇居森林的梢顶，仍然保留一带狭长的蓝天，犹如横空飞起一条彩练。

这一条蓝天，没有浸染晚霞的色彩，于黝黑的森林和深红的彩云之间，描画出一道鲜丽的境界。这一带蓝天，看上去似乎十分辽远，静寂而悲戚。

"多么美丽的晚霞！"

竹原说道，他只不过重复刚才波子的话罢了。

竹原只是顾及着波子，才跟着说晚霞是美丽的。

波子继续望着天空。

"从现在到冬天，晚霞很多。难道你不觉得，这晚霞令人想起孩子时代的情景吗？"

"是吗？"

"冬天虽说很冷，但是外面可以看到晚霞。大人骂道，这样会感冒的。啊……我呀，爱看晚霞，说起来，也是受到矢木感化的缘故。其实从幼年起就是如此。"

波子转向竹原。

"你说奇怪不奇怪？刚才那座日比谷公会堂前边和公园门口，不是各有四五棵银杏树吗？虽然都是一排相同的树，但每棵树发黄的程度都不一样。有的树叶子落得很多，也有的树落得很少。看样子，树木也各各有着不同的命运哩……"

竹原沉默不语。

"我正在迷迷糊糊思考着银杏树命运的当儿，车子嘎嗒嘎嗒停了。我简直吓了一大跳，好可怕呀！"

波子看了看汽车。

"修不好啦，站在旁边等下去，人家会注意的，到对面去吧。"

竹原给司机打了招呼，一边付钱，一边回头。波子已

画 ｜ 桥本兴家

经横着穿过了马路，一副活泼而又年轻的背影。

护城河对过正面，麦克阿瑟司令部大楼顶上，刚才还一直飘扬着的美国星条旗和联合国的旗子，转眼之间已经不见了。也许正碰上降旗的时候。

司令部大楼上面东边的天上没有晚霞，高高的薄云渐渐消散。

竹原心里明白，波子容易感情冲动，看着她那风风火火的背影，想到波子自己所说的"恐惧发作"期，大概的确像她说的一样过去了。

竹原也来到了马路对过。

"看你十分显眼地穿过车流，想必是像跳舞一样地在运气吧?"

他轻描淡写地说。

"是吧，你是在开玩笑呀!"

于是，波子迟疑了一下。

"我也开个玩笑……行吗?"

"对着我吗?"

波子点点头，俯首沉思。

司令部的白粉墙，从正面映入护城河，窗户里灯影也照进河水里了。

但是，大楼的雪白影像很是淡薄，不知不觉之间，唯有灯光映在水面上。

"竹原君呀，你觉得幸福吗?"

波子低声问道。

竹原回过头来，闷声不响，波子的脸色泛起红晕。

"你现在已经不再向我提这类问题了，不是吗？过去是经常挂在嘴边的。"

"对，那是二十年前了。"

"二十年没有提了，所以现在我要替你问了。"

"这就是对我开的玩笑……"

竹原笑了。

"现在不问也明白。"

"你过去不明白吗?"

"那也是明知故问呀。对于一个幸福的人，谁还会问'你是幸福的吗'这种问题呢?"

竹原说着，向皇居走去。

"对于你的这桩婚事，我当时就认为是错误的。所以你结婚前和结婚后我都向你问过。"

波子点点头。

"可是又一次，忘记是什么时候了，好像是西班牙女舞蹈家来访，你们结婚之后五年了吧？在日比谷公会堂，我偶然碰见了你。你的座席是楼上靠前边的贵宾席，有你的芭蕾舞同伴，还有你的丈夫。我坐在后头，一直躲躲闪闪的。可是你一看到我，就立即跑上来，坐到我的身边，再也不动了。我想，这对你丈夫和朋友们都不好，劝你回原来的座位，你说就要坐在我身旁，保证不说话，老老实实的……就这样，一直到终场，两个多小时，你始终坐在我的旁边。"

"是这样的。"

"我有些忐忑不安，矢木先生不断向上面看，你就是不肯下去。那时我真感到迷惘。"

波子晚到了一步，她蓦然站住了。

竹原看到皇居广场入口立着一块木牌：

这座公园是大家的公园，请保持清洁。

"这里也是公园？已经变成公园了吗?"

看完厚生省①国立公园部竖立的木牌，竹原问道。

波子向广场的远方遥望。

"我家高男和品子，战争期间，两个幼小的男女初中学生，经常从学校到这里来抬土、拔草。孩子们一说要去宫城前面，矢木就叫孩子们用冷水洗干净身子。"

"那时的矢木先生，就是这样的。那座宫城，如今也不

_____

① 相当于中国的卫生部。

叫宫城，而称皇居了。"

皇居上空的晚霞，渐次淡薄，灰色向四方扩散，反衬着东边的天空，依然保有昼间的明净。

然而，那为皇居森林镶边的一带蓝天，尚未消泯，呈现着铅灰色，愈加深邃。

森林里三四棵长得较高的松树，插向一带蓝天，在迷离的霞光里描画着黝黑的松影。

波子边走边说：

"天黑得真快啊！离开日比谷公园的时候，议事堂的尖塔还是一片桃红色呢。"

那座国会议事堂，早已被晚霞包围，顶端红灯闪烁。

右首的空军司令部和总司令部楼上，同样闪烁着红灯。

总司令部窗户里的灯火，越过护城河岸的松林明灭可睹。松树下面，一对对情侣，人影幢幢。

波子犹疑地停下脚步，竹原也看到了那些情侣寒颤颤的身影。

"这里太冷清了，到对面去吧。"

波子说道，两人折回去了。

看到那些幽会的人影，两人都感到，他们自己也是以幽会的方式走在一起的。

竹原送波子去东京车站，路上车子出了毛病，这才下来步行。但是，是波子打电话，邀他出席日比谷公会堂的音乐会，所以从一开始，他们就是幽会无疑。

可是，两个人都过四十岁了。

谈论过去，就是谈论爱情。波子谈到自己的身世，听起来就是一场爱的苦诉。这样的年月，在他们之间流逝了。这种岁月，既是两人的纽带，又是两人的阻隔。

"你不说感到迷惘吗？是什么使得你迷惘呢？"

波子回到原来的话题。

"是这样，那个时候……我还年轻，对于你的心理，我判断不清。放着矢木先生不管，一直坐在我的身边，这真是一个胆大妄为的行动啊！你当时为何会做出这种决断呢？究竟是怎么一回事？想来想去，觉得你以前就容易感情冲动，有时很叫人害怕，莫非脾气又上来了？我当时认为肯定是这个原因……"

"刚才，波子夫人你不也说是发作吗，那时和刚才假如都是感情的发作，那还是有很大区别的。那时你根本不把京都的丈夫放在眼里；可现在，你对身在京都的那位丈夫，时时感到胆战心惊……"

竹原说道。

"当时，要是带着你悄悄溜出公会堂，二人一同远走高飞，该多好。那时我还没有结婚呀！"

"可我都有孩子啦。"

"不过，当时我对你的所谓幸福的理解，也许是错的。那个时代的我，还很年轻，始终坚信：女人一旦结婚，她的幸福只能从家庭生活里寻找……"

"现在也是一样啊?"

"也是，也不是。"

竹原轻声而又坚定地说道:

"但是，那时你之所以能够离开矢木，安然坐到我身边，说明你的婚姻是幸福的、平和的。当时我想，你信赖着矢木先生，对他十分放心，所以任着性子、凭感情用事也可以得到原谅。当时只不过是看到我，一时感到怀念罢了。你坐到我身旁，也未曾感到有什么对不住矢木的地方。不过，你一直坐着不走，就有点儿反常了。你一句话不说，我感到不便，甚至不敢侧面看你一眼。那时候，我真的感到迷惘呀!"

波子默默不语。

"矢木先生的外表也迷惑了我。那样一个温厚的美男子，看到他，谁能想象他家里会有个不幸的妻子? 要是没有幸福，总会令人觉得只能怪妻子不好。眼下也一样啊。那是前年或大前年的事吧，我租住你家别墅厢房那段期间，一次你说没钱缴电费，我把工资袋给了你，你泪流满面地说，工资袋还没打开过……你还说，自从结婚之后，你从来没见过丈夫的工资……我很吃惊，当时我首先想到的是你不好，矢木先生反而显得神气十足。更何况过去，你们俩走在一道儿，人家都回头瞧看一番。你们的婚姻一开始就错了。我尽管心里这么想，但让我问你是否幸福，那就像是怀疑自己的眼睛。你没有回答，也是当然的事。"

"你不是也没有回答我吗？"

"我？"

"嗯。刚才我问过你了呀。"

"我们很平凡。"

"会有平凡的婚姻吗？你说谎。大凡结婚，总都是非凡的呀！"

"但我这个人可不像矢木先生那般非凡……"

竹原试图转一个话题。

"不是。看看我的那些同学，大体也是这样。不是说一个人非凡，结婚也就非凡，而是说即使是两个平凡的人走到一起，他们的婚姻也会变得非凡起来。"

"真伟大啊！"

"又是真伟大，什么时候学会的口头禅……？像大人糊弄孩子一样，讨厌不讨厌呀？"

波子柳眉上挑，向竹原的脸上睖了一眼。

"每当谈起家里的事，都是听我一个人说。"

波子主动岔开话题。

她有时也想试着诘问竹原，内心里为此焦躁不已，但对于竹原的家事，她从不插嘴。

"那车子还没有发动，在冒烟呢。"

波子笑着说。

日比谷公园上空升起了月亮。这是初三初四的新月，那弯弓般的形状，不偏不倚，直立云间。

两人来到护城河岸。

望着水里的灯影，伫立不动了。

司令部窗户的灯光从正面射来，河水里晃漾着悠长的火影。右边河岸上的一排柳树和左首稍高的石崖，还有石崖上的松树，都在火影里映现出黯淡的影像。

"今年中秋赏月，大概是九月二十五、六，对吧?"波子说。

"这里的照片登在报纸上了。画面是司令部上空的圆月啊……也有火影。那排窗户也在水里映出一条条亮光。可上面还有一缕光影，那似乎就是明月的影像。"

"报纸上的照片，能看得这样清楚吗?"

"是的，就像明信片一样，我印象很深。城墙的石崖和松树都照进去了，照相机似乎是安放在那边柳树之间的。"

竹原感到了秋夜的寒气，像是催促波子快走一般，边走边说:

"你把这些事情也对孩子们说了?那会使得他们变得柔

弱的。"

"柔弱……？我只是柔弱吗？"

"品子走上舞台就会变得强韧起来，但将来她要是像母亲就糟啦。"

渡过护城河，再向左转。日比谷方面走来一群警察，皮带上的金属零件闪闪发光。

波子让到一旁，紧靠竹原，抓住他的胳膊。

"所以嘛，我希望你能支持品子，保护她。"

"比起品子来，你……？"

"我在许多地方，都已经仰仗你的帮助，不是吗？在日本桥有一处排练场，也是托竹原君你的福呀……现在，现在你保护品子，也就等于保护我。"

波子避开警察之后，依然靠路边在河岸柳树下走着。

那些垂柳的细叶大多还没有飘落。

可是，电车线路旁的一排排悬铃木，靠这边的叶子刚刚泛黄，而另一侧同样是悬铃木，树叶早已落光，只剩赤裸裸的树干了。也许是被公园的树木挡住了阳光，仔细一看，这里的一排街道树，有的叶子大都散落，有的还郁郁青青。

竹原想起波子说的话："树木也各有着不同的命运哩……"

"要是没有战争，品子现在说不定在英国或法国的芭蕾舞学校跳舞呢。我也许会跟她一道去。"波子说。

"那孩子，正当上学的时光都给耽搁了，再也夺不回来啦！"

"品子还年轻，今后的路还远着呢……不过，你不是考虑过摆脱的方法吗？"

"摆脱……"

"从婚姻里摆脱……离开矢木先生，逃到外国去……"

"哦，那……我只考虑品子，我活着就是为了女儿……现在也是……"

"逃到孩子们中间去，这是作为母亲的一种摆脱的方法啊。"

"是吗？但是我的做法更偏激，像个疯子。品子成为芭蕾舞演员，是我终生的梦想……品子就是我。我们偶尔会分不清，到底是我为品子牺牲，还是品子为我牺牲。倒也无所谓了。每每想到这些，就感到我们自己能力有限，实现不了啦。"

波子漫不经心地向下看了看。

"啊，鲤鱼，银鲤鱼！"

她大声叫着，望着河水。她用手撩开垂在脸前和肩头的柳枝。

护城河流到日比谷十字路口，在这里拐了个弯儿。

河水一角里，一条银鲤纹丝不动，若浮若沉，好似停在水的中央。因为是拐角儿，积了些垃圾，唯有这里，清浅见底。也有沉下了一些落叶，但也和鲤鱼一样，在水里纹丝不动。其中也有悬铃木的落叶。波子拂动的柳叶散落在水面。河水浑浊，微微带着浅黄。

借着司令部的灯光，竹原也凝神瞅着鲤鱼，但他马上又后退一步，仔细瞧着波子的背影。

波子玄色的裙子一直收紧到裙裾，展露出腰部到腿脚的线条。

打从青春时代起，竹原就从波子的舞姿里发现了这一点，这是一种激动人心的线条。女人的身段至今未变。

然而，那时候的波子的背影，如今却变换为站在夜间护城河岸边窥视鲤鱼的背影，对于这一点，他实在有些受不住。

"波子夫人，你要看到什么时候啊？"

他厉声喊道：

"走吧！你不能再盯着那种东西看啦！"

"为什么呀？"

波子转过身子，从柳树下面回到人行道。

"那么小的一条鲤鱼，谁也不会瞧上一眼的，偏偏被你看到了……"

"尽管没人看见，尽管没人知道，可这条鲤鱼就活在这里。"

"因为你就是这样的人，所以才会发现这种孤寂的鲤鱼……"

"也许是吧，不过，这样宽阔的河流，偏偏挑一个行人很多的拐角儿，待在水里纹丝不动，你不觉得很奇怪吗？来来往往的人都没注意，往后对谁谈起这条鲤鱼来，都以为是说谎呢。"

"反而是注意到的人才显得一般……也许这条鲤鱼就是为了被你看到，才游来这里的呢。孤独一身，同病相怜嘛！"

"是吗？我看见鲤鱼前面河水中央，竖立着一块牌子，写着'爱护河鱼'。"

"嘿，不对吧，会不会写着'爱护波子'啊？"

竹原笑了，看着河水寻找那牌子。波子也笑起来了。

"在那儿，你连牌子都看不到吗？"

两人身边，开过来一辆美国军用大轿车，乘坐着男男女女的美国人。

人行道一侧，停放着一列新型的美国汽车，一辆接一辆开动了。

"在这种地方能盯着那条可怜的鲤鱼，你不能这样下去啊！"

竹原又说起来。

"你的这种性格该丢掉啦。"

"是呀，为了品子。"

"也为了你自己……"

波子沉默了片刻，静静地说：

"虽说不单是为了品子，我决定卖掉家里的厢房，因为是你从前租住过的房子，所以预先想跟你说一声……"

"是吗？我买下来吧。这样一来，假如以后你还想卖掉堂屋，不是更便当一些吗？"

"哎呀，竹原君，你这种判断，是一时的心血来潮吗？"

"实在对不起了。"

竹原赔起礼来了。

"我太冒失了，不该这样先入为主……"

"不，正像你所说的，堂屋早晚也要卖掉的。"

"到那时候，购买堂屋的买主一定很在意厢房里住的是什么人。虽说是厢房，同在一所宅子里，说话互相都能听见，到头来，堂屋也许很难脱手。如果我买下厢房，等你卖堂屋时，可以一并转让……"

"哦……"

"你若想卖掉厢房，那么相比之下，把四谷见附焚烧的废墟地卖掉怎么样？那里光剩下围墙，长满了杂草。"

"嗯。可我想在那里为品子建造一座舞蹈研究所，将来……"

竹原本想指出，在那里建造舞蹈研究所的可能性很小，但他没有说出口。

"不一定选那里，到时候，可以找更好的地方。"

"倒也可以，不过那块土地藏着我和品子的舞蹈梦想。我年轻时，品子幼小时候的舞蹈灵魂就在那个地方。在那里，我总能看到各种舞蹈的幻景。那块土地我不能交给别人。"

"是吗？那么，不卖厢房，到时干脆把北镰仓的宅基地整个儿卖掉，在四谷见附建设一所研究所兼住宅……怎么样？这是可以办到的。我工作上，照现在的样子，多少可以帮助你一下。"

"丈夫根本不会答应的。"

"这就看波子夫人你的决心了。要是不狠狠心的话，研究所也建不起来。我以为，现在就是个机会。前人栽树，后人乘凉，光靠吃老本，终究不是个办法。听说好多人苦于没有便利的排练场，要是现在就建起一座漂亮的研究所来，也可以供给其他舞蹈家使用。这样，不是对品子更有利吗？"

"他不会答应的。"

波子无力地说。

170

"即便对矢木说了，他照例会想得很多很多。我以前真的认为他是个深思熟虑的人，可实际上，他口头上应和着，心里却在打自己的小算盘。"

"怎么会呢?"

"我是这么看的。"

竹原看看波子，波子也瞧着他。

"不过，我对于竹原君你，也感到奇怪呢。不管和你商量什么，你总是立即下结论，一点儿也不感到困惑。"

"是吗? 或许因为我对你没有私心，要么因为我是个俗人。"

波子的眼睛盯着竹原的面孔不放。

"竹原君，我问你，买下我家的厢房，作何打算呢?"

"是啊，干什么用呢? 我还没考虑。"

接着，竹原半开玩笑地说:

"我本来是被矢木先生从那厢房里很体面地赶了出去，我要是买下来住进去，或许会试着报复矢木先生吧。但是，矢木先生不会卖给我的。"

"要是矢木的话，他也许会开动脑筋，卖出个好价钱呢。"

"矢木先生不大会斤斤计较的，打小算盘始终是波子夫人你的事啊!"

“可不。”

“但是，正如你所说，矢木先生也许会答应卖给我。他是个绅士，即使有嫉妒，也只能留在梦里，不会显示在脸面上的。要是不卖给我，人家就会说他吃醋，矢木先生是不愿这么干的。但是，你们之间，究竟有没有嫉妒，互相似乎都看不出这种迹象，在别人眼里，总显得有些阴森可怖。这好像是暴风雨前夕的寂静啊！”

波子没有吭声，心底燃起一股冰冷的火焰。

“我并不是早就另有企图，才说要买下你家的厢房，我只不过想常常在那间厢房里露露面，叫矢木先生看了难受，这也是挺有意思的事。我要剥掉矢木先生的那副伪君子的脸皮。不过，比起矢木先生的嫉妒来，我更担心的是，首先是苦了波子夫人你了。说到我自己，这回又要出现在你们的身边，心里不会平静吧？”

“竹原君不管在哪里，我都一样是苦。”

“因为我而受苦吗？”

“有这方面的苦恼，也有另外的苦恼。刚才提到的卖掉房子，盖研究所，这对女儿很好，可高男怎么办？高男是个模仿性很强的孩子，逐渐就要学他父亲了。尽管站在高男的角度，也没有什么奇怪。我一味袒护品子学习芭蕾，高男就会陷于姐姐的阴影之中……”

“这倒也是，这一点要注意。”

"再说，经纪人沼田拼命离间我们四个人的关系，就连我和品子之间，他也插手。他想把我们一家四口搞得四分五裂，还耍弄我，企图一口吃掉品子。"

那里河岸上的柳荫里又立着一块招牌："爱护河鱼"。

司令部正前方，也许窗内的灯光十分明亮的缘故，对岸的松影和这边的一排柳荫，在这一带河水里显得稍微清晰些。

窗内的灯火迷离地照射着对岸石崖的一角，石崖上面站着一个幽会的男子，香烟头闪着光亮。

"好可怕，那、那路上跑着的车子里，是不是坐着矢木?"

波子冷不丁地缩紧了肩头。

母女·父子

矢木元男领着儿子高男，走出上野博物馆。

父亲来到石砌的大门中央，停住了脚步。他来参观古代美术展览，眼睛疲倦了，悠然地望着公园的树木，若无其事在原地伫立不动。古代美术留在他的脑子里，自然界使他感到赏心悦目。

父亲轻松地咧着嘴角，眺望着公园。高男站在一旁，看着他的父亲。

父子两个十分相像，儿子只是比父亲矮一点儿，瘦一些。

二十天没见父亲了，儿子盯着他，觉得父亲很神气。

两人是在雕刻陈列室碰到的。

当时矢木从二楼下来，一进入雕刻室，就看见兴福寺的沙羯罗像前，站着高男。

未等矢木走近，高男回过头来，发现是父亲，显得很不好意思。

"您回来啦？"

"啊，回来了。"

矢木点着头。

"怎么回事啊？想不到在这里见到啦。"

"我是来迎您的。"

"迎我？你早知道我会来这里吗？"

"您信上说和博物馆的人一同坐夜班车回来，我想您大概不会直接回家，很可能顺便路过这里一下。我在家里等了一个上午呢。"

"是吗？谢谢你了。信什么时候到的？"

"今天早晨。"

"正巧赶上啦？"

"今天是姐姐的排练日，信送来之前，妈妈也一起出去了，她们两个都不知道爸爸要回来。"

"是吗？"

两个人都避免面对面，各人只望着沙羯罗像。

"我估计爸爸要来博物馆，可是会在哪里碰见呢？我一直在琢磨。"

高男说。

"我在沙羯罗和须菩提面前等着，这个主意不错吧？"

"嗯，真是个好主意。"

"爸爸每次来博物馆，最后必定要到兴福寺的须菩提和沙羯罗这里，站上一些时候吧？"

"是的。在这里，头脑会变得更清醒，心中的暗云和污浊也会一扫而光。而且，还能为你驱除疲劳和隐痛，使人有一种说不出的温馨之感。"

"我看到长着一副娃娃脸的沙羯罗，皱着眉头，有点儿像姐姐和妈妈的老习惯，对吧？"

父亲摇摇头。

矢木之所以摇头，是因为他觉得这话太荒唐，但又立即神情和悦地说：

"倒也有点儿。总之，高男看出妈妈和品子有些像天平时代①的佛，也很了不起。要是给她们说说，她们也会变得温柔一点的。但是，沙羯罗不是女人。女人没有那样的脸庞。沙羯罗是个少年啊，是东方的神圣少年！他凛然而立，使人感到，在天平的奈良国都，也有着这样的少年。须菩提也一样。"

"是啊。"

高男应和着。

"我等爸爸，在沙羯罗和须菩提像前站了好久，渐渐觉得表情上有些悲哀。"

"嗯，两尊都是干漆像，干漆这种雕刻的素材，使得雕刻师易于进行更为抒情的处理。所以天真少年像里，也含

_____

① 天平为圣武天皇在位时（729.8.5—749.4.14）的年号。天平时代，即美术史及文化史上的奈良时代，自和铜三年（710）至延历十三年（794）。

有日本的哀愁。"

"姐姐的眼睑经常闪动，时时蹙着眉，和这很相像，眼神里含着悲哀。"

"是的。使眉根皱起来，这是佛像的一种作法。这尊沙羯罗的伙伴——八部众的阿修罗像①，还有与须菩提同为释迦十大弟子②的造像里，有好几尊都是蹙着眉的。还有，这尊沙羯罗雕成可爱的儿童形态，但他是八大龙王之一，实际就是龙。他具有护持佛法的巨大威力，是水之王。这尊像也具有这种力量。盘绕肩膀的蛇，在少年的头顶上，高扬着镰刀型的颈项。然而，他的造型仍像人，看上去非常和善、亲切，所以总使你想起一个什么人来。但是，看上去很写实，其实是永恒的理想的象征。一副天真可爱的神态之中，显现着清净无边的大度，含蕴着深沉宁静的力的跃动。很遗憾，在智慧的深度上，和家中的女人们大不一样。"

两人从沙羯罗前面走到须菩提前面。

这尊须菩提像更是神态自若地站在那儿。

---

① 八部众为佛教用语，指守护佛教的异形之神，又称"天龙八部"。《法华经》中以"天、龙、夜叉、乾闼婆、阿修罗、迦楼罗、紧那罗、摩睺罗伽"为八部众，而日本兴福寺的八部众则为"五部净、沙羯罗、鸠盘荼、乾闼婆、阿修罗、迦楼罗、紧那罗、毕婆迦罗"。
② 释迦十大弟子：舍利弗、目犍连、摩诃迦叶、阿那律、须菩提、富楼那、迦旃延、优婆离、罗睺罗、阿难陀。

沙羯罗高五尺一寸五分，须菩提是四尺八寸五分。

须菩提身披袈裟，右手攥着左边的袖子，脚上套着钣金刚靴子，于石基之上，神色肃穆，稍显孤清，沉静而立。他那一副人人常见的清净、平和的光头和娃娃脸，带着促人怀恋的永恒的神情。

矢木打前面默默离开了须菩提。

然后，来到了大门口。

突露在大门外的高大的石柱，成为包容博物馆前院和上野公园的坚实有力的画框。

父亲站在石砌大门正中的大理石地面上，在高男眼里，作为一个日本人，这位父亲显得很神奇，一点儿都不寒酸。

"在京都很幸运，接连遇上了考古学会和美术史学会的学术活动，两个会都出席了。"

父亲说着，悠悠拢着一头长发，戴上了帽子。

矢木说在京都出席考古学会和美术史学会，但作为学会的活动，他只看了私人的藏品展览。

矢木既不是专门的考古学家，也不是美术史学家。

矢木也曾经把考古学样品作为古美术品欣赏，但是，他在大学里学的是国文学①，是一位日本文学史专家。

---

① 日本文学或研究日本文学的专门学问。

战争时期，他写了《吉野朝的文学》，这本书在他开设讲座的一所私立大学，作为学位论文提交了。

南朝的人被打败了，一边流浪于吉野山等地，一边捍卫王朝的传统，并发扬光大，这是一本考察他们所憧憬的文学和史实的书。在南朝天皇们的《源氏物语》研究之中，矢木的笔也注入了泪水。

矢木访问了北畠亲房①的遗迹，沿着《李花集》作者宗良亲王②流浪的旅途，一直走到信浓③。

据矢木所言，圣德太子的飞鸟时代、足利义政的东山时代等，自不必说，圣武天皇的天平时代和藤原道长的王朝时代等，也绝非和平的时代。人们争斗的潮流里飞扬着美的浪花。

矢木看到了藤原时代的黑暗，这是研读原胜郎博士《日本中世史》等书的结果。

矢木眼下正在写作关于研究《美女佛》的文章，这也多是因为受到矢代幸雄博士所著《日本美术的特质》等美学书籍的指引。矢木想用《东洋的美神》作为《美女佛》的标题，但这么做，则显得过分模仿矢代博士了。同时，

---

① 北畠亲房（1293—1354），南北朝时代的公卿、思想家。
② 宗良亲王（生卒年不详），南北朝时代的歌人、后醍醐天皇的皇子。
③ 古国名，又名信州，今日本长野县一带。

较之"神"这个词儿，更想使用"佛"的也是矢木。

在使用日本的"神"这个词儿上，矢木因日本在战争中遭受失败而遇到灾难，他自己有一种内疚。《吉野朝的文学》，如今也变成了伤悼战争失败的一本书。当然，在日本的美的传统中，还是将皇室作为"神"来看待。

矢木的《美女佛》，以观音为主。但是，除观音之外，弥勒、药师、普贤、吉祥天使等，这些富于美丽的女性特征的美丽的佛像，一概无所顾忌地添加进来，试图从这些佛像、佛画之中，摄取日本人的心灵和美质。

矢木既不是佛教学家，也不是美术史家，所以他在这些方面是肤浅的。但是，《美女佛》将成为一部别样风格的日本文学论。矢木认为，作为文学论，自己是可以的。

作为一个国文学家，矢木这方面的知识也许是深广的。

矢木是一个穷苦的书生，和波子结婚的时候，他连女学生所喜爱的中宫寺的观音像都不知道，也没有到过供奉弥勒像的京都广隆寺。他不观看芜村的绘画，而学习芜村的俳句。他虽然毕业于大学的国文学科，但有关日本的教养比女学生的波子还少。

"名古屋的德川家发现了《源氏物语》的绘卷，你可以去看看。"

波子说罢就喊婆子把盘缠钱拿来。波子的婆子管理钱财。

矢木又惭愧，又悔恨，此种情绪刻骨铭心。

博物馆有南画（文人画）名作展。

当然也摆着芜村的画。过去，矢木只知他有俳句而不知有绘画。

"二楼上的南画看了吗？"

矢木问高男。

"只是走马观花。我心里一直记挂着，不知道爸爸什么时候到佛像那里去，所以别的都没有好好看。"

"是吗？太可惜啦。今天回头还要和人约会，已经没时间了。"

父亲给高男看了看口袋里的钟表。

这是一只伦敦史密斯公司生产的古老的银质表，稍稍摁一下旁边的轴子，矢木的口袋里就响三次，接着再响两次，每次两声，这两声是表示一刻，从声音上可以判断，现在是三点半左右。

"要是送给宫城道雄①那样的瞎子，那该有多方便啊。"

矢木经常这么说。这是供夜间走黑路，或放在暗中枕头旁边使用的闹表。

矢木也带上了这只闹表。高男也曾听父亲说过这样的

----

① 宫城道雄（1894—1956），生田流筝曲演奏家、作曲家。

趣事：逢到出席谁的著作出版纪念会，有人正在长篇大论讲个没完的时候，矢木口袋里的闹钟就会丁零丁零地响，实在很有意思。

眼下，高男又听到父亲胸前的口袋里响起了八音盒般稚嫩的声音，这是闹表在响。一听到这种声音，高男就感到，能见到父亲真叫人高兴。

"我本来以为您从这里就回家的。还要去别的地方吗？"

"哎，在夜班车上睡得很好。那么，高男你也一块去吧。教科书书店总编要来找我商量，他想把我写的关于平安朝文学和佛教美术交流方面的文章，收入国语教科书。肯定是想着跟我商量，要避免专业方面的东西，使文章成为通俗的美文，还要放进一些插图。"

矢木走下大门口的石阶，眺望着鹅掌楸树叶飘落的情景。

鹅掌楸树叶像槲树的叶子一样大，石门附近只长着一棵，伟岸正直，叶色深黄，像年老的国王一般静静矗立于广阔的庭院。

"我的文章即便删去主要部分，依旧能让人体味到藤原美术的韵味，对于学习藤原文学的学生，还是大有帮助的。"

矢木接下去问：

"芜村的画怎么样？因为高男你也不看他的画，只是通过国语教科书学习芜村的俳句。"

"是的。我喜欢华山。"

"渡边华山①? 是吗? 不管怎么说，南画方面，大雅②是个伟大的天才。至于华山，在如今的年轻人中间比较受欢迎。那个时代，华山摄取西洋，具有强烈的好奇心，并且致力于南画的革新任务。"

矢木走出博物馆正门，说道：

"啊，还要见一见沼田，就是品子的那个经纪人。"

两人乘中央线到四谷见附。

他们打算穿过马路朝着圣依纳爵教堂③方向走。在等待车流通过的时候，高男震颤着眉毛说道：

"我非常讨厌那个经纪人。下次要是再对妈妈和姐姐鬼鬼祟祟的，我要和他决斗到底!"

"决斗，太激烈啦。"

矢木和蔼地微笑起来。

然而，这也许是当今青年的口头语，抑或是高男性格

---

① 渡边华山（1793—1841），江户时代末期的画家、兰学学者。
② 指池大雅（1723—1776），江户时代中期的南画画家，同与谢芜村一起并为日本南画之集大成者。
③ St. Ignatius Church，统称麴町教堂。位于 JR 四谷站前，同上智大学相邻。

的展露吧？父亲望着儿子的脸。

"真的，对那种人，就是要拼个你死我活，否则，谁能受得了！"

"对方要是个蹩脚的人物，你也要用一个蹩脚的方法对付他吗？你的生命是宝贵的呀！沼田很胖，块头儿又大，凭你瘦小的臂膀，再挥动个什么小刀子，是根本戳不透他的。"

父亲笑着说。

高男做了个用手枪瞄准的姿势。

"就用这一手。"

"高男，你有手枪吗？"

"没有，那东西，可以随时找朋友借呀。"

儿子不经意地回答着，惹得父亲打了个寒噤。

高男喜欢学父亲，人很老实。不过，他身上也藏有母亲性格中火烈的一面，有时会病态地燃烧起来。

"爸爸，过去吧。"

高男急急说了一句，倏忽从新宿方面驶过来的出租车前头穿了过去。

女学生们两人一起或四人一起，穿着制服，微微低着头，走进圣依纳爵教堂。隔着一条马路是双叶学院，女学生们也许是放学的路上前去祈祷。

走在护城河土堤的阴影里，矢木望望教堂的墙壁。

"教堂的新墙壁上也印着古松的影子啊。"

他沉静地说。

"去年，方济各的得力部下来过这座教堂。四百年前的前世教宗方济各·沙勿略到过京都，他也在林荫道的日本松影里走过吧。处于战乱时期的京都街巷，足利义辉将军在那里也是东藏西躲。方济各一心想拜见天皇，当然没有获得许可。他在京都只住了十天，就回平户去了。"

松影摇曳的墙壁，在夕阳里映现着淡淡的桃红色。

相邻的上智大学的红砖墙上，也洒满了阳光。

他们进入前面的幸田屋旅馆，被人引到里面的房间。

"怎么样，很清静吧？这座建筑改作旅馆之前，原来是富贵人家的宅邸，这间房子是茶室。那位获得诺贝尔奖的汤川①博士，也在这间房子里住过。他当时乘飞机从美国回来，以及后来乘飞机去美国时……游泳选手古桥②等人，来往于美国和日本时，也都在这里寄宿。"

"这座房间，妈妈不也是经常来吗？"

高男说道。

---

① 汤川秀树（1907—1981），理论物理学家，东京人，京都大学教授。1949 年作为日本学者，首位荣获诺贝尔物理学奖。著作有《素粒子》《现代科学与人类》等。

② 古桥广之进（1928—2009），游泳选手、教练。二战后连续打破自由泳世界纪录。引退后担任日本游泳协会会长等职。

汤川博士和古桥选手，是战败后日本的光荣和希望。矢木认为，这些深孚众望的人物，来往于美国期间住过的房子，一个青年学生能到这里来一趟，一定会永记心中的。可是高男却没有那样的感觉。

矢木接下去说：

"刚刚我们走来的时候，不是看到一间大房间吗？两间打通，曾充当汤川博士的会客厅。各种人物络绎不绝地涌来，想着尽量不要引到这间卧室来。可报社的摄影记者，不知从哪里悄悄躲在院子里，想偷拍他的生活照，使得汤川博士没有一点儿随意休息一下的时间。为了不让记者进来，这里的两个女佣，日夜都在院子两端站岗，被蚊子叮得好苦。因为是夏天啊！"

矢木望着院子。

大名竹、布袋竹、寒竹、四方竹等，这座庭院只种竹子。院子一角可以看见五谷神社通红的牌坊。

这座房子又叫"竹之间"，烟熏竹搭成的天棚。

"汤川博士来这里的时候，旅馆老板娘正病着呢。但她想到，博士阔别很久回到日本，她一边卧病，一边细心地照料着。她吩咐要焚上好香，调理好牵牛花使之盛开，又说要是树枝上有蝉鸣该多好。"

"哈哈。"

"要让他们听蝉叫，这太有意思啦。"

"哈。"

不过，高男从前听母亲也讲过这件事。父亲似乎是打母亲那里现趸现卖，儿子并不感到有多大趣味。

他环顾一下屋内。

"房子很好嘛，妈妈现在也经常来吧？好排场呀！"

父亲背倚吉野原木凹凸不平的壁龛廊柱，心情放松地坐着，点点头说：

"好像当时蝉鸣了，汤川博士作了一首短歌：

我来东京此旅馆

独立园中听鸣蝉

入住"竹之间"

满怀惆怅思无限

凉月轻风照无眠

汤川博士很早就喜欢作和歌。"

他继续先前的话题，想阻止高男说下去。

后来的晚饭，结账时也都记在波子的开销上。这阵子，就连这些事情，高男都似乎要怪罪父亲。

矢木轻声说道：

"妈妈和这里的老板娘很亲密，咳，就像朋友一样。再说，品子要登舞台，也得请人家多帮忙啊！"

教科书出版社的总编来访。

矢木请他们看文章之前，先让他们看看藤原时代佛教美术的照片。

"这些照片都是我挑选的，其中有着我的看法。"

高野山的《圣众来迎图》、净琉璃寺的《吉祥天女》、博物馆的《普贤菩萨》、教王护国寺的《水天》、中尊寺的《人肌大日》，还有观音寺的《如意轮观音菩萨》等照片，一张张摆在桌面，矢木正要加以说明。

"是，是，讨一口薄茶吧，京都也跟着上来。"

他拿起河内关心寺的秘佛——如意轮观音的照片，说道：

"关于佛，清少纳言也在《枕草子》里写到了：'如意轮忧虑人心，支颐而坐，未知此世，哀伤而羞愧……'她抓住了一种感觉。这一点儿，我的文章里也引用了。"

矢木说这话，既不像是对总编，也不像是对高男地说着。接着他明显地对高男说：

"刚才，在博物馆不是看到了沙羯罗和须菩提吗？奈良佛像那种清纯的具有人情味的写实，经过藤原的人情味儿的写实，变得艳丽而娇媚，富于肌肤的温馨，更具现世性。然而，神秘没有消失。神秘是女人的美艳最高的象征，参拜这些佛像，就会联想到，藤原的秘教似乎是一种女性崇

画 ｜ 斋 藤 清

拜。奈良药师寺的吉祥天女绘画，和这里的京都净琉璃寺的吉祥天女像，很相似，但是一比较，依然能深刻地感到奈良和藤原的差别。"

矢木把文件包拉到身边，取出净琉璃寺《吉祥天女》和观心寺《如意轮观音》的彩色照片来，这种彩色完好地保存下来了，他劝说总编将此套色印制在国语教材的首页之上。

"是啊，能和先生的大作互相映照，那太好啦。"

"不，我的幼稚的辞藻华丽的文字尚未决定采用。用不用我的文章先不谈，但我希望日本的国语教科书首页务必印上一张佛像。这并非因为西洋教科书上印着圣母玛丽亚的像。"

"当然，先生的大作是要用的，所以才这般厚着脸皮前来求您了。然而，这佛像因为过于有名，今天的学生大体上是不是都看见过呢?"

总编有点儿犹豫起来。

"插入先生正文中的照片，就按照先生的意思办理，至于……"

"先不说我的文章，我还是希望首页印上佛像。不看日本的美的传统，就没有国语。"

"基于这种意义，先生的论文请务必允许收入。"

"谈不上什么论文。"

矢木又从文件包里抽出剪下的几页杂志交给总编。

"这是回来时在夜班车上修改过的，删去了啰嗦的部分，请回去后看看，能不能当教材使用。"

说罢，呷了一口薄茶。

女佣来告诉沼田到了，矢木依然翻过来茶碗看着，低着头。

"请他进来吧。"

沼田穿着深蓝色的双排扣上衣，一副恭恭敬敬的样子。他挺着肚子，连作一下揖似乎都很困难。

"啊，先生，您回来啦。小姐，这回恭喜啦！"

"呀，谢谢。波子和品子多亏你费心了。"

沼田的"恭喜"是一副站在后台对舞台上的人说话的语气。

沼田的"恭喜"，是指品子哪一次表演说的呢？矢木去京都这段时间，女儿在哪里，跳的是什么舞，一概不知。所以只好静静地旋转面前的茶碗，仔细观看。

"这只茶碗也是个美人呢。今后天冷的时候，这种热乎乎的美女般的志野茶碗，实在是好啊！"

"就是波子夫人呀，先生。"

沼田不苟言笑说道：

"按说，先生，这次在京都，恐怕也有名品大甩卖吧？"

"唉呀，我对清仓减价的东西不感兴趣，很讨厌。也不喜欢古董。"

"有些名品等着先生加以判别……是啊，便宜货之中也有名品闪光，正等着先生的慧眼呢。"

"哦，不会有的。"

"是的，当然不会常有。像品子小姐这样的名品儿，也不是十年二十年就能一下子发现的。最近，我呀，先生，我一直想把小姐称作名品。这件名品逐渐发出光亮，从而辉煌起来。不久，《妇女杂志》要出新年专刊了，先生您请看吧，我想了种种办法，将小姐推销到首页照片中去。我成功了。这是五一年度出现的新人明星啊！芭蕾舞也会越来越流行起来的……"

"谢谢。不过，不可勉强，硬是当作商品对待，就会……"

"先生，这个不用担心，有母亲跟着呢。"

沼田冷不丁地说道：

"她名字叫品子，也便于引申为名品的意思。我将尽早让您看到新年专刊上的照片。"

"是吗？提起首页照片，我们刚刚也正好谈到这个？"

此后，矢木将沼田介绍给教科书出版社的北见。

女佣走进来，用餐之前请他们先入浴。

沼田和北见两人都因感冒而谢绝了。

"好吧，我就失陪了，将夜班车上的污垢洗一洗。高男，不去吗?"

高男跟着父亲进入浴场。

看到一台体重计，父亲问道：

"高男，你的体重是多少? 看你瘦多啦!"

高男赤裸着身子，一跃而上。

"四十八九公斤，正好。"

"太轻啦!"

"爸爸呢?"

"来。"

矢木和高男调了个个儿。

"五十六公斤。这几年一直没变。"

站在体重计前，父子两个光着白皙的身子，面对面紧靠着，儿子忽然觉得很不好意思，哭丧着脸走开了。

长州浴池①，两人一进去，皮肤就蹭着皮肤。

高男先去冲洗，他边洗脚边说道：

"爸爸，沼田纠缠妈妈盯了好长时间了，这回您还许他继续纠缠姐姐吗?"

父亲枕着浴缸的边缘，紧闭着眼睛。

---

① 圆筒状铁锅周边镶嵌耐火砖的浴池。

没有听到父亲回答，高男抬头看看。他注意到，父亲长长的头发，虽然还很黑，但是头顶中间逐渐稀薄了，前额也裸露得很高。

"怎么回事？爸爸为何要见沼田？为什么从京都一回来……"

高男本来想说"家也不回就……"，还想说"沼田一向不把爸爸放在眼里"。

"我去接爸爸，在博物馆见到了，很是高兴。可是爸爸叫沼田来，真是很扫兴啊！"

"唔……"

"我从小就觉得妈妈被沼田夺走了，我恨他。连做梦都被沼田追赶着，差点儿被他杀死，经常做恶梦。这些，我都没有忘记啊！"

"嗯。"

"姐姐和妈妈都跳芭蕾舞，一起被沼田缠住不放。"

"不是这么回事，这个嘛，高男，你的看法太偏激了。"

"不对，爸爸心里不是也很清楚吗？沼田为了讨得妈妈的欢心，是如何捧着姐姐的……姐姐之所以思恋香山先生，这也是沼田的计策啊！"

"香山？"

矢木在水里重新坐正。

"香山君现在怎么样？高男你知道吗？"

"不知道，是不是不跳芭蕾了？看不到他的名字。说不定缩回到伊豆去啦。"

"是吗？关于香山君的事，我也想问问沼田。"

"香山君的事可以直接问姐姐，不是更好吗？也可问妈妈。"

"唔……"

高男进入浴缸。

"爸爸不冲澡吗？"

"啊，懒得动呀。"

矢木给高男腾出了地方。

"今天学校里怎么样？"

"只上了两个小时课。不过，我这样就算是上大学，可以吗？"

"虽说是大学，其实是新制，相当于原来的高中级别。"

"也让我去工作吧。"

"这个嘛……躺在浴缸里，不谈这些费力气的事儿。"

矢木笑了，他出了浴缸，揩拭身子。

"我说高男，你有时过分要求人家啦。例如，即使对沼田，有的可以要求他，有的就不能那样要求他。"

"是这样吗？对妈妈和姐姐也是这样吗？"

"说些什么呀？"

矢木制止高男，不让他说下去。

两人回到"竹之间"，沼田抬头望着矢木。

"先生称作'美人'的这只茶碗，和我相伴了一会儿。实际上，先生，这里的教堂是圣依纳爵教堂吗？我顺便到里面瞅了瞅，出了天主教堂，讨得一碗薄茶。"

"是吗？但是，天主教和薄茶过去是有缘分的。例如，织部灯笼，又叫切支丹①灯笼。"

矢木说着坐下来。

"根据古田织部②的爱好，灯柱上雕刻着怀抱耶稣的圣母玛丽亚像。有切支丹大名高山右近所做的茶勺，铭刻着'花十'，读作花库鲁思③。"

"花库鲁思？很好听呢。"

"高山右近等人，喜欢坐在茶室里，祈祷切支丹之神。茶道的清净与调和使得右近作为气质高雅之人，而成爱神、寻求主的美的引路人。这种颇有意味的事，也被外国传教士写下来了。耶稣教进入日本的时候，在大名和堺市的商人等之间，正是茶道兴盛的时候，传教士也被请去，一起

---

① 指基督徒，"切支丹"为过去日语对葡萄牙语中基督教（christāo）的音译。

② 古田织部（1544—1615），江户时代初期的茶人，师从千利休。陶艺方面也颇有建筑，为织部陶之祖。

③ Cruz，葡萄牙语，意思是"十字架"。

跪坐于茶席之上，向神祈祷，献上感谢之意。寄回本国的传道报告里，详细记述茶道的情况，甚至涉及茶器的价格。"

"这样……最近天主教和茶道又盛行起来，先生居住的北镰仓是关东的茶之都。这是波子夫人说的。"

"是啊。去年，跟着方济各的部下而来的什么什么大司教，等人，在京都被邀请到茶会上，看到茶道作法和弥撒作法，有好多相似之处，十分惊讶。"

"哈……跳日本舞的吾妻德穂①，也是天主教信徒。这回跳的'踏绘'舞②怎么样？先生也看了吗？"

"是吗？是长崎吗？"

"是长崎吧。"

"跳的是踏绘过去的殉教。如今，一颗原子弹就把浦上天主堂化作灰烬，长崎死了八万人，其中三万人应该都是天主教徒。"

矢木说着，看看教科书出版社的北见。

北见沉默不语。

"那里的圣依纳爵教堂听说是东方第一。但是我依然喜

---

① 吾妻德穂（1909—1998），日本著名舞蹈家，以华丽的舞台风格为人所知，曾率团赴欧美举行公演。1986 年成为日本艺术院会员，1991 年获得日本"文化功劳者"称号。
② 模仿检验是否有基督徒信仰的舞蹈。

欢长崎的大浦天主堂，那是最古老的国宝级的教堂。彩绘玻璃也很好看。因为远离浦上，而得以逃脱原子弹的破坏。不过我去看的时候，屋顶依旧破烂。"

开始上菜了，矢木收起桌子上的摆在一旁的佛像照片，装进文件包。

"不过，先生仍然是具有佛性的人啊，过去，先生让波子夫人跳的'佛手'舞，十分美好。这出舞蹈将佛手的千姿百态，组合到一起了。"

沼田盯着矢木的脸，说：

"我想让波子夫人重新在舞台上复活，先生。"

"现在想起'佛手'舞，那真是一个很好的例子。品子小姐到底还没有到达波子夫人那样的年岁，所以，这出舞蹈宗教的深刻性，表演得不太符合。"

沼田继续说着，矢木冷冷地嘀咕道：

"和日本舞蹈不同，西洋舞蹈是表现青春的。"

"青春？青春也得看如何解释啊，波子夫人的青春已经过去，还是依然存在？这一点，先生比谁都清楚。"

他略带讽刺地继续说道：

"也就是说，到底是想埋葬波子夫人的青春，还是想使她的青春得以复活的，不就取决于先生吗？波子夫人的心是年轻的，这个，我也知道。即使身体，在日本桥排练场

197

里看起来……"

矢木转向一旁，给北见斟酒。

沼田也呷了一口酒。

"波子夫人给女儿做陪练，真是太可惜啦。如果她能站在舞台之上，弟子也会迅速增多起来。这对小姐也有利。母女都是舞蹈之花，既便于宣传，也能为舞台叫座。我也对波子夫人说了，我打算拍几张母女同台的照片，结果给逃掉啦！"

"她还是有自知之明的。"

沼田反唇相讥：

"她其实没有自知之明。站在舞台上的人，都是……"

传来了圣依纳爵教堂的钟声。

"说真的，今晚难得受到先生之邀，以为是商量波子夫人重返舞台之事，所以我便兴冲冲地跑来了。"

"嗯，是吗。"

"除此之外，我想不出先生还有什么别的事找我。"

沼田眯细着他那双本来很大的眼睛。

"就让她跳吧，先生！"

"是波子对你说的吗？"

"是我的极力鼓动。"

"这就难办了，四十岁女子即使能跳，时间也很短暂，最多到下一场战争为止。"

矢木很暧昧地说，之后便和北见谈起别的事来了。

晚餐的菜单中"八寸料理①"的品种有：鳖鱼冻、乌鱼子、柿子卷；生鱼片有鲥鱼和贝柱；汤以白色酱汤为底，加入小米和白果；烧烤类有酱烧鲳鱼；蒸煮类有清蒸鹌鹑；凉拌类有山药拌黑蘑，再加上火锅料：鲷鱼什锦火锅。

沼田要告辞了，矢木看看表。

"先生还是那块表？不准了吧？"

"我的表从来都是一分不差。"

他对照那里的收音机按一下怀表轴。

"《对面三家旁两家》，本月的作者北条诚。"②

矢木对沼田亮一亮怀表。

"和七点的报时一样。"

"下面报告新闻。"

沼田关掉收音机。

"是朝鲜吧？先生，斯大林自己说：'我是亚洲人。'他是叫人不要忘记东方啊。"

四人乘同一辆汽车离开幸田屋旅馆。北见在四谷见附

① 怀石料理的一种，以8寸（约24厘米）的四方杉木平盘盛装的料理。

② 指1947年至1953年，日本广播协会（NHK）播放的家庭剧，表现新旧思想混杂的社会面貌。由八住利雄和北条诚两位编剧。

车站前下了汽车。

车子由赤坂见附驶往国会议事堂前时，矢木对沼田说：

"刚才，你提起波子重返舞台的事，可香山君怎么样了？他能复归吗？"

"香山……您说的是那个废人吗？"

沼田摇摇头。因为太胖，只能缓缓地稍稍动一下。

"说成废人，太残酷了。现在，他到底在做什么？"

"是个废人啊！作为舞蹈家来说。听说在伊豆乡下，当一名旅游巴士司机。这可只是风闻，我不清楚。那种抛离俗世的人我可不想主动提及。"

沼田回头看看。

"小姐已经不跟他来往了吧？"

"是这样……"

"不过对这件事，不清楚！"

高男没好气地插了一句。

沼田冷冷地说道：

"那家伙很让人头疼，高男也可以劝告一声嘛。"

"姐姐有她的自由。"

"舞台上的人是没有自由的，尤其是，对于那些前途有望的年轻人来说。"

"极力促使姐姐接近香山的，不正是沼田先生吗？"

沼田没有回答。

汽车沿皇居护城河驶向日比谷。

矢木突然想起什么似的说：

"对了对了，在京都旅馆翻阅杂志时，发现竹原君公司的照相机广告栏里，使用了品子的照片。那也是你关照的……"

"不，那不是旧照片吗？是竹原先生住在您家厢房时候拍的吧？"

"是吗？"

"竹原先生的公司，照相机和望远镜广受好评，生意很红火哩。不知道能不能多多让品子小姐去当照相机的宣传模特儿。"

"那太过分啦。"

"趁这次过分一次嘛。只要波子夫人跟竹原先生说上一声。"

"波子不是不和竹原君来往了吧？"

"是吗？"

沼田顿时不吭气了。

车子绕过日比谷公园后面的一角，拐向左方，驶过皇居的护城河。

波子和竹原乘坐的车子，曾在这里出了故障，使波子对身在京都的矢木怕得要命。那是五六天前的事。

沼田在东京站告别了。矢木乘上横须贺线，直到品川一带一直沉默不语，接着就睡着了。到达北镰仓，高男把他叫醒。

圆觉寺门前的杉树林上，悬着月亮。

披着月光，沿着铁道边的小路步行。

"爸爸，您累了吧？"

"啊。"

高男将父亲的文件包换到左手拿着，靠了过来。

长长的月台上，栅栏的影子连接着小路。一走过那里，这回是人家的篱笆墙的阴影落在铁轨上。小路依然细长。

"一走到这里，就觉得回到家里了。"

矢木稍微停下脚来。

北镰仓的夜，宛如山里的溪谷。

"妈妈怎么样？又说着要卖什么东西吗？"

"这些吗？我不知道呀。"

"她不知道我今天回来吗？"

"嗯。今早爸爸的信到了，是寄给我的，我就装进口袋，出来了。要是在幸田屋打个电话就好了。"

高男低沉着声音说。父亲点点头。

"哦，没关系。"

进入小路右面的隧道。山棱像一只胳膊伸展过来，掘开这里就变成一条近道。

走在隧道里，高男说：

"爸爸，大伙儿想在东大图书馆前建立阵亡学生纪念像，学校方面不会同意。见到爸爸之后，我本来想告诉您的。雕像已经完成，计划十二月八日举行揭幕式。"

"唔。好像以前也听你说过。"

"将阵亡学生的日记集合成书，出版了《在遥远的山河》和《听吧，海神的声音》，还拍了电影。根据'不要重复海神的声音'这个意思，纪念像也将命名为'海神的声音'吧。和'No More Hiroshima（不许广岛事件重演）'相通，是和平的象征。怀着悲哀和愤怒……"

"嗯。那么，学校的意思呢？"

"好像禁止。学校不受理日本阵亡学生纪念会赠送的纪念像。其理由是：这种纪念像不光是东大学生，还以一般学生和大众为对象。按照东大过去的惯例，在校园里建立纪念像，只限于在学术和教育上具有巨大功绩的人。还有，这种像的制作过于深刻也不行，因时局变化而变化、带有象征意义的纪念像，假如再遇到'学徒出阵'① 这类事情，学校里因为有了这种不要战争的阵亡学生像，就会处于两难的地步。"

---

① 二战末期、1943 年以后，日本为补充兵源不足，停止至 26 岁为止文科学生的征兵推迟令，迫使 20 岁以上学生入伍、出征。

"嗯。"

"但是，阵亡学生的墓表，建立在他们灵魂故乡的校园里，我认为是合适的。这种纪念碑，在牛津大学和哈佛大学好像都有。"

"啊……阵亡学生墓表已经建立在高男的心中了。"

隧道出口，水滴从山上滴落下来。而且，听到了华丽的舞曲。

"还在练习呢，每天晚上都排练吗?"

"嗯。我先去通知一声。"

高男说着就跑去了，他快步登上排练场。

"我回来了。爸爸回来啦!"

"爸爸?"

波子正要在排练服外边披上一件大衣，脸色灰白，几乎倒了下来。

"妈妈，妈妈!"

品子抱住了波子。

"妈妈，您怎么啦? 妈妈!"

她抱着母亲走向墙边的椅子。

波子闭着眼睛，女儿坐在她身边的椅子上。母亲的头紧靠在女儿的胸前。

品子用大衣裹着母亲的身子，左手摸摸母亲的前额。

"冰凉!"

品子穿着黑色紧身连脚裤，套着舞鞋。排练服也是黑色的，两腿全部露在外头。高高的衣裾上罩着喇叭裙子。

波子穿着白色的紧身裤。

"高男，把唱片停掉吧。"

品子说。

"把高男吓得呀。"

高男也瞅着母亲的脸。

"我没有吓她，没关系吧?"

他看看品子。他从姐姐皱着眉头的眼睑上，联想起兴福寺沙羯罗的眉根来。他觉得两者很相似。

品子一把揪住头发，扎上发带。姐姐和妈妈都没有搽白粉，因为排练要出汗的。

品子兴奋得微带桃红的面颊，因惊吓而变得惨白了，闪着深沉而澄净的光辉。

波子睁开眼来。

"已经没事了，谢谢。"

她想坐起来，品子一把抱住她。

"再躺一会儿吧，喝点儿葡萄酒吗?"

"不用，给我一杯水。"

"好的。高男，倒杯水来!"

波子用掌心抚摸一下额头和眼睑，坐直身子。

“不停地旋转，正在做‘凤凰展翅’这个动作吧。这时候，高男突然闯了进来，一阵眩晕，发生了轻度贫血。”

“现在好了吧?”

品子把母亲的手放到自己胸前。

“品子我也吓得心里直跳呢。”

“品子，去接爸爸吧。”

“唉。”

品子瞧瞧母亲的脸色，然后在排练服外边迅速套上一条裤子，穿上毛衣，解下发带，用手指将头发散开来。

高男跑开之后，矢木慢慢逛悠起来。

开凿隧道的山稜，长着一片又细又高的松树，刚才映照着圆觉寺杉树林的月亮，现在又升到这片松树上空了。

要同沼田决斗的高男，和致力建立阵亡学生纪念像的高男，两者是统一的呢，还是分裂的呢? 父亲感到有些不安，随之脚步沉重起来。

矢木现在的家，本是从前波子娘家的别墅，没有大门。入口处一棵矮小的山茶树，开放着花朵。

芭蕾舞排练场，位于堂屋和厢房的正中间，削去后山的岩石，高高君临于这块宅第之上。堂屋和厢房灯火通明。

“我们家的电灯好像不要钱啊。”

矢木嘀咕了一声。

睡眼蒙眬

矢木从京都回来的第二天，吃早饭时，唯有丈夫面前放着一碗红烧带壳龙虾①。矢木没有动筷子，于是，波子问道：

"怎么不吃龙虾呢？"

"啊。懒得弄啊。"

"懒得弄？"

波子露出怪讶的神色。

"我们昨晚都吃过了，这是剩下来的，对不起。"

"唔，懒得剥壳啊。"

矢木说着，看了看龙虾。

波子轻轻笑着说：

"品子，帮爸爸剥掉虾壳。"

"唉。"

品子用自己筷子的另一头剔出了虾肉。

"真灵巧！"

---

① 原文为"伊势海老具足煮"，把大龙虾连壳一起稍稍剁成几块，放入各种佐料蒸煮，辅以海带、竹笋等配料。食用者用手边剥边吃，别有风味。此种料理令人联想起古代战国武士之风。

矢木望着女儿的动作。

"吃带壳龙虾，用牙齿嘎嘣嘎嘣嚼碎，那才叫痛快。"

"人家给剥皮，就没有味道了。好了，全去掉啦。"

品子仰起脸来。

矢木的牙齿没有坏到连虾壳也不能嚼碎的程度，况且，即便不用牙嘎嘣嘎嘣嚼，也可以用筷子挑嘛。连这个都懒得动，波子不由一怔。

真的因为是上岁数了吗？

烧紫菜，还有矢木在京都带来的高野豆腐烩腐竹，都一起端上了桌面。即使不动龙虾，也可以吃完饭。可是，矢木看上去确实慵懒得很。

隔了好长时间回到家里，身心放松、精神怠惰的缘故吗？矢木看样子精神萎靡不振。

还是因为昨夜的疲劳之故吗？一想到这里，波子的面庞感到火烧火燎，低下了头。

然而，此时的羞赧一闪即过，当她俯首向下的时候，心底已经冷了。

波子今早一个好觉醒来，头脑十分清晰，身子也显得很灵活。

气候忽冷忽热，眼下转暖，从一早起就是难得的小阳春天气。

由于芭蕾舞排练时身子不停运动，波子平时就颇有食欲。可是，今天连早饭的味道和平时似乎都不一样。

波子一旦注意这一点儿，立即没有胃口了。

"今天难得看你穿和服啊。"

矢木没发现波子有什么异常，他说。

"京都穿和服的人倒是很多啊。"

"那是的呀。"

"爸爸，东京今年秋天也时兴穿和服呢。"

品子说着，瞧了瞧母亲的和服。

抑或没有想到，穿和服也是为了给丈夫看吗？波子对自己也感到害怕起来。

"两三天前，和服店老板来说过，战争开始的时候，漆花和扎染的和服很好销。"

"漆花和扎染可都是高级品啊。"

"全花扎染的和服要卖到五六万呢。"

"哦？你原来的那件，要是拿到现在卖就好了。太着急啦。"

"旧衣服已经不行了。掉价了，便宜得要命。"

波子低着眉说。

"是吗？新品可以自由购买嘛，手头宽裕之后，精致的、高级的都拿出来了。这还不是钻女人爱虚荣的空子吗？"

"唉，上次战争刚开始的时候，漆花和扎染和服流行一时，这回又好销起来啦。"

"怎么会呢，漆花和扎染和服不可能同战争有关系啊。前一回是战争带来的景气，这一回是因为战争拖得很长，一直没法穿啊。高级和服假如是战争的前兆，那真是一幅表现女人浅薄的漫画啊!"

"男人的装束也大大改变了呀。"

"是啊，可是帽子之类，没有好的卖，多半是夏威夷衫风格的。"

矢木端起了茶杯。

"我喜欢的那顶捷克制帽子，你当时也没有仔细看一下，拿到一家马虎的洗衣店去，结果用水洗，丝绒全都不行啦。"

"那是战争刚刚结束的时候。"

"现在想买也没有。"

"妈妈!"

品子叫了一声:

"文子来信说，就是我的那个同学，还记得吧？她要参加圣诞节宴会，想向我借一套晚礼服穿。"

"圣诞节，这么早就着手准备了。"

"文子她真有意思，说什么她做过我的梦，梦见我有很多洋装。她看到我的衣橱里挂满淡紫和粉红的衬衣，一排排足有三十多件，都镶着漂亮的花边儿。还有一个衣橱，挂的尽是裙子，一律白色，也有凹凸布纹的。"

"裙子也有三十条?"

"她信上写着：裙子二十多条，都是新的。所以，她想既然做了这样的梦，想必品子有好几套晚礼服吧，所以想借穿一下。她说这是一种梦的启示。"

"可是，梦里不是没出现晚礼服吗?"

"是的，光有衬衣和裙子。因为她看到我穿着各种服装在舞台上跳舞，所以就联想到我的洋装很多。"

"是这样的。"

"我给她回信说，我在后台不穿衣服。"

波子沉默着，点点头。刚才还是神清气爽，眼下，头脑里昏昏沉沉，变得无精打采了。看来，还是因为昨夜为了欢迎丈夫归来，实在太累了的缘故。

波子很不好意思。

有时候，矢木由较长期的旅行中归来，当天夜晚波子总是拾拾掇掇，不肯就寝。

"波子，波子!"

矢木喊道：

"你老是洗什么呀? 一点钟啦!"

"唉，我把您旅行中的脏衣服洗了就来。"

"明天洗不行吗？"

"我不喜欢从包里掏出来团在一块儿，明早要是被女佣看到了……"

波子光着身子给丈夫洗内衣，她对自己的姿态，有着一种罪人的意识。

洗澡水已经不热了，波子仿佛特意要洗温水，她的下巴颏冻得直发抖。

她换上睡衣，照了一下镜子，还是不停地打哆嗦。

"怎么啦？洗了澡，反而感到冷。"

矢木不解地说。

这阵子，波子在压抑自己，矢木心里明白，却佯装不知。

波子一时陷入一种虚幻之中，她仿佛受到丈夫的拷问，然而，那种罪人的意识淡薄了，接着，似乎又被一手推开了。正在这当儿，她又被摇来摇去。这回，她紧闭着的眼睛里，仿佛出现一只金轮子，旋转着，鲜红如火。

从前，波子有一次将脸孔紧靠在丈夫的心坎上，说道：

"哎，我看到了金轮子，骨碌骨碌转呢。眼里立即变得一片鲜红！难道是死吗？这样下去行吗？"

"我是个疯子吗？"

"你不是疯子。"

"不是吗？好可怕呀。您怎么样？和我一样吗？"

她厮磨着：

"哎，快告诉我。"

矢木沉静地回答了她。

"真的吗？那就好。我真高兴啊!"

波子哭了起来。

"不过，男人不像女人那样。"

"是吗？都怪我。对不起。"

这样的问答，现在每想起来，波子就觉得年轻时的自己很可怜，不由得珠泪盈盈。

现在，有时也看到金轮子和红色，但不像往常了。而且，也不在乎了。

如今，已经不是幸福的金轮子了，紧接其后的是揪心的悔恨和屈辱。

"这是最后一次，绝对。"

波子对自己喃喃自语，为自己开脱。

可是，回想起来，二十多年的岁月里，波子一次也没有明显拒绝过丈夫。当然，她也一次没有主动明显地求过他。这是多么奇怪啊!

男女之差，夫妻之别，难道不是最可怕的差别吗？

女人的审慎，女人的羞怯，女人的真诚，无论如何，都是幽闭于日本亘古不变因习中女子的标记吗？

波子昨夜一醒过来，就摸索着丈夫的枕头，按了按那只怀表。

敲了三点，接着就丁零丁零丁零响了三回。看来是四十分到五十五分之间。

这块怀表的响声，高男说像那小小的八音盒。

"我想起了北京人力车的铃铛。我乘过的车子上，就坠着这种响声的铃铛。北京的人力车，车把很长，一跑起来，前端上铃铛的声音，像是在远方鸣响。"

矢木曾经说过。

这块怀表本是波子娘家父亲的遗物。

听到父亲遗物里的声音，似乎母亲正在悲戚，矢木硬是向她索要过去了。

今天夜里，波子从北风的呼啸声中醒来，她想尝试一下，一个年老的母亲，听到这块怀表的响声，会是怎样一番心情。母亲该是如何怀恋着活着时候的丈夫和枕畔这种亲切的音响啊！

正如高男从怀表的声音上感受父亲一样，波子也感受到了自己的父亲。

这是在高男出生很早之前，自波子从少女时代就有的古老的怀表。这种响声诱发了高男幼年时代的回忆，作为母亲的波子，也由此想起了自己的童年。

波子又摸索一下怀表，这回放在自己的枕头上，任其鸣响。

"丁，丁，丁，丁零，丁零，丁零……"

其后，她听见后山的松林里呼啸的寒风。

住宅前面高高的杉树林里，似乎也有风的声音。

波子背对着矢木合掌。黑暗里，她把手缩在被窝中合掌。

"真没有出息啊!"

同竹原站在皇居前，害怕身在远方的丈夫，昨天晚上，突然听到丈夫归来，竟然害了贫血症，波子暗暗的抵抗，被巧妙地打碎了。

现在，波子就是为此而合掌，但也不只是为了这个。因为在她心里，也闪现着一丝对竹原的嫉妒。

刚才就寝之前，波子嫉妒着竹原，自己都感到惊讶。

对于久在他乡、一夕归来的丈夫，波子并不起疑心，也不感到嫉妒。这个且不说，但是迎接丈夫的女人于悔恨之中，波子对丈夫没有嫉妒，却出乎意料地对竹原感到嫉妒。这种活生生的嫉妒之感，甚至含有令她窒闷的欢乐。

眼下，夜半醒来，这种嫉妒又在闪耀，波子合掌喃喃自语。

"对一个未曾见过的人……"

她指的是竹原的妻子。

不为别人所见的合掌，是波子跳罢"佛手"舞之后的习惯。

"佛手"舞始于合掌，终于合掌，各种佛手的形态在舞动的当儿，也插入了合掌，通过合掌将臂腕的一系列动作统合起来。

"你们之间，究竟有没有嫉妒，互相似乎都看不出这种迹象，但在别人眼里，总显得有些阴森可怖。"

听竹原这么一说，波子闷声不响了。就在这个时候，心头也还是为着嫉妒而震颤不已。她不是对丈夫的嫉妒，依然是对竹原的嫉妒。她无法走进竹原的家庭生活，波子为此而感到心烦意乱。

然而，波子在迎接丈夫归来的夜晚，一觉醒来，却在嫉妒竹原的妻子，这实在出乎她的意料。丈夫撩拨着波子的欲情，也会产生对别的男人的嫉妒吗？

"我不是罪人啊，我不是罪人。"

波子合掌，心中默念着。

可是，自己这种罪人的意识，是对丈夫而言呢，还是对竹原而言呢？波子并不很清楚。

波子对远方合掌，向竹原道歉，一颗心也自然飞往那里。

"晚安，你是怎么躺着的？在什么的房子里？我没见过，不知道。"

接着，波子又睡着了，这种深沉的睡眠，是丈夫所赐予的。

今天早晨醒来，她头脑清晰，精神焕发，这也是如此。

波子起得比平时都晚，早饭也拖后了。

"爸爸今天上午有课，该走了吧。"

高男似乎在催促父亲。

"嗯，好，你先走吧。"

"是吗？我也可以请假。"

"不行。"

高男正要走，矢木叫住他。

"高男，昨晚说的阵亡学生纪念像，学校方面是害怕思想背景吧？"

品子到厨房帮女佣做事。

波子对正在看报的矢木说：

"喝咖啡吗？"

"这个吗，要是早饭前，是要喝一杯的。"

"我们今天要去东京排练，也要出去。"

"我知道，今天是'你们'的排练日。"

矢木带着几分嘲讽的语气：

"呀，出门很久了，今天我想待在家里，好好晒晒太阳。"

位于堂屋和厢房之间的排练场，本来是矢木的书库兼书斋和日光室，厚厚的窗帘严严地遮住了南边一整排玻璃

217

窗户。

收拾一下书橱，正好做芭蕾舞排练场。

矢木也许上了年纪，读书写作常在和式房间，他不反对给女儿当排练场。

不过，矢木说晒晒太阳，就是待在原来书库里的意思。

波子迟迟不便离开座位，矢木将报纸摞在一旁。

"波子，你见到过竹原君了吧？"

"见到了。"

波子似乎被揭了短地回答。

"是吗？"

"竹原君，他还好吗？"

"他很好。"

波子盯着矢木的面孔，目光不能离开。她一想到自己的眼睛，眼眶似乎就要涌出泪来，她想眨一下眼睛。

"是应该很好呀，望远镜加上照相机，听说竹原君很风光啊！"

"是吗？"

波子的声音有些沙哑，她改口说：

"这种事儿我没听说过。"

"他不会跟波子你谈生意上的事，历来不就是如此吗？"

"嗯。"

波子点着头，移开了视线。

透过格子门上的玻璃眺望庭院，杉树的阴影落在地面上，那是杉树梢的影子。

从山上下来的三只竹鸡，时而走进树影，时而又到太阳底下散步。

波子的胸口怦怦直跳，心里十分紧张。刚刚有些平静，顿时又僵硬起来了。

可是，波子感到丈夫的神色含着温暖的爱怜之情。她望着院子里的野鸟说：

"说不定哪天，也许要卖掉厢房，以前竹原君在这里住过一个时期，我想提前跟他说说。"

"哦，是吗？"

于是，矢木陷入沉默。

矢木的"哦"听起来是在深思熟虑，实际上是在打自己的小算盘。波子想起了以前对竹原说的话。

眼下这事也是"哦，是吗？"，真是有点可笑，波子感到很难受。自己对竹原说了这么多丈夫的坏话，这使她觉得羞愧难当。

"不过，还真是想得周到啊。"

矢木笑了。

"因为让竹原君在厢房住过，现在想卖掉，便去找竹原君，求他能够原谅。这份礼仪真是尽到家啦！"

"我不是去求他原谅。"

"嗯，对于竹原君，波子你还是余情未了吧?"

波子被刺了一针。

"啊，好了，厢房的事我不同意，这事等以后再说吧。"

矢木反而安慰起波子来。

"我得走了，否则赶不上排练。"

波子在电车里，茫然四顾。

"妈妈，可口可乐车。"

听品子一说，波子向外一看，车皮刷成红色的货车驶过去了。

快到保土谷站了，布满枯草的山丘上，警察预备队的招募广告十分醒目。

东京来去，矢木总是乘横须贺线的三等车。

波子也乘三等，不过有时乘二等。她有两种车票：三等月票和二等回数票①。

品子练舞很辛苦，必须保证舞台的演出，为了使她不至于太劳累，母亲陪她一起时都乘二等车。

登上二等车厢之前，不经意地会看到三等车混杂的情景，但直到今天品子发现"可口可乐车"之前，波子都不

---

① 一次买十张车票，同时优惠一张，共可以乘坐十一次。

220

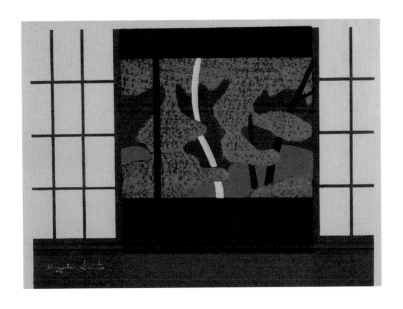

画 | 斎 藤 清

曾意识到自己乘坐的是二等车厢。

品子是个少言寡语的姑娘，在电车里不大爱说话。

波子把身边的品子也给忘了，她一直在胡思乱想，由自己的身世，想到别人的身世。

波子毕业于豪华的女校，同学中有好多人嫁给了名门贵族。这样的家庭因战争失败而大多凋落，她们一方面在操持不熟悉的家务的过程里变成中年妇女，一方面又在旧道德的动摇之中经受了磨炼。

像波子和矢木一样，不是指望丈夫而是依靠妻子娘家的财产过活的同学，也不在少数。但是，这类夫妻也往往失去家庭的稳定。

"每一桩婚姻总好像是非凡的。即使是两个平凡的人走到一起，他们的婚姻也会变得非凡起来。"

波子对竹原说的这段话，也含有她对所看到的这些同学的实际感觉。

因为维护夫妻生活的古老的围墙和基石崩溃了，打破了平凡的外壳，露出了原本的非凡。

较之自己的不幸，他人的不幸更会引起自己的绝望之感。但波子所得到的不仅是绝望，她为他人感到震惊，也使自己保持警醒。

一个朋友因为爱上另外的男人，和他分手后，才开始知道和丈夫结婚的喜悦。还有一个朋友，因为有个二十多岁的恋人，在丈夫面前也立即变得年轻多了，一旦同那个年轻的恋人疏远，对丈夫也随之冷淡下来。在受到怀疑之后，又破镜重圆，从别处汲取爱的泉水，倾注到丈夫身上。不管哪个朋友的丈夫，都无法嗅出妻子的这个秘密。

在战前，波子的朋友即使一块儿相聚，也都不曾谈论过这样的知心话。

电车离开横滨，波子说：

"今早呀，你爸爸瞅着龙虾没有动筷子，是不是嫌剩下来的？"

"不是的。"

"妈妈想起一件事：我们刚结婚不久，给客人上点心，客人走后爸爸伸手去拿。我大声提醒他，不要吃人家剩下来的东西。爸爸满脸露出奇怪的表情。细想想，各各分盛在盘子里的点心，客人剩下的，总觉得就是脏的，而盛在大盘子里的，即使剩下来，感觉也不一样，真奇怪！我们的习惯和礼仪之中，这类事情很多。"

"嗯。不过，龙虾不同，爸爸也许是对妈妈一时撒娇吧？"

波子在新桥车站告别品子，换乘地下铁，去日本桥排练场。

从前年开始，品子进入大泉芭蕾舞团，在团里的研究

222

所上班。

波子虽然也教芭蕾，但为了品子，她还是让女儿离开母亲。

品子经常去日本桥排练场。在北镰仓家中，偶尔也代替母亲教课。

然而，波子却很少去女儿所在的研究所。大泉芭蕾舞团公演的时候，也尽量不在后台碰面。

波子的排练场在一座小型楼房的地下室。

矢木叫别人给他去掉虾壳，也可能是对她撒娇，就像品子说的那样，还可以这么考虑吗？波子一边思忖，一边进入地下室。

透过玻璃门，发现助手日立友子将地图摊在地板上看着，波子停住脚步。

友子穿着黑色大衣在忙碌，开着古式的领子，衣裾没有分衩。因为比品子矮，将品子的旧衣服给她，本以为衣裾的尺寸不会太显眼，但依旧显得极为老式。

"辛苦啦，早上好。"波子走进里间，"天冷，点上炉子吧。"

"早上好。身子动起来，就热了。"

友子似乎有所觉察，她脱去大衣。

毛衣是用旧毛线重新编织的，裙子也是品子穿过的。

友子跳起舞来，姿势和动作比品子更具一种柔和之美。

她为波子做陪练有点儿可惜。波子和品子都劝她和品子一起进大泉芭蕾舞团，可她一直表示只想留在波子身边。这不是仅为了报恩，友子似乎认为，能为波子尽力，就是自己的幸福。

碰到品子登台，友子形影不离，化妆，穿衣，照顾得无微不至。

友子比品子大三岁，二十四了。

单眼皮儿，有时也露出倦怠的双眼皮儿来。

在煤气炉边，友子接过波子脱去的大衣，今天的友子，又变成了双眼皮儿。波子心想，她是不是边哭边擦地板的呢？

"友子，你心里有什么不痛快的事吧？"

"哎，以后再说吧，今天就不……"

"是吗？等你方便的时候。不过，还是早一些为好啊。"

友子点点头，走到对面，换上排练服。

波子也穿上了排练服。

两人抓住把杆，开始练下蹲的动作，友子和平素不一样。

早晨下了冷雨，这是波子在家里练习的一天。上午，她改制品子的旧衣服，以后给友子穿。

镰仓、大船、逗子的少女们，放学后都来这里排练。

二十五个人，不便于分组，从小学到高中，年龄不同，来的时间也不一样。波子觉得很难教，感到劳而无功。可是学生络绎不绝，还是有些收益的。

可是，逢到排练日，这天的晚饭都很迟。

"我回来啦！"

品子登上排练场，摘掉盘在头上的白色丝绒领巾。

"好冷啊，东京昨晚下了雨雪，早晨，屋顶和院里的脚踏石都变白了。我是和友子一道儿回来的。"

"是吗？"

"友子路过研究所了。"

"老师，晚上好。今天我想来看看您。"

友子站在门口，对波子说罢，也向学生打招呼：

"晚上好！"

"晚上好！"

少女们回应着，她们都认识友子。

品子走进来，有的女孩儿眼睛为之一亮。

"友子，洗个澡，暖暖身子吧，和品子一起去。我还有一会儿就结束了。"

波子重新面向少女们，友子悄悄走到她身后：

"老师，也让我一起跟着练习吧。"

"行吗？那好，你代我一下，我去看看你的晚饭就来。"

天然的岩盘上凿成的一段阶梯，品子一面从石阶走下来，一面小声说：

"妈妈，友子好像有什么心事。今天妈妈没去东京，她显得有些寂寞难耐呢。"

"一个星期前，她心里就有点事儿。今天是来谈谈的吧。"

"是什么事呀？"

"听她说了才会知道。"

"再给友子一件我穿过的大衣吧？"

"好哇，那就给她吧。"

波子走下两三段石阶，说道。

"我对她照顾不周，友子那里虽说只有两个人……"

"她妈妈，是吧？友子的妈妈也在工作吗？"

"是的。"

"把她们娘儿俩接过来，照顾着，怎么样？"

"不是这么简单的事。"

"是吗？在回来的电车上，友子神情悲伤地盯着我看。虽说围巾紧紧裹着头，可网眼儿很疏，我打缝隙里发现她在看着我。可我一直故意装作不知道。"

"我们品子就是这样的人。"

"她一直瞅着我的手呢！"

"是吗？她呀，还不是觉得你的手生得白嫩吗？"

"不是，我看到她眼睛里满含悲戚。"

"因为自己悲伤，就会一直盯着美的东西，不信你回头问问友子看。"

"这种事儿，不好问。"

品子站住了。

两人来到庭院。细雨如丝。

"是一幅什么画来着，是日本的美人画吧。脸画得大大的，头发很漂亮，长长的睫毛，覆盖着乌黑的眸子。"品子停顿了一下，"看到友子的眼睛，我想起了这幅画。"

"是吗？友子的睫毛不怎么浓啊。"

"她低眉时，上睫毛的阴影就映在下睫毛上。"

听见练舞的脚步声，波子抬起头来。

"品子你也陪着吧。"

"是。"

品子体态轻盈地登上雨湿的岩石板道。

晚饭前，品子带着友子去浴场，等友子一脱掉大衣，品子从后面在她肩膀上又披上另外一件大衣。

"套上袖子瞧瞧。"

友子只是一身排练服。

"要是合身，就送给你穿吧。"

友子一惊，缩着肩膀。

"哎呀，这怎么行，太不好意思啦。"

"为什么不行?"

"我不能要啊。"

"我已经跟妈妈说好啦。"

品子迅速脱掉衣服,进去了。

友子跟在后头,抓住浴缸的边缘。

"矢木先生已经洗过了?"

"你问我爸爸吗?大概洗过了吧。"

"你母亲呢?"

"在厨房。"

"我先洗不太好,只冲冲身子吧。"

"没事的,那样太冷啦。"

"我不怕冷。用水消汗,习惯了。"

"跳舞以后也这样吗?"

品子沐进水里太深了,她甩甩濡湿的头发梢儿,用手捋一下。

"我们家的浴缸太小了,失火烧掉的东京研究所,那里浴场很大,真舒服。小时候,经常和友子在冲洗间,光着身子学跳舞呢。还记得吗?"

"还记得。"

友子学着品子的口吻,突然身子一缩,躲躲藏藏,慌忙进了水池。

接着,她双手捂在脸上。

"等我自己成立家业的时候，要建个大浴场，痛痛快快地洗。那时也许会练练舞什么的。"

"打那时候起，我的皮肤就变黑了，真羡慕品子呀。"

"黑什么呀，那是很有品味的肤色嘛。"

"哎呀！"

友子羞涩地随便拉起品子的手瞧着，品子吃了一惊。

"怎么啦？"

"没什么。"

友子说着，将品子的一只手放在自己左手的掌心上，用右手捏住品子的手指尖儿瞧着，然后翻过品子的手，再看看她的掌心，亲切地抚摸了一下，又即刻放开了。

"宝贝呀，这是一个优雅的灵魂的手啊！"

"哪里呀。"

品子将手藏进水里。

友子从水里伸出左手，将小手指靠近嘴唇旁边。

"是这样的吧？"

"哎？"

友子早已把手缩进水中。

"在电车上。"

"啊，这样？"

品子抬起右手，一时有些迷惑，她用食指和中指的指尖儿，轻轻触动着嘴唇的斜下方。

"这样？中宫寺的观音菩萨？广隆寺的观音菩萨。"

"不对，不是右手，是左手啊。"

友子说。品子已经用无名指的指尖儿抵住大拇指的手指肚儿，学着观音或弥勒的手势。

接着，脸上也自然被神佛的思维所引诱，微微前倾，安祥地闭着眼睛。

友子不由"啊"的惊叫了一声。

刹那间，品子睁开眼来。

"不是右手吗？不是右手，好奇怪呀。"她看看友子，"广隆寺的观音菩萨，和中宫寺的手指很相像，是御物①金铜佛。大头的如意轮观音，手指伸得笔直，是这样。"

品子说着，这回胡乱地用手指尖儿抵住右边下巴颏儿。

"这是从妈妈的舞蹈中学来的。"

"这不是佛的姿势，这是品子自然的手势。用左手，这样。"

友子像刚才一样，用左手小手指靠近嘴唇旁边。

"啊，这样。"品子也学着，"佛是右手，人是左手。"

她笑着出了浴池。

友子留在热水里，她说：

_____

① 皇室、天皇家族收藏的历代书画及其他文物。

"是啊，人们思考的时候，多半是用左手支撑着下巴。回程的电车上，品子一呈这样的姿势，手背雪白，手掌微红，嘴唇分外好看。"

"哪里呀。"

"真的。樱桃小嘴，犹如蓓蕾初放。"

品子低眉洗脚。

"一直都是这样的，自己也没有注意，也许是模仿妈妈舞蹈的姿势吧。"

"品子，再学一下广隆寺菩萨的手势。"

"这样？"

品子挺着胸脯，闭上眼睛，用拇指和无名指画了一个圆，靠近面颊。

"品子，跳个'佛手'舞吧，再让我跳一个进香的飞鸟时代的少女。"

"不行啊。"

品子摇着头，停下了模仿菩萨的姿势。

"那观音菩萨胸脯平平，没有奶子，是不是男的？——一个没有救助女人愿望的人……"

"是吗？"

"在澡堂里模仿菩萨的姿态，太随便啦。凭这副心境，是不能跳'佛手'舞的。"

"啊！"

友子犹如大梦初醒，出了浴池。

"我可是认真求你跳的。"

"品子也是认真对你说的。"

"虽说是这样，但我还是希望你为我跳一遍。"

"好的，等品子我也有了佛心之后吧。日本的古典舞蹈也是同样，到了想跳的时候，随时都能跳。"

"不要说什么随时，说不定明天就会死呢。"

"谁明天会死呀？"

"人哪。"

"倒也是，那是没办法的。假如明天会死，那么就把今天晚上在澡堂里学着模仿的样子，权当是跳了一次'佛手'舞吧。"

"就这样吧。如果不只是模仿，而是想着要真正跳一番，那就更好了。哪怕明天就死。"

"明天不会死的。"

"说死，只是个比喻。说明天，也是。"

"天有不测风云。"

品子说到一半嗳嚅起来，她看看友子。

眼前，站着友子活生生的光裸的身子。友子虽然比品子稍黑，但在品子眼里，友子的肤色，因部位不同而或浓或淡，变化微妙。例如，脖颈呈淡褐色，高耸的胸脯自根部至峰顶逐渐白皙，心窝之处略显黯淡。

"品子你说没有救助女人的愿望的人，这是真心话吗?"

友子嘀咕着。

"这个嘛，倒也不是开玩笑啊。"

"咱俩跳'佛手'舞吧。也让我一起跳。你妈妈的'佛手'是'索罗'（独舞）。但加上一个拜佛的飞鸟少女也无妨啊，再添加一点儿曲子的话。"

"加上拜佛舞，菩萨的舞蹈比较轻松，可以马虎一些。"

"不能马虎呀。我拜品子，我的动作，对于品子菩萨的动作，是破坏还是衬托，我没有把握。但是，我要和品子两人一起，拼上性命跳好拜佛少女这出舞蹈。我要请你妈妈做指导。"

品子稍稍被友子所慑服了。

"不管怎么跳法，被拜者总觉得很不好意思啊。"

"拜品子，我很想跳呢。这是青春时代友谊的遗物。"

"遗物?"

"是的。将这作为我青春的遗物。即便现在，一闭上那双眼睛，品子的眼眉就像菩萨的眼眉啊，真是好看。"

友子一个劲儿说着。品子感到，友子最近就要离开妈妈和自己了。

吃过晚饭，友子也到厨房帮忙。这时，波子走来了。

"爸爸听罢新闻，脸色很阴郁。这里完了之后，去品子的厢房待着吧。爸爸的战争恐惧症又发作了。"她小声说。

"他说，到下次战争，自己的命就完啦。"

品子她们放轻了动作，七点钟的新闻广播结束了。

"厨房里一旦很热闹，他就心烦。"

品子和友子面面相觑。

"战争也不是我们发动的。"

中国军队二十多万人，越过国境进入朝鲜，联合国军队开始总撤退。十一月二十八日，麦克阿瑟司令发表声明："我们面临一场新的战争。""朝鲜战乱迅速结束的愿望，随即被打碎。"四五天之前，联合国军队逼近国境，准备转入最后总攻。形势急转直下，美国总统在十一月三十日的记者会上说："政府为了对付朝鲜新的危机，必要时将考虑对中国军队使用原子弹。"英国首相说，他要到美国和总统举行会谈。

波子二十分钟之后，来到品子的房间。

"雨停了，外面很冷。友子，你就留宿在这儿吧。"

"嗯。"品子代她回答，"一起回来，就是这么想的。"

"是吗？"

波子坐到火钵一旁，看到放在那里的大衣。

"品子，这个决定送给友子了吗？"

"嗯。但是她不肯要。友子说了，战后我有三件大衣，她拿去两件就太不像话啦。她真是个有心人啊。"

"这不算什么呀。"友子打断她的话：

"马上就要下雪了，没有一件替换的怎么行啊？品子回到后台，总不能穿一件脏兮兮的大衣呀。"

"没关系的，今天早晨，我改制了品子一件旧的。"

波子喘口气之后，又接着说：

"不过，旧大衣、旧服装什么的，也顶不了什么用啊。友子，今晚上，你就把心里的烦恼说说吧。"

"好的。"

"只要我能帮忙的，不论什么事情，一定尽力。过去，一切事都是友子帮我照料，而不是我自己。你在我身边为我尽力的年月，是我一生当中最为宝贵的一段时间。这段时间很短，不可能永远持续下去，所以我要宝贝你。等友子结婚了，这段时间就算到头了。"

"可是，友子的苦恼不是为了婚姻的事吧。"

友子点点头。

"我打小时候起，就过于仰仗别人的好意和亲切之情，只顾享受着友子的一番尽心尽力。这一点，我自己也很清楚。所以，我巴望你早点儿成家，离我而去，这样更好。我就是这么想的。"

波子看看友子：

"你的婚姻、事业和生活，可以说都为我而牺牲了。你全神贯注，为我而献身。"

"什么牺牲，根本谈不上呀。这样跟老师厮磨在一起，是我的福气。我受到老师和品子的百般照料，能稍稍为老师献身，也感到非常幸福啊。献身才是我的幸福，对于一个没有信仰的身子来说。"

"是吗？没有信仰的身子？"

波子重复着友子的话，自己也思虑起来。

"这么说。"

品子嘀咕了一声。

"战争结束的时候，品子十六，友子十九了吧？虚岁上……"

"友子说是没有信仰的身子，其实，你对我也是一个竭尽全力献身的人啊。"

波子说罢，友子摇摇头：

"有些事情我是瞒着老师的。"

"瞒着？什么事呢？是你生活中的烦恼吗？"

友子又摇摇头。

波子反复叮问，友子就是不肯回答。

"要是不便对我说，以后也可以告诉品子。"

波子说罢，不久就回堂屋去了。

两人并排铺好被褥，熄灭枕头旁边的灯，友子才告诉品子，她想离开波子去找工作。

"我早已预料到了。妈妈说，我们对友子照顾不周，感到对不起你。"

品子从枕头上转过头来：

"可要是这样……"

"不，我们没关系，不是因为我和妈妈的事。"

友子支支吾吾地说着：

"孩子生病，没办法呀。孩子的命是无价之宝啊。"

"孩子?"

友子怎么会有孩子?

"孩子，谁的孩子?"

友子说，是她喜欢的人的孩子。那人有两个孩子，都得了肺病，住院了。

"夫人呢?"

"夫人身体也不好。"

"他是有妇之夫啊?"

品子突然尖锐地冒出一句，接着压低声音：

"也是有孩子的人?"

"嗯。"

"为了他的孩子，你要去工作?"

黑暗里没有回应，品子喊了一声：

"友子!"

"这也是友子的献身吗？我真不明白。那个人是怎么想的，我也不明白。自己的孩子有病，要你去挣钱看病？"

品子越说越激动：

"这种人也值得你爱？"

"不是他强迫我去挣钱，是我自愿要去工作。"

"都是一回事。这人真可怕。"

"不是，品子。孩子的病是我喜欢上他之后得的。这是降临到他头上的灾难，还是命中注定？他的事也就是我的事啊！"

"这么说，他的夫人和孩子也要靠你挣钱养活他们了，是这样吗？"

"他的夫人和孩子，根本不知道我。"

品子的嗓子眼儿仿佛一下子堵住了似的：

"是吗？"

她放低声音：

"孩子几岁啦？"

"老大是女孩儿，十二三岁。"

从孩子的年龄可以推算父亲的年龄，友子的那个相好也快要四十岁了吧？

品子睁开眼，沉默着。黑暗里，听到友子移动一下枕头的声音。

"我要想生孩子也早生啦。我可以生个身体结实的孩子。"

这话听起来像白痴。品子觉得友子不干净，心里有些厌恶。

"我是自言自语，对不起。"

友子意识到了品子的反应。

"我对品子你说这些也很难为情，可要是不说出来，就等于撒谎啊。"

"一开始就是撒谎呀。友子，我问你，为对方的孩子尽力，这不就是撒谎吗？听了你刚才的话，也都是撒谎啊。"

"不是撒谎。虽然不是我的孩子，但也是他的孩子呀。再说，这是人命关天的事，他所珍爱的，也就是我所珍爱的。他的苦恼，也就是我的苦恼。哪怕这些不是什么真正崇高的真实，也会成为我个人所信赖的真实。要是按照品子谴责我的道德，或者凭我哀怜自己的理性办事，那么孩子的病就无法好转，不是吗？"

"即便病好了，往后一旦知道是你出了钱，他夫人和孩子又会怎么想呢？他们会来感谢你吗？"

"要是这样想来想去的，结核菌也不会等着。以后，孩子也许会恨我，那时候，他能恨我，就是因为他活下来啦。如今，他为了孩子的病努力拼搏，我也要拼死拼活地助他一把力！"

"他可以去拼命干活挣钱嘛！"

"一个老实巴交的职员，到哪里挣大钱去？"

"友子，你怎么去挣钱呢？"

友子似乎很难为情地表明了心思，她说要到浅草的娱乐场找工作。

听友子的口气，品子觉察她要去当脱衣舞女。

友子爱上一个有老婆孩子的男人，为了给他的孩子治病，自愿去跳脱衣舞。这在品子看来，实在不可理解。

对于善恶的判断，也仿佛出于恶梦之中，品子感到茫然。这也是女人的爱的献身？抑或牺牲？不管怎么说，友子已经在浅草娱乐场露出了裸体，这就是铁的事实！

她们两个从小互相激励，即便在战争中也悄悄坚持过来的古典芭蕾，如今对于友子竟然起到了这样的作用。

品子心里很清楚，不论怎样愤怒阻止她，或者苦苦哀求她，决心已定的友子都将一概不予理睬，她将沿着自己的路走到底。

"最近老是说着自由，自由，我也有将自己的自由献给所爱的人的自由。我这样做，对于我来说，就是自由。信仰的自由，不也是如此吗？"

一次，品子曾经听友子这样说过。所谓"所爱的人"，品子当时以为指的是母亲波子，看来，当时友子已经爱上那个有妻眷的男人了。

今晚洗澡的时候，友子在品子面前显得羞答答的，也许想到自己不久就要去跳裸体舞了吧?

友子的那副裸体在品子的眼前浮现。她是否怀过孩子呀?

翌日早晨，友子醒来，品子已经不在被窝里了。

睡过头了，友子慌忙打开挡雨窗。

友子睡在一座长满松树和杉树的小山之间。茂密的竹林对面，西边小丘斑驳的松影里，富士山依稀可辨。来自东京废墟上的友子，深深吸了一口气，似乎有些头晕，扶着玻璃窗蹲了下来。

垂枝樱的枝条奔拉在眼前，下面一棵小山茶树绽放着花朵，鲜红的花骨朵浓艳欲滴。

波子出了堂屋，穿着木屐站在庭院里。

"老师，早上好! 这里太安静，我睡过头啦。"

"是吗? 你没睡好吧?"

"品子她?"

"她一大早摸黑钻到我床铺里，把我吵醒啦。"

友子抬眼看着波子。

波子的脸孔和胸脯，掩映在竹叶的阴影里。

"友子，这个。装在你的手提包里，拿去卖掉吧。"

波子伸出握着的手，友子一时没有去接:

"是什么呀?"

"戒指。不要看，快收起来。今早品子都跟我说啦。这间厢房，也想卖掉。你也再等一些时候吧。"

友子攥着手里的小戒指盒，眼里溢满泪水，一下子趴倒在地上。

冬天的湖

响起了《天鹅湖》的音乐。

这是芭蕾舞第二幕，天鹅们的舞蹈。

随着白天鹅公主和王子齐格费里德悠缓的舞姿之后，是四人舞，接着是双人舞。

趴在在廊缘上的友子，忽然直起腰来。

"品子？是品子！"

仿佛被音乐感动了，新的泪水又流过她的面颊。

"老师，品子一个人在跳呢。听了我昨晚那些可厌的事情，她为了驱除阴郁的心情，才跳起了舞。"

"她跳的是四天鹅舞吗？四人舞。"

波子应和着，仰望着山岩上的排练场。

后山松林的对面，飘着一片白云，从边缘到中央，透射着早晨的阳光。

友子的心中浮现着罗曼蒂克的舞台。

山间湖畔的月夜，一群天鹅游到岸边，化作美丽的少女，翩翩起舞。魔鬼罗特巴特施行魔法，使得一群姑娘化为天鹅，她们只有夜间来到湖畔，才能暂时恢复为人形。

白天鹅公主和王子为爱情起誓，也是这第二幕。据说一旦被不曾恋爱过的年轻人爱上，他的爱的力量，就能解除魔法的咒语。

想着《天鹅湖》的乐曲还会继续，友子等待着。然而，第二幕只有天鹅的舞蹈，排练场随后变得沉寂了。

"已经结束了。"

友子还在幻想之中：

"希望再跳下去。老师，在这里一听到音乐，我就看到了品子在跳舞。"

"是的，友子对品子十分了解，可以说是无所不知啊。"

"嗯。"

友子点点头：

"可是……"

她正说着什么，突然猛醒似的响起了节日欢快的音乐。

"哎呀，《彼得鲁什卡》①……"

圣彼得堡城广场，魔术团小屋前边，参加狂欢节的群众在跳舞。

斯托科夫斯基指挥，费城管弦乐团演奏，胜利公司灌制。

友子热泪盈眶，闪闪地放散着光辉。

"啊，我想跳，老师，我要和品子一起跳舞。"

---

① 俄国作曲家斯特拉文斯基创作的芭蕾舞剧。

友子站起身来。

"告别芭蕾，这场《彼得鲁什卡》的狂欢节最合适啊!"

波子回到堂屋，只有矢木和她两个人吃早饭。

高男一早就上学去了。

排练场反复传来《彼得鲁什卡》第四场芭蕾舞的音乐。

"今天早晨，真是一场'伟大的节日喧闹'。"

矢木说。

"完全是'伟大的噪音'。"

《彼得鲁什卡》是一幕四场芭蕾舞剧，第一场和第四场都是在狂欢节的同一座广场。第四场临近黄昏，喧闹的人群似潮水涌动，逐渐进入高潮。

在组曲的唱片中，第四场喧闹的节日音乐是三面录音唱片[①]：手风琴、铜管乐器和木管乐器，描绘出互相拥挤、互相冲撞、喧嚣不止、杂乱狂热的场面；接着是摇篮女的舞蹈，牵着熊的农民的舞蹈，吉普赛舞蹈，驾车人和马丁的舞蹈；然后是化装游行的舞蹈。"伟大的噪音"，这是某人听过《彼得鲁什卡》之后说的话。

"品子她们不知道跳的是什么角色啊?"

波子也这么说着。节日的人们似乎都在即兴地跳跃着，

---

① 疑为录制成三面（一张半）的唱片。

舞姿热烈，令人眼花缭乱。

不一会儿，雪片瑟瑟飘落，大街上亮起了灯光，震耳欲聋的欢乐声达于高潮。这时，偶人小丑彼得鲁什卡因被偶人舞女拒绝而失恋，最后于节日的人群中被情敌偶人摩尔杀死。接着，魔术团小屋的房檐上出现彼得鲁什卡的幽灵，这场悲剧到此结束。

但是，品子她们播放的节日的音乐，反反复复，震响了客厅。

"从早饭前就一直喧闹着，品子她们没有想到尼金斯基①的悲剧吗？"

矢木嘀咕着，转脸对着排练场。

波子也看着同样的方向：

"尼金斯基？"

"是啊，尼金斯基发疯，不就是战争的牺牲品吗？精神开始不正常时，嘴里就像梦中呓语，不住叨咕着什么'俄罗斯''战争'这些词儿。尼金斯基主张和平，他是一个托尔斯泰主义者。"

"今年春天，他最终死在伦敦的一家医院里。"

"他疯了之后，从第一次世界大战到第二次世界大战，

---

① 瓦斯托夫·尼金斯基（1889—1950），俄国芭蕾舞演员，波兰血统。演出过著名剧目《彼得鲁什卡》《牧神的午后》和《春之祭》等。

又活了三十多年。"

彼得鲁什卡,是当年尼金斯基走红的角色,所以矢木才想起他来了。

这阵子,矢木正在根据《平家物语》和《太平记》等描写古代战争的典籍,撰写关于《日本战争文学的和平思想》的研究文章。

因品子她们《彼得鲁什卡》的干扰,上午执笔之前,一整天头脑就给搅乱了。

音乐停止后,品子和友子没有回堂屋,波子过去一看,只见排练场里只有品子一个人坐在那里发呆。

"友子呢?"

"走啦。"

"她早饭也没吃啊。"

"她叫我把这个还给妈妈。"

品子手里拿着小戒指盒。

品子没有把小戒指盒递过来,波子也没有伸手去接。

"我拼命留她,说妈妈和我都要出去,我们一起走吧。可是友子说走就走,根本听不进去。"

品子站起来,向窗边走去。

"真是个怪人!"

波子坐在椅子上,久久凝神望着品子的背影。

"那样待着，会着凉的。换上衣服吃饭去吧。"

"哎。"

品子在排练服外面，罩上一件大衣。

"友子她呀，不愿碰见你爸爸，她感到难为情啊。"

"可能是吧。昨晚哭了，一夜没睡，脸色很不好。"

"我也无法入睡，但浑身的力气都耗尽了，还是昏昏沉沉地睡着了。"

品子从窗边转过身来。

"哦，不过，她把大衣穿走了。妈妈改制的毛呢连衣裙也要去了。"

"是吗？那太好了。"

"友子还说，现在离开妈妈去工作，总有一天还会回到妈妈身边来的。"

"是吗？"

"妈妈，友子她那样行吗？您打算如何帮她一下呢？"

品子盯着波子，走到她身边：

"必须叫她离开那个人。我来让他们分手。"

"妈妈要是早些发现就好了。很早之前，我就看她的表情有些异常，可她为我办事，一点儿都没变。可以说，友子很巧妙地瞒过了我们。"

"对方身份尴尬，她又不好明白地说出来。那种人，我一定叫友子离开他。"品子再一次强调。然后她又说道：

248

"不过，瞒住妈妈还是挺容易的。"

"品子也有什么事情瞒着妈妈吗？"

"妈妈还不知道吧？爸爸他……"

"爸爸，他怎么啦？"

"爸爸存款的事。"

"存款？爸爸的？"

"为了不给家里人知道，爸爸把存折寄托在银行里了。"

神色怪讶的波子，忽然满脸发青。

刹那之间，波子胸中涌起一种难于言表的羞耻，心里忐忑不安，紧绷着双颊。

"是高男最先发现的，高男偷了这笔存款，所以我也知道啦。"

"什么，偷了？"

"高男悄悄把爸爸的存款偷出来啦。"

波子的两只手扶在膝盖上，不停颤抖。

据品子说，一直站在父亲一边的高男，看到父亲将家务事全都交给母亲，对于辛苦操劳的母亲无动于衷，暗地里为自己存钱。他实在看不下去，所以将父亲的存款取走了。

后来，父亲一看存折，知道是家里人干的，他认为这是对他无言的谴责和警告。

"爸爸把存折寄托在银行里，钱却给取走了，会是怎样的心情呢?"

品子呆然不动:

"爸爸也太不像话啦，很像友子那个相好的。"

"是高男偷的?"

波子无可奈何地嘀咕着，她的声音在颤抖。

波子羞得无地自容，她不好意思正视女儿的脸。随后，一股恐惧的寒流袭来，她浑身颤栗不已。

矢木在一所大学里任职，此外，又在两三所学校兼课。当时，胡乱成立了许多新学制的大学，有时也到地方学校作短期讲学。这些收入之外，还有一些稿酬和图书的版税。

矢木没有将自己的收入告诉波子，波子也不硬要打听。结婚以来的旧习，她是很难改变的。这里有波子的原因，也有矢木的原因。

波子也不是没有想到丈夫很卑鄙、狡猾，但是做梦也未曾想到，他会瞒着家人私自存款。存钱就存钱吧，还把存折寄托在银行。一个养家糊口的男人，这样做还情有可原，但是矢木全然不同。

波子知道矢木有所得税，可是，不是由自家缴纳，而是将学校宿舍等地方作为纳税单位。或许这样比较方便，所以波子以前也没有在意。现在看来，矢木这样做很可能是千方百计为了对波子隐瞒所得税的数额。

想到这里，波子不寒而栗。

"我呀，可以失去一切，没有任何惋惜。"

她说着，捂着额头站起来，从唱片柜一侧的书橱里，抽出一本书来。

"好，我们走吧。"

"干脆像友子一样，我们也变得一无所有，叫爸爸养活我们算啦。而且，高男和我都可以去工作。"

品子挽住妈妈的手臂，从岩阶上下来。

乘上开往东京的电车，波子不想再对品子提起友子和矢木的事。她想看书，随身带来的是一本尼金斯基的传记。

这是刚才恍恍惚惚打书橱里随手抽出来的。波子想，矢木所说的"尼金斯基的悲剧"，依然存留在自己的脑子里吧？

"下次再发生战争，那就给我一点儿氰化钾，给高男一座山间烧炭小屋，给品子一条十字军时期的铁制贞操带。"

品子她们的《彼得鲁什卡》音乐停止的时候，矢木说了这段话。波子一阵反感，她想放松一下心情：

"给我什么呢？怎么把我给漏啦？"

"哦，对了，落下一个。波子你呀，可以从三个当中，任意挑一个你所喜欢的嘛。"

矢木放下报纸，抬起头来。

面对丈夫和蔼亲切的面容，波子一时迷惘起来。波子浏览了一下报纸上的大标题，矢木继续说道：

"有个问题，品子贞操带的钥匙谁来掌管呢？就给你这把钥匙吧。"

波子悄然站起身，向排练场走去。

这段笑话听了很叫人恶心，然而，当她知道矢木存款的秘密后，波子再一想起，就感到有些可怕了。

"今早，爸爸听到《彼得鲁什卡》，说什么品子她们还没想到尼金斯基的悲剧吧。"

波子对品子说着，递过来一本《芭蕾读本》。这是一位来日的俄罗斯芭蕾舞演员写的书。品子接过来说：

"看了好几遍啦。"

"是啊，我读着读着，不由就带在身上了。爸爸说尼金斯基不就是战争和革命的牺牲品吗？"

"可是，尼金斯基还在舞蹈学校上学的时候，就有一位医生说过，这个少年总有一天会发疯的。"

电车通过铁桥，品子的声音被抹消了，她眺望着六乡的河滩。她似乎想起什么，过了铁桥，她接着说道：

"芭蕾舞演员塔玛拉·淘玛诺娃也是一个可怜的革命家的子女。她父亲在帝俄时代任陆军上校，母亲是高加索少女。父亲在革命年代受重伤，母亲被子弹射中下巴，在护送她去西伯利亚的牛车上，塔玛拉诞生了。在牛车上呀！

画 ｜ 斎 藤 清

后来，在西伯利亚流浪，被迫离开祖国，逃往上海。在那里，她观看了巡回演出的安娜·巴甫洛娃的舞蹈，小小年纪的塔玛拉·淘玛诺娃立志当一名舞蹈家。淘玛诺娃在巴黎歌剧院演出《让娜的扇子》，被称为天才少女，名噪一时。当时她才十一岁。"

"十一岁？安娜·巴甫洛娃来日本演出《天鹅之死》，是大正十一年①啊！"

"品子我还没有出生呢。"

"是的。在我结婚之前，我还是个女学生。正好是距巴甫洛娃去世前十年左右。她大约是五十岁死的。巴甫洛娃来日本时，和妈妈现在的年纪差不多。"

出生在西伯利亚牛车上的塔玛拉·淘玛诺娃，从上海去巴黎，她在上海观看了安娜·巴甫洛娃的舞蹈，这次在巴黎，自己的舞蹈又获得了安娜的赞许，真是太幸运了。看了小小年纪的塔玛拉·淘玛诺娃的表演，世界一流的芭蕾舞皇后感动了。这位幼小的芭蕾舞演员和她所景仰的巴甫洛娃同台演出了。

后来，她进入蒙特卡鲁罗俄罗斯芭蕾舞团，遂于乔治·巴兰辛芭蕾舞团等共同举办的"芭蕾1933"这一年芭

---

① 1922 年。

蕾舞汇演中，十四岁的塔玛拉·淘玛诺娃就稳稳坐上芭蕾舞表演艺术的第一把交椅了。

据说这位身个儿小巧、神情悒郁的少女，舞姿里总有一种孤寂的影子。

"如今也许在美国跳舞吧，该有三十岁了。"

品子想起什么似的说：

"我经常听香山老师讲塔玛拉·淘玛诺娃的故事。香山老师带我到军队、工厂各处去跳舞，慰问伤病员，那时品子我也是十四岁到十六岁左右，正好和塔玛拉·淘玛诺娃加入芭蕾舞团，同蒙特卡鲁罗俄罗斯芭蕾舞团的'芭蕾1933'年在巴黎演出时一样的年纪。"

"是啊。"

波子点点头。因为品子难得提起香山的名字，她很注意地听着。

波子转了个话题，说道：

"在英国，芭蕾舞团到前线、工厂、农村等地作巡回慰问演出，在平民群众之中扩大芭蕾舞的魅力。可以说，这是战后芭蕾舞兴盛的一个原因，不是吗？现在日本芭蕾舞的流行，是不是也有这样的因素在呢？"

"不好说啊。受到战争压迫的人们的解放，其中尤其是妇女的解放，通过芭蕾舞这种形式，倒确实体现出来了。"

品子回答道。她接着说：

"跟随香山老师慰问演出的时后，我也是很怀念的。到了东京，在六乡河上，心里老是想，还不知回来能否活着渡过这座铁桥。到特攻队跳舞，我一边跳一边想，干脆死在这里算了。坐大卡车还行，也曾经坐过牛车。在牛车上，香山先生给我讲塔玛拉·淘玛诺娃生在牛车上的故事，我听着哭了。空袭时，城市在燃烧，飞机一旦逼近，立即跳下牛车，躲进树林里。香山老师说，就像为革命奔走的俄国人一样。不过，对于品子我来说，那时也许比现在更幸福。因为没有迷惘，没有怀疑，一心一意慰问为国家而战斗的人们，玩命一般地跳舞。有时也和友子一起去。那时我十五六岁，旅行途中随时都会死，也不觉得害怕，仿佛被一种信仰迷住了。"

旅行途中，香山一直守护着品子，到如今，品子依然感到，他的手臂仍然搭在自己的肩膀上。

"不要再提战争的事啦！"

波子本想悄悄对她说，可声音还是显得颇为严厉。

"是。"

品子看看周围。心想，会不会被人听见了呢？

"那里的六乡河滩，也完全变样啦。从前是高尔夫球场，战争期间，辟为军事训练场，后来逐渐被耕作，河滩一带，都变成麦地和稻田了。"

品子一个劲儿说着，一双美丽的眼眸里，似乎闪现着她和香山一同行进在战火纷飞的旅途上的情景：

"战争年代，没有想得那么多。"

"当时品子你还小，大家思考的自由都被夺走了啊。"

"妈妈难道不觉得，战争时代，我们家比现在更为和睦吗？"

"是吗？"

波子一时不知如何回应。

"那时家里人都生活在一起，不像现在四分五裂。国家衰败了，但家庭并没有破碎。"

"都是因为妈妈我吗？"波子终于开口了，"也许，品子你说的都是真的。不过，在这种真实当中，有着很大的虚假和误差啊！"

"是的，是有的。"

"还有，过去的回忆，用现在的眼光来看，已经无法作出正确的判断。以往的事情，一般都是令人怀念的。"

"是的。"品子诚恳地点点头，"现在，妈妈的苦恼已经过去，值得怀念的事情，今后还有几多山河。"

"几多山河？"听到品子的应答，波子露出笑容，"越过这几多山河的，要靠品子呢。"

品子沉默不语。

"要是没有战争，品子眼下也许正在英国或法国的芭蕾舞学校跳舞呢。"

不过，当时波子在皇居护城河岸上对竹原说的"说不定我也会跟着一道去"的话，如今她没有对品子提起过。

"我的学习，彻底被战争给耽搁啦。妈妈即使为了我全力以赴，要获得成功，恐怕得等品子的下一代啦。听说在日本，培养一个芭蕾舞演员，要付出三代人的努力，是吗？"

"没有那回事，你就能做到。"波子使劲摇摇头。

然而品子闭上眼睛说：

"可我不想生孩子呀。在世界进入和平之前，我绝对不生孩子。决心已定！"

"什么？"

波子似乎被突然一击，她看着品子。

"什么绝对，什么坚决，不许乱说！品子呀，你这不是战争年代的语言吗？"

波子半是责备半是玩笑地说：

"妈妈被你吓了一跳。"

"哎呀，我只说一遍，不是乱说。"

"说什么世界进入和平之前，品子绝不生孩子，突然在电车里听到这样的话，妈妈真是尴尬呀！"

"好吧，这么说吧，我一个人一边跳舞，一边等待世界进入和平。妈妈，这回总该满意了吧?"

"把跳舞说得如此神圣。"

波子只好让她含混过去了，然而，品子的话一直留在她心里，不知道女儿到底是怎么想的。

品子是不是害怕日本也会有在牛车上生孩子的一天? 抑或她心中一直想着香山，等待和平，也就意味等着香山呢?

香山已经成为品子爱的回忆，波子从品子的话里也听得出来。这种回忆，作为回忆并没有过去，现在依然鲜活地存在。波子自己在对竹原的回忆上，有着切身的体验。波子现在终于感知，一个少女对爱的思恋是多么根深蒂固! 品子的爱的思恋，包裹在回忆的宁静之中，这是因为，品子并未和别的男人结合的缘故吧? 假若品子结婚，她对香山的思恋势必重新燃起烈焰，那么，二十年过后，波子想想，还不是和自己一样吗?

昨夜，友子的表白也给品子点起了火花，今天一早起来，品子就对妈妈说了那么多话。

在日本，培养一个芭蕾舞演员，要付出三代人的努力。听到品子这么一说，波子的心凉了半截。

战争年代，家中和平，这话也没有错，那时粮食缺乏，人命危浅，全家人抱在一团儿，战战兢兢打发日子。波子开始对丈夫疑虑重重，深感失望，那也是败战以后的事，父母的隔阂也波及到品子和高男。波子为此十分苦恼。国家虽然衰败了，但家庭还没有破碎，品子说得没有错。

波子沉默了一会儿，这时，品子又想起了什么来：

"朝鲜的崔承喜①，不知怎么样啦。"

"崔承喜?"

"她也是革命的女儿，朝鲜战争爆发前，她去了北方，或许应该说是革命的母亲了。品子观看崔承喜第一次演出，就像塔玛拉·淘玛诺娃在上海观看安娜·巴甫洛娃跳舞，大概是一样的年龄吧。"

"是的，那是昭和九年或十年②的时候，妈妈也感到震惊！从无声的舞姿里可以感受到朝鲜民族的反抗和愤怒。那是一种表现郁闷的控诉、痛苦的挣扎和粗犷而激烈的抗争的舞蹈！"

"品子记得最清楚的是在崔承喜走红之后吧？她一下子就红起来啦。在歌舞伎座、东京剧场等地举行公演，没有比她更风光的人啦。"

"她呀，从美国一直跳到欧洲呢。"

"是啊。"

波子点点头：

① 崔承喜（1911—1969），活跃于 20 世纪前半期世界一流的朝鲜舞蹈家。
② 1934 年、1935 年。

"起初，崔承喜想当一位声乐家。崔承喜的哥哥看了来京城①公演的石井漠②先生的舞蹈，十分感动，就让妹妹作为入门弟子学习舞蹈。在石井老师的带领下，崔承喜来到日本，那年她刚从女子学校毕业，大约才十六岁。"

"正是我跟着香山老师学跳舞的时候。"

品子再次说道。

波子继续说下去：

"因为是石井漠先生的弟子，看来是传承着老师的舞蹈才看上去如此吧？但是初次登台，崔承喜的舞姿就确实表达了被压迫民族的反抗精神。妈妈想到这里，不由一阵惊恐。随着人气陡增，崔承喜的舞蹈也变得绚烂明丽了。黯淡的悲伤和愤怒碰了壁，郁闷的力量也消失了。这也许因为，朝鲜舞蹈已为观众所接受，而石井流的舞蹈，又不太表现这方面内容的缘故吧？然而，她到西方时，称作'朝鲜舞姬'，而在日本时，则成为'半岛舞姬'。"

"剑舞，僧舞，还有什么'哎咳呀·诺阿拉'，我也记得。"

"她两手和双肩的运动十分灵活，照崔承喜自己的说法，朝鲜是个舞蹈贫弱的国家，跳舞为人所鄙视。她由濒

---

① 汉城（Seoul），韩国首都首尔的旧称。
② 石井漠（1886—1962），舞蹈家，秋田县人。致力于发展现代舞蹈，曾获紫绶宝章。

于灭亡的传统，推陈出新，仅这一点就难能可贵，是值得庆贺的。对于民族性，崔承喜感触很深，一定是这样的……"

"民族……"

"所谓民族性，对我们来说就是日本舞蹈，品子没有必要想得那么远……日本舞蹈的传统太丰富了，太强烈了，正因为这样，要想作出新的尝试是很困难的，也很容易走回头路。但是，日本是世界舞蹈之国，不是指芭蕾舞，只要看看日本自古以来的舞蹈……的确，日本人天生就具有舞蹈的才能。"

"不过，比起日本舞，芭蕾正相反。芭蕾同日本的精神和肉体完全背道而驰。日本舞的动作向内集中，体态含蓄；西洋舞蹈向外扩展，舞姿开放。舞蹈的情绪也不尽相同。"

"但是，品子从小就学习芭蕾，身子受到训练，身高五尺三寸，体重四十五公斤，是一名很理想的芭蕾舞演员，这是品子的优点。"

品子本该在新桥和波子分别，到大泉芭蕾舞团研究所上班的，可是今天她要乘到东京站，陪妈妈一块儿去排练场。

"友子不在了吧?"

"会来的，看她的为人，肯定会来的。即使从这里辞掉，也要来郑重打打招呼的。"

"真的吗？昨天不是告别了吗？友子晚上没有睡好，而且我们知道她的事之后，再来见妈妈，会很难为情的呀。"

"她不会一声不响就走的。"

波子坚信不疑。

品子陪伴妈妈来这里，是因为她担心，要是今天友子不来，妈妈会感到难过的。

走到地下室排练场，听到了《彼得鲁什卡》乐曲。

"是友子!"

"喏，看!"

友子身穿排练服，但没有跳舞。她倚着把杆，在听唱片。

排练场打扫得很干净。

"老师，早上好!"

友子很不好意思地停住了放唱片，瞥了一眼墙上的镜子。

"《彼得鲁什卡》?"

品子说着，重新开始放同一面唱片。第一场是狂欢节欢快的乐曲。

波子在镜子里和友子对望着。

"友子，还没吃早饭吧？你没有回去，直接到这儿来了，是吗?"

"是的。"

友子因为疲倦，眼睑变成双眼皮儿，目光炯炯。

"友子在这儿，我去研究所啦。"

品子对母亲说，她走到友子跟前，把手搭在友子的肩膀上。

"我和妈妈谈到你会不会来，才过来看看的。"

品子从节日喧闹的音乐里和友子温热的身体上，似乎获得了什么，她感到心满意足。友子的身体很温暖，看样子，她刚才一直在跳个不停。

"在电车里，我们还谈到了民族性来着。"

《彼得鲁什卡》也含有俄罗斯民族的节奏和音色。

专供佳吉列夫俄罗斯芭蕾舞团演出的这出由斯特拉文斯基作曲的芭蕾舞剧，初次公演时，是由福金编导，瓦斯拉夫·尼金斯基扮演那个可怜的小丑。所以，今天早晨，矢木一听到《彼得鲁什卡》，就说是"尼金斯基的悲剧"。

《彼得鲁什卡》初次公演是一九一一年，明治四十四年，尼金斯基二十岁左右。他在罗马跳，又到巴黎跳，掀起了一股强劲的旋风。

《彼得鲁什卡》初次公演的一九一一年，尼金斯基离开俄国之后，到一九五〇年死去，一直未能回归故国。

一九一四年，大正三年，尼金斯基因怀恋故国，在巴黎筹集了旅费，买好了火车票。岂知那正逢八月一日，世界大战爆发的一天。

他离别战后纷乱的巴黎，途经奥地利，被当作敌探逮捕。他的精神受到伤害，嘴里时常狂言乱语，不住叨咕着什么"俄罗斯""战争"之类的词儿。

好容易获得释放之后，他去了美国。在第一次公演的《玫瑰花精》的舞台上，尼金斯基一出场，全体观众一起站起来欢迎他。人们投去的玫瑰花，堆满了舞台。

然而，面对美国观众的一片热情，尼金斯基沉浸在忧郁之中，他诅咒战争，倡导和平，与和平人士以及托尔斯泰主义者来往密切。

俄国革命爆发。一九一七年岁末，尼金斯基终于变成了一个白痴，从舞台上消失了。那时，他才二十八岁。

发狂后的尼金斯基在瑞士疗养，一天，他想作一次即兴表演。他把人召集在小剧场里，用黑布和白布在舞台上搭了一座十字架，自己站在顶端，表演耶稣受磔的情景。随后说：

"这回，我将让各位看看战争，看看战争的不幸、破坏和死亡。"

一九〇九年，佳吉列夫俄罗斯芭蕾舞团在巴黎初次公演时，尼金斯基作为一名男性的芭蕾舞明星，其舞蹈天才立即获得世界的赞扬，不久就处于半狂半演的境况之中。

他的艺术生活十分短暂。

一九二七年，是昭和二年，品子出生前两三年。佳吉列夫俄罗斯芭蕾舞团在巴黎公演《彼得鲁什卡》，曾经把完全狂痴的尼金斯基领到舞台上。当时之所以这样做，是考虑到十五六年前初次公演的时候，尼金斯基跳的是彼得鲁什卡这个角色，眼下能不能借这个契机唤回他失去的记忆，使之恢复成正常的人呢？

所有的演员都出现在舞台上，初次公演时，他的搭档、芭蕾舞女演员塔玛拉·卡萨维娜，和过去一样扮成偶人舞女，她走近尼金斯基，亲吻了他。尼金斯基羞涩地盯着卡萨维娜。卡萨维维娜亲昵地叫了一声尼金斯基的爱称，然而，尼金斯基却转过头去没有理睬。

卡萨维娜挽着尼金斯基的膀子拍了照，尼金斯基带着一副魂不守舍的神情。

品子不知在哪里也看到过当时这张滑稽的照片。

佳吉列夫将可怜的尼金斯基领到包厢里去了。当扮演彼得鲁什卡的谢尔盖·利法尔出现在舞台上的时候，尼金斯基便问是谁，嘴里嘀咕道：

"那小子能跳好吗？"

跳《彼得鲁什卡》这个角色的谢尔盖·利法尔，被称为尼金斯基的化身，是没有尼金斯基之后的首席男性芭蕾舞演员。尼金斯基看到他就嘀咕"能跳好吗",这是因为过去的他,曾凭借精彩的跳跃震动了世界,成为人们永恒的话题。

然而,这位发狂的天才的话语,听起来悲凉也罢,真诚也罢,只可听听而已。恐怕尼金斯基本人也不知道舞台上演出的正是自己年轻时演过的角色吧?从前伙伴们的友情,也许只是在玩弄尼金斯基这具活僵尸吧?

尼金斯基光辉的一生,他的悲伤和苦恼的结果,如今就像冬天冰封的湖泊,凿开坚冰,深入湖底,已经什么也寻觅不到了。

"'品子没有考虑一下尼金斯基的悲剧吧。'爸爸早晨对妈妈说过这样的话呢。"

品子对友子说。

看到友子闷声不响,波子回答说:

"矢木害怕战争和革命,所以他想起了尼金斯基。"

"尼金斯基在战争期间,也到世界各国跳舞,他即便发狂,也是属于世界的。他能到瑞士、法国、英国等地辗转疗养,不像爸爸和我们那样,不论发生什么事,也不论会变得怎么样,立即被追赶到日本纸窗帘之内,二者完全不同啊!"

"因为我们不是世界的天才……也不会发疯。"友子说。

"那么,友子昨天晚上的话有点奇怪啊,听了你的话,品子的头脑也有点儿不正常啦。"

"品子，友子的事由妈妈和她商量。"

"是吗……友子要是能听妈妈的话就好啦。"

品子也不看友子一眼，她在收拾唱片。

"啊，我来吧。"友子连忙跑过来。

品子用肩膀蹭了她一下：

"拜托啦，请留在妈妈身边吧。明年春天，举行妈妈学生们的汇报演出，到那时我们俩一起跳'佛手'舞吧。"

"春天？几月里?"

"究竟是几月，还没考虑好，会尽早一些的。对吧，妈妈?"

波子点点头。

"要迟到了，品子你走吧。"

品子出了地下室之后，一直低头朝前走着，来到东京车站附近，她站了一会儿，抬头仰望这座施工中的钢骨混凝土建筑。

爱的力量

进入十二月之后，接连都是好天气。

舞蹈家们秋季的汇报演出也大体上结束了，这个月只剩下吾妻德穗和藤间万三哉夫妇的《长崎踏绘》、江口隆哉和宫操子①夫妇的《普罗米修斯之火》等节目了。

吾妻德穗和宫操子，年龄都和波子相仿。

波子自年轻的时候，也就是十五年二十年之前，就一直他们的舞蹈。吾妻德穗是日本舞，宫操子是所谓"新舞蹈"，和波子们的古典芭蕾不同，但是长年以来他们夫妇持之以恒，这使波子很受感动。

波子和他们这些人共同经历了日本舞的时代变迁。

江口和妻子宫前往德国留学前的告别演出和回国以后的首次公演，波子都曾经观看过。给她留下新鲜的印象。那是昭和十年前的事。

当时出现了许多五花八门的舞蹈家，他们高叫"舞蹈

---

① 江口隆哉（1900—1977）、宫操子（1907—2009），舞蹈家，1931年两人一同进入德国威格曼舞蹈学校学习。1933年回国后，建立舞蹈团，为日本舞蹈界带来欧洲舞蹈新风。代表作有《都会》《创造》（二战前），以及《普罗米修斯之火》（二战后）等。

的时代到来了"，到处举行公演，舞蹈晚会的观众，远比音乐会的观众要多。西班牙舞蹈家阿亨蒂纳和黛莱西娜，法国的萨卡罗夫夫妇，德国的库洛茨贝尔格，美国的路斯·佩姬等舞蹈家相继来日表演，也是这个时期。

波子听闻佳吉列夫俄罗斯芭蕾舞团一开始就以编舞而闻名的米哈伊尔·福金想要来日本，也是那个时候。据说福金还想为宝冢和松竹的少女歌剧团设计芭蕾舞动作。

西洋舞蹈家虽然来日，但没有一个跳古典芭蕾舞的，波子期待着福金的到来，然而最后只是传闻而已。

波子虽然坚持芭蕾风格的舞蹈，但一次也未观看过真正的芭蕾。她自己一直不清楚，自己在古典芭蕾的基本动作掌握上，正确度如何，是否牢固。

摸索、怀疑、绝望，随着年龄不断加深。

战后，芭蕾舞也在日本流行起来。今天，日本人也大演《天鹅湖》《彼得鲁什卡》等俄罗斯芭蕾的代表剧目了。可是，波子依然感到怯懦。

她让女儿学习芭蕾，自己教授芭蕾舞，有时显得无精打采，心不在焉。

排练场上没有了友子，更使波子失去了教授芭蕾的自信，过去因为有友子为自己献身，或许一直支撑着她的信念。

波子感到疲倦，稍微有点儿感冒，排练场临时关闭了四五天。

"妈妈，我去日本桥排练一个时期吧。"品子想到了母亲，"在友子回来之前，我还是帮妈妈一下，不行吗?"

"她不会回来的。不过，她倒是说过要回到我这儿，也许总有一天会回来的。"

"我想见见友子的那个对象，可友子不告诉我那人的姓名和地址，怎样才能打听到呢?"品子说着，波子有气无力地应道：

"是这样?"

"要么去问问友子的母亲，这样总不太好吧?"

"不好。"

波子毫不经心地应着，一面思忖，岁末和年关会和过去一样，友子的母亲总要来拜年的，到那时说什么好呢?

友子的母亲很早死了丈夫，靠着四五间房子的租金把友子培养成人。战争时期，房子烧毁了，友子来波子的排练场做帮手，母亲到附近一家商店上班。不能养活她们母女两个，一直是波子的心事，想着总有一天要做到，哪知正思虑着，友子就早早离开了。

这期间，不光是友子的事，波子也感到沉闷、寂寞。

她甚至想卖掉宝石，放弃厢房，帮助友子。然而，友子了解波子生活情景，也不打算过分依赖波子，于是一口回绝了。波子一筹莫展，她与友子性格的差异、生活的不同，令她碰了壁。

"品子不要轻易去见友子的母亲，说不定她妈妈一无所知呢。"波子说。

"还有，日本桥的排练，即使没有友子，也还能坚持，不必担心。品子还是暂时不要考虑教育别人的事。"

波子害怕自己心中的暗影也传给了品子。

波子停止排练休息期间，东京丝绸店两名老板和京都丝绸店的一名老板，来到她家里，谈到他们三人被盗的事。

东京一位丝绸店老板说，他在混杂的电车上被人割毁提包，丢失一大笔钱。另一位老板把行李放在网架上，被人拿走了。

京都丝绸店老板说，他乘"国铁"① 去大阪途中，放在膝盖上的东西遭抢，发车时正要关车门时，刹那间一人一把攫走，飞身下车了。

"周围的人大叫一声，被盗者本人惊呆了，都没有吭气。"

店老板站起来，愤恨不平地一边说一边比划：

"他就这样，一只脚踏在车门口，做出正要跳车的

① 日本国有铁道的略称，为 1949 年设立的公共企业。1987 年实行民营化改革，通称 JR。

姿态。”

波子将此当作年关奇闻讲给矢木听。

“他们不约而同地跑到你这里来，是又有什么适合你的货来了吧。”

“该不是出于不明不白的同情，你又买了他们的东西了吧?”

经矢木这么一说，波子立即沉默不语了。

她在京都丝绸商店给自己买了一件羽织褂，接着心里想着到东京两位那里买点什么，结果没有买，感到有点过意不去。

波子看到一件结城染织的十字花飞蚊花纹的衣服，本来打算为丈夫买一件的，要是以往，她哪怕手头有点拮据，也会让丈夫穿上身的。想到这里，波子再一次感到内疚。

十字花飞蚊扎染，始终留在波子眼前，她本想告诉他这件事，结果一开口就被矢木呛了回来。

“快过年了，谁还会带着大钱不怕挤电车出门呢?”

“就算您这么说……”

“既然坐在车门口关门时遭抢的很多，就不要坐在那里好了。”

矢木心闲气定地数落着，波子倒是坐不住了。

“看起来不是很可怜吗? 我们家也受到他们不少照顾。

帮我们买了不少老式衣服。"

"为了做生意嘛。"

"他们也不全是为了做生意，我们家是老主顾，不论是对品子还是我，总是很热情地为我们挑选适合我们穿的料子。战前收藏的进货中，有些也是丝绸店很喜欢的，他们都卖给了我们这些熟悉的人。好可怜的……"

"好可怜的？"矢木反问道，"什么可怜？你的声音快发颤了吧？"

要是平常，波子不会当回事的，但这回却有了反应。

三位丝绸商战前各自都有相当规模的店铺，京都的老板疏散到福井，遇到地震，战后五六年了，直到现在都没有店铺。过年时，三家老板都遭了偷，三个人哭丧着脸一起来找波子。

波子遭到矢木的嘲弄，只要托付前来日本桥或自己家里学习舞蹈的姑娘们，为老板们推销十一反①二十反绸料，还是可以做到的。她想到这里，即刻准备一番，前往东京了。

在排练场上，只有学生们像平素一样在练基本功。两个面熟的老生代替波子和友子，离开队列，负责指导。

"哎呀，老师！您已经好些了吗？"

---

① 日本布匹长度，一反相当于成人的一件布料。

"脸色不好啊。"

学生们齐聚而来，围住了波子。大家都想扶住她，让她坐到椅子上去。

"谢谢啦，我休息了一阵，对不起。我看起来身体很弱，但是还没到卧床不起的地步。"

波子说着抬起脸，很想看看周围的少女们。不料，她忽然急剧地咳嗽，眼泪都流下来了。

一位少女掏出手帕为她擦眼泪。

"好啦，你们继续练功吧。我稍微休息会儿。"

波子说着走进小屋。她眼瞅着桌子上的电话，于是就给竹原挂了电话。

竹原来到排练场，看到波子独自一人坐在火炉旁的椅子上，一只胳膊支撑着扶手，脸孔趴在上面。

"谢谢你给我打电话。电话里的声音听起来和平时不一样，本想即刻赶来的，但有笔小型照相机的生意要谈，客人在，是搞出口的。"

竹原一站到波子面前，就摘下帽子，将帽檐插进把杆和墙壁之间的空隙里。

品子抬起脸来，泪眼汪汪地仰望着竹原，额头上印着袖口的衣痕，眉毛也有些紊乱了。

"对不起。"波子顺口说着，"有点儿感冒，这之前连排练都停止了。"

"是吗，看样子还很疲倦。"

"发生了很多令人烦心的事。"

竹原站立着，俯视着波子，他突然转过视线。

"走进这座屋子，就闻到煤气臭，该不是中毒了吧?"

"一旦开始排练，就热了起来，已经把煤气熄灭了。"

波子转向镜子。

"啊，脸色青白……"

波子用指尖触摸着眉毛，仿佛羞于被人窥到睡起的容颜。几乎没搽一点口红。

竹原向那里看了看，问道："壁镜还没有装上吗?"

"嗯。"

打从拥有这座排练场起，波子就想在一面的墙壁上安装壁镜；但目前只是将西服店的两块穿衣镜合起来罢了。

"可能不只是镜子啊。"

波子微笑了，她从镜子里看到自己憔悴的面孔，一直记挂在心里。

头发四五天来都没有好好梳理，只是随便用梳子向上拢了一下。

波子以这副姿容会见竹原，感到心情坦荡，她对竹原更加涌起怀念的亲情。

"今天本来打算仍在家里休息，但转念一想，还是出来了。"

竹原点点头，坐到椅子上。

"接你的电话，不知道发生了什么事，但没想到波子夫人一个人待在这里，我就进来了。瞧你那神色，似乎有什么心事呢。"

"心事……"

波子顿时答不出话来，只见眼眉间漫上一丝愁云。

"想起一件无聊的小事。还记得在护城河看到的那条银色鲤鱼吗？"

"鲤鱼……"

"嗯，日比谷交叉点附近，护城河一角有条银色鲤鱼，当时我看到后，还受到你的斥责，不是吗？"

"是的。"

"后来我问起品子，她说那里有鲤鱼又有什么奇怪呢？"

"当时您不是跟我说过吗，护城河的角落里有条小鲤鱼，谁也没有在意就走过去了，只有我看到了，这是因我的性格决定的。"

"我是这么说的。鲤鱼和波子夫人各自孤独一身、同命相怜啊。当时你一直盯着护城河看，我在后面真想猛推你一把哩。"

"您还斥责我，叫我把这种性格丢掉。"

"我看着看着，心里很难过。"

"不过，即便谁也没看到，鲤鱼照旧在那里生活。当时我就是这么想的，所以后来也对品子说了这事。"

"你告诉她和我一起看到的吗?"

波子微微摇摇头：

"品子说，那里正是鲤鱼汇聚的地方，到了晚上就剩下一条了……她还说，带孩子到日比谷公园游玩的人，回家时将饭盒里剩下的面包屑、米饭渣都投给了鲤鱼……那里是鲤鱼集中的地方，就算有一条也不奇怪。"

"是吗?"

竹原答道，眼神一派反问的样子。

"我问品子，她说你的斥责很正确。我觉得自己很没有出息，那时候，看到一条小小的鲤鱼，选择一个寂寞的角落，孤零零地生活着，不由得联想起自己。"

"可不是嘛。"竹原很理解，"这种事儿，你有很多。"

"我是这么想，我对这些不为人重视的小鲤鱼都很在意，为它感到哀伤……虽说同您走在一起，我却看到了鲤鱼，立即感到一阵惆怅。"

波子说罢，眼里倏忽闪耀着光辉，低下了头。

波子眼睑微赤，两腮也涨红了。

"对不起。"

波子似乎想平复一下紧张的心情，她才这么说。

竹原凝视着波子。

"你不能不注意到这些银色鲤鱼之类的东西，对吗?"

波子眨巴一下眼睛，稍稍倾斜着左肩。在竹原眼里，那只肩膀似乎变得又沉重又坚固。

竹原站起身子，离开波子两三步远，接着又靠近过来。

波子将右手搭在他的左肩上，眼睛一闭，几乎向前倾倒下去。

"波子夫人!"

竹原从旁用力扶着波子，然后转到她身后，打算把她抱住。

竹原将自己的右手叠在波子的右手上，温存地握在一起。波子的右手在竹原的掌心里，手指一旦失去力气，就离开了肩膀。竹原浑身感受着那冷艳与滑嫩。

竹原弓下身来。

"太晚啦!"

波子说罢，转过脸去。

"太晚啦……"

竹原重复着波子的低语，然后高声叫道:

"不晚!"

然而，竹原如此否定她之后，"太晚了"这句话才开始在他心里蔓延开来。

278

竹原的身子纹丝不动，似乎泛起犹豫。

波子的头发触及着竹原的下巴，露出耳垂，稍稍偏斜的颈项，闪现着雪白的肌肤。

今天没有佩戴耳坠。

波子患感冒了，没有入浴。临出门时比平时搽了好多香水。这种卡隆黑水仙的气息，微微飘溢着熏烤的枯草般头发的焦味。

竹原依旧将右臂叠放在波子的右臂上。波子将手从左肩上耷拉下来，很自然地成为一个相互拥抱的姿势，竹原顺势轻柔地抱住波子的前胸。他感受到波子剧烈的心跳。明明没有碰触那里，却能感受到那心跳。

"波子夫人，不晚。"

波子微微摇摇头，将脸转过来正对着竹原。

竹原用前胸支撑着波子，将嘴唇贴近波子的眼帘。先前，竹原也是想首先接触波子的眼帘的。

波子闭上眼睛，她的上眼睑似乎会说话了，较之嘴唇那言语更加温暖和悲戚。

然而，竹原靠近之前，她那满眼眶的泪水早已打湿了睫毛，湿漉漉的眼睫毛，加上那双眼皮的线条，愈加楚楚动人。

波子眨一下眼睛，泪水从眼角里涌流下来。

竹原将嘴唇凑近流下的泪水。

"不行呀，好可怕啊。"

波子晃动肩膀说道：

"可怕呀，有人看着哪。"

"看着……"

竹原抬起眼睛，波子也抬起眼睛。

对面的采光窗户可以看到行人的腿脚。

那是比道路稍微高起的细长的窗户，只显露出来行人的小腿，看不到膝盖和鞋袜。

地下室光线明亮晃眼，脚步杂沓的大街笼上了暮色。

"可怕啊！"

波子晃动着身子想直立起来，竹原突然放松臂膀，波子似乎站不住脚，朝前打了个趔趄。

"放开我……"

波子说着，依旧向前走了。

竹原眼望着波子离去。不过，他仿佛仍然拥抱着波子。

"从这儿出去吧。"

"是的，等一下……"

波子一看到镜子，感到害怕起来，随即走开了。

当天夜里，波子回到家里不到九点钟，比品子要早。她想品子在编舞，可能会晚些回家。波子在品子前头回到家中，这似乎使她很安心，更方便找理由。

她打开丈夫房间的隔扇，手指搭在凹穴里，一边用力，一边招呼道：

"我回来了。"

"回来了？好迟啊。"

矢木说着从书桌上转过头来：

"外出一趟，没出什么事吧？"

"没有。"

"那就好。"

矢木摇一摇锡制茶叶盒给她看：

"这里面是空的了。"

波子来到餐厅，想从铁罐里取出玉露茶叶装进小小茶叶盒里，谁知手却不听使唤，茶叶撒在榻榻米上了。

然而，当她拿着玉露茶走去时，矢木已经在写作，他没有看波子。

"今晚要写到很迟的时候吗？"

波子本来打算默然不响地关上隔扇，但还是打了声招呼。

"不，天气很冷，想早些睡觉。"

波子回到餐厅，将散落的玉露茶叶捡起来，放进火钵烧了。

青烟消弥之后，香味依然留存。

波子本想在房间里轻轻走动一下，但还是悄悄抑制住了。

她原来想一到家，就去排练场弹钢琴，这也没有得以实现。

波子乘电车回家的路上，听到贝多芬《春天奏鸣曲》。这首曲子有着她和竹原那遥远的往昔的回忆，通过音乐，时而变成遥远的梦幻，时而变成眼前的现实。

"一旦品子回来就危险了。"

波子嘀咕起来。

为了不让品子看破遮掩不住的快乐，她只好躲进被窝。因为有点感冒，即使早点就寝，矢木和品子也不会觉得奇怪。

波子走出日本桥排练场，遵照竹原的邀请，走进西银座大阪饭馆。但她一直记挂着回家的时间；可波子在新桥车站和竹原分别后，满心的情思反而犹如决堤的河水，她只好任其汹涌澎湃，奔腾不息。

而且，波子回到丈夫身边之后，比起站在竹原身边，反而更加不怕丈夫了。

她一边理床，一边很想呼喊一声："啊！"

在护城河畔，在日本桥排练场，她和竹原在一起，一种恐怖的发作宛若闪电猝然划过心头，实际上，这不就是爱情的发作吗？

波子放下褥子坐在上面。

"怎么会有这等事呢?"

她即便强行打消此种想法，静静躺在被窝里，依旧对那道闪电惶恐不安。波子合掌祈祷。

波子正想逐一回忆《大日经疏》的合掌十二礼法，这时矢木进来了。

两手的手掌和手指严丝合缝贴合在一起，谓之坚实心合掌；两掌之间稍留空隙，谓之虚心合掌；两掌隆起呈花蕾状，谓之未开莲合掌；两手拇指和小指结合，其余三指相离，谓之初割莲合掌；其他还有五指相扣的金刚合掌，归命合掌……至此，真正的合掌既易于记忆，又不会忘记。

但是，剩下的七种作法，例如掌心向上，手指屈曲呈掬水状——持水合掌；手背相合，手指相扣——反叉合掌；两手仅拇指相接，掌心向下——覆手合掌等，这些与合掌相去甚远的所谓合掌，波子都不确定，就算可以做出来，也想不起名字。

她试着想起来，从开头反复做了两三次，正做到归命合掌。

"怎么……睡下了?"

矢木拉开隔扇，透过薄暗窥视着波子的睡姿。

波子一惊，依旧双手合掌缩回胸前。

归命合掌是死人的合掌。有时是一副身体紧缩、惶恐竦惧的姿势，有时是请求恕罪的姿势，有时又是悲惋乞怜的姿势。

波子用力扣紧组合的手指，重重压在胸脯上。

波子以为矢木想到了竹原，前来谴责她了。

"外出一趟，很累吧?"

矢木将手按在波子的额头上。

"哪里，不发热。"

他说着，将自己的额头伸过去。

"我的倒是很热。"

波子仿佛躲避着矢木，自动抬起胸前的手按在额头上，她惊叫一声：

"唉呀，不行啊，我没有洗澡……六天都……"

不过，波子抑制住浑身的颤抖。

她打算隐蔽心中的失望。

而且，波子每当遇到绝望，总想断然从不贞的恐惧以及罪愆的思绪中挣脱出来，求得解放。

波子流泪了。

不久，餐厅里传来丈夫的声音。

"喝不喝点热柠檬汁?"

"我想喝。"

"要放糖吗?"

"多放些……"

画　|　斎　藤　清

波子想起回家时问丈夫"今晚要写到很迟的时候吗"，会不会以为是在引诱他呢？波子紧咬朱唇，陷入沉思。

波子喝着热柠檬汁时，听到品子回来的脚步声。

"妈妈呢？"

品子一走进餐厅就问。

矢木有意使得波子也能听到，他说：

"去了东京一趟，太累，睡下了。"

"哎呀，妈妈去东京了？"

品子似乎要到波子的房间去，矢木制止了她。

"品子。"

女儿似乎坐到了父亲面前。

矢木打算说些什么呢？波子侧耳细听，她左右翻来覆去，用手拢了拢纷乱的头发。

父亲喊住女儿，或是为了让她多一点整理装扮的时间，或是为了让品子不进入卧室？波子想到这里，慌乱的手指忽然不动了。

"爸爸喝的是热柠檬汁吗？"

"是啊。"

"我也想喝。"

波子听到向杯子里倒开水，搅动汤勺的响声。

矢木似乎看着品子的动作。

"品子。"

他又叫了一声。

"我看了高男的日记，他说一个哥哥一个妹妹，这个世界再没有这么亲的人了。"

事情来得突然，品子正望着父亲吧？

"这是尼采写给妹妹信中的话语。"矢木接着说，"品子，你怎么想呢？你和高男不是一个哥哥一个妹妹，而是一个姐姐一个弟弟，同尼采正相反。高男以为这句话很好，写到日记里了。尽管上下相反，但一男一女，两个同胞姐弟……这个世界再没有这么亲的人了。说得真好！"

"这话说得是好。"

"这是高男的愿望，所以，你也可以把尼采的话给我抄在什么地方。"

"好的。"

波子听到了品子诚实的回答。

不过，她又像是想起了什么，说：

"爸爸，您是一个哥哥一个妹妹吧？"

品子似乎漫不经心地发问，波子却不由得心头一惊。

矢木和他的妹妹形同路人后，如今已经断绝了来往。

矢木的妹妹本来依靠波子娘家的协助，从女子高等师范学校毕业后，和矢木的母亲一样，做了一名女教师。随着年龄的增长，她同哥哥夫妇逐渐疏远起来了。其原因是来自矢木，还是妹妹，或者是波子呢？恐怕不出这一范围。也或许是自然而然的结果。

不过，波子同这位小姑子确实合不来，因为她们的生活和性格都不一样。波子一见到这个妹妹，随即感到这位传承着婆母和丈夫血统的女子，是个同自己完全不同的别一世界的人。

品子提起这位姑姑，矢木作何回答呢？波子等待着。

"说起来，已经很久没同姑姑见面了，过年时总要给她寄张画片贺年片吧。"

然而，品子对于父亲淡然的态度没有在意。

"爸爸，今天早晨您提到过尼金斯基吧？谈到过尼金斯基、尼采这些发狂的天才了吧？……尼金斯基小时候，上头的男孩子死后，也只剩下他们一兄一妹了。"

今晚，高男回家很迟，矢木跟品子提到高男的事，波子听起来似乎是对自己说的。

矢木莫非早已识破波子私会竹原，眼下绕着圈子敲打一下作为人母的波子？一姊一弟，一父一母，这个世界再没有比这更亲的人了。

品子也觉得父亲话里有话，但她提起那位姑姑，又说到尼采是疯子，也漠视了波子。尽管品子没有嘲讽的想法，但波子背地里听起来，也猛然一惊，心情落寞了。

"妈妈!"

品子呼喊。

波子没有回答。

"睡着了。"品子对父亲说，"妈妈也喝热柠檬汁了吗?"

"啊，真可厌!"波子不由打了个寒噤，"这孩子怎么回事?"

波子感到，隐藏于女人内心的那种可厌的、肮脏的小算计小心思，如今正在品子心中发酵。

"妈妈也喝热柠檬汁了吗?"

这只是作为亲切的关照，品子随便说说罢了。

波子深深叹了口气，可厌的不正是自己吗? 脑子里只残留着自己可恶的姿影。她感到被自己的丑恶所触碰，才引起空前的憎恶的大发作。

波子仿佛感到，自己的丑态——那种原封不动的丑恶女人的姿态正横躺着。

莫非心中有愧，回家时才对丈夫发出诱请; 还是惧怕罪责，不知何时自动沉溺于波涛之中呢? 那番负罪的想法，对于丈夫，对于情人，都是双重的。然而，正因为如此，又似乎添加了双重喜悦。而且，抑或也对丈夫、对情人，多了一层奇特的罪恶之感。

无论是厌恶、悔恨还是绝望，她都想巧妙地隐藏起来。

波子即日起彻底换了一副崭新的躯体。

这是为什么？难道是因为没有拒绝竹原吗？

竹原发现波子的恐惧，未能同她接吻，但波子并非出于恐惧而拒绝竹原。

那种恐惧的发作，其实不就是情爱的爆发吗？犹如电光一闪，当她铺好被褥时，或许正是波子的命运之祚吧。

那一闪即逝的电光，似乎照亮了波子的本来面目。

波子抑或以为，恐惧的假面同时欺骗了竹原和自己吧？

吾妻德穗、藤间万三哉的舞剧——夫妇联袂演出的《长崎踏绘》，在帝国剧场公演四天，最后一天波子去看了。

五点开演，波子两点钟自北镰仓车站乘车，路过银座贵金属商店卖了戒指。这枚戒指本打算送给友子的。

将戒指变成金钱，从中拿多少送给友子呢？波子一边走路，一边犯起犹豫。

"当时要是友子收下，也不至于这样了。"

在这之前，友子曾受波子的差使去过贵金属商店，恐怕是同一家店铺，卖掉过一枚戒指。

距那时没过几天，波子再次为自己来卖戒指。要是把钱带回去，分给友子的部分又要减少了。她打算委派信使把钱直接送到友子家里。波子折回新桥车站。

她当着信使的面，数着一千日元一张的现钞，忽然

"哎呀"惊叫一声，波子转过头去。她以为是竹原的手触摸着自己的肩膀。

然而一看，是别的顾客的行李碰了一下波子的肩膀。那里站着一个青年，根本不像竹原，带着一件细长的行李。

"对不起。"

"不客气。"

波子脸红了。心里很热。

一万元，再数一遍，然后裹在手帕里，手帕外面写上友子的住址。

"啊？包在手帕里送去吗？"事务员不解地问，"还是装在纸袋里吧，这里有。"

"请给我一个。"

波子先前迟疑着，猛然想到的就是手帕，甚至不觉得这种做法很离奇。

然而，一旦离开这个使她羞愧的地方，波子不由得咯咯咯笑起来了。

波子刚刚一边思忖着送给友子的金额，一边走来时，街边橱窗里的男装尽入眼帘，波子不由想到有没有适合竹原穿的衣服。仿佛唯有适合于竹原的服饰，才会在街上耀目生辉，主动等待着波子，召唤她来挑选。此外，波子的头脑里，立即浮现出身穿新衣的竹原的姿影。

好歹办完友子的事之后，店内的男装依旧灿烂夺目，一件件闯入她的眼帘。当她看到橱窗里的男式围巾，宛若伸手触摸着围着新围巾的竹原的脖子。波子被商店吸引住了，最后买下了那条围巾。

"啊，真开心！不过，这件东西仿佛是友子代我买的呢。是你留下的临别赠品吗？"

波子嘀咕着，又买了一条毛织领带。

她经过同竹原一道散步的护城河畔，前往帝国剧场。波子来得太早了。

登上二楼一看，休息室的木柱和墙壁上悬挂着林武①和武者小路实笃②的绘画。波子想，到底是怎么回事呢？原来开设了一家名曰"花与和平之会"的小卖部，可以看到诗人和作家题写的色纸③，绘画也是属于这个会的。

波子坐在舒适的椅子上，眺望着林武的彩色粉笔画《舞女》。

"波子夫人！"有人拍拍她的肩膀，"看得好专心啊。"

手到话到，波子心想，这回肯定是竹原了。然而，她还是猛然一惊。

---

① 林武（1896—1975），油画家。国学家林瓮臣之子。20世纪中叶，曾任东京艺术大学教授。
② 武者小路实笃（1885—1976），小说家、剧作家、画家。
③ 可写诗作画的一尺见方的硬纸板。

"好久未见了。"沼田换了一副口气。

"久违啦……"

"在这美好的地方,又看到了你。"

沼田说着,落座之前,他转头瞧了瞧那幅《舞女》。

"真是一幅好画啊,手持团扇……"他说着,随之走近画面。

波子琢磨着,要是直到回家前一直被他纠缠,那可怎么办呢?

沼田的身子沉重地坐在了她的身旁,波子的身体也向沙发的凹处倾斜过去,又悄悄离开了。

"上个月,我见到矢木先生了……"

"是吗?"波子不知道。

"我接到先生从京都写来的信,他叫我到幸田屋旅馆去一趟。我去了,心想,会是什么事呢?跑去一看,什么事也没有。我原以为,肯定是关系到夫人您的事吧。结果先生一心想从我这里打听点什么,竹原先生的,或是香山君的事……"

沼田看着波子的脸色。

"我一一巧加应对过去了。我们还谈论着波子夫人的青春年华……"

波子以浅浅的微笑企图掩饰过去,而双颊却染上了红晕。

"今天见到您，我被吓了一跳。您真的宛若鲜花怒放，娇艳无比啊！"

"请别说啦……"

"呀，看起来真的像盛开的花朵！"沼田一再重复着，"我还劝说矢木先生，尽早让夫人重返舞台，再现辉煌……"

"别开玩笑啦，我正考虑要关闭排练场呢……"

"为什么？"

"没有自信。"

"自信……夫人，您知道吗？在东京，芭蕾舞讲习所有六百多家。六百……"

"六百……"

波子心头一惊，似乎很气馁。

"啊，太可怕了。"

"据好事者调查，大阪有四百家……"

"大阪有四百家……真的吗？简直不敢相信。"

"加上地方上的城镇街道，那数字一定很惊人。"

"似乎有人说过，芭蕾舞不是义务教育，这话我很同意。的确，眼下是芭蕾舞狂的时代，就像流行性感冒一样，女孩子们都染上了舞蹈病。最近，一位舞蹈家从税务署那边听说，目前最能赚钱的当数新兴宗教和芭蕾舞。"

"居然这样……"

"不过，我认为，这种芭蕾舞热不可等闲视之。古典芭蕾不合乎日本人的生活和体格，基础动作暧昧含糊，那些编排，基本上都是马马虎虎，糊弄人的，竟然还举办公演，受到了公众非议。但是，全国各地，无数女孩子都在蹦蹦跳跳、转来转去的，倒是很可怕。不过，爱而愈众，英才愈多。垃圾不堆积成山，就不会引人注意。半吊子教习多多益善，半路掉队者多多益善。大凡流行过热的事，尽皆如此。我很乐观，日本的芭蕾舞很有希望，我的工作也一样。"

沼田乘兴继续说下去：

"东京的芭蕾舞讲习所，即便由六百家变为一千家也不值得惊奇。一家家等而下之，波子夫人的排练场自然就会水涨船高！"

"您可真会说话呀。"

"一句话，眼下不是沉沦气馁的时候，波子夫人也要靠芭蕾舞谋生。"

"谋生？"

"是啊，必须强化商业色彩，要当作职业。我这么说也许有些失礼，不过眼下这个时代，有多少学习芭蕾舞的女子，都将此当作职业，都想成为这方面的专家啊。"

"可不是嘛，所以我觉得很可怕。"

294

"不这样不行啊。不能只是作为令爱的业余爱好嘛……夫人当红的年代，我多方受到照顾，此次作为报恩，我也应该极尽全力给以襄助。先举办一次波子夫人的公演晚会吧，新春伊始，夫人可以率先搞起一个芭蕾舞热潮嘛。矢木先生那里，我以为不是问题，我可以和他商量。我正在鼓动您这件事，我已经先去跟先生说明了。"

"矢木他怎么说？"

"他说，四十岁女子即使能跳，时间也很短暂，最多到下一场战争为止。唉，二十多年来，一直靠夫人养活，时间并不算短啊。怎么说呢，他总是……说什么我的怀表啊，过去不曾差过一分。他把老婆逼疯了，还提什么表不表的。"

"我疯了吗？"

"疯了。不过，还不像吝啬的矢木那么疯……夫人，您恋爱吧，用恋爱来重新上紧发条。"

沼田睁大眼睛凝视着波子。

"该是时候了，当下是个离婚的好时机。如果像他说的一样，能跳舞的时间很短的话……，今天倒是像鲜花盛开，娇艳无比……"

"您怎么了？"

"我想问你一下，夫人，昨晚上您和竹原先生到银座散步去了吧？有人看到了。"

波子不由一惊，难道被沼田看到了？

"我和他商量一下排练场的事。"

"有事尽管商量好了。你要是想背叛矢木先生，我一定站在您一边。就说排练场吧，位于日本桥中心，又靠近东京站，只要夫人经营有方，一定能获得惊人的发展。让我帮您一把吧。"

"嗯……比这更要紧的是我身边的友子，你知道的吧？要是可能，请给她求个赚钱的职业吧。这事拜托你了。"

"那孩子是不错，但独自一人还不行，最好同品子小姐组成一对，怎么样？"

"品子已经有归属了，她是大泉芭蕾舞团的成员。"

"让我考虑一下。"

"开幕的铃声响了。"

沼田的身子沉重地从波子身后站立起来。

"夫人，崔承喜的女儿据说战死了，你听说过没有？"

"啊，那孩子？"

波子不由想起那位穿着友禅织的长袖和服、身材修长、十岁光景的少女。有一次在芭蕾舞晚会的走廊上偶然相遇。那姑娘肩头高耸的衣褶又浮现在她眼里。当时她化着淡妆吧？

"那孩子挺可爱，可不，对了，正像品子一般年纪。她似乎是劳动党的女战士吧……参加歌舞团，到前线慰问演出。"

波子一边说，脑子里一边想着那个身穿友禅织和服的女孩子。

"听说崔承喜一时期逃往满洲。她是朝鲜北方国会议员，开办舞蹈学校。"

"是吗？最近我和品子还谈起过她呢。她的女儿真的是战死的吗？"

波子就座后，那位少女的姿影没有消泯，与波子自己心中的狂涛融为一体。

沼田一如既往的腔调，有些过了度，波子正听得生疑，他突然就提到自己和竹原走在一起，这没办法。不过今天晚上还要同竹原在这里相会，怎样才能躲过沼田的眼睛呢？波子为此大伤脑筋。

波子明明知道竹原晚来，但她反而显得更加不安，时而环视观众席，时而注视剧场门口。

正像沼田所言，他无疑站在波子一边。而沼田作为她的经纪人，与其说沼田利用她，还是波子使唤沼田多一些。此外，沼田长期以来，耐着性子缠着波子，很想钻她空子，就连女儿品子，他都想当作工具使用。他看到波子固守不变，决不放松，沼田便等着做波子的第二号情人。换句话说，他巴望波子同另外的男人恋爱破局之后，自己取而代之。

波子对沼田既毫无拘束，也不掉以轻心。

这两三年，波子尽量躲着沼田；自然沼田也疏远着她。一旦见面，沼田肯定要说矢木的坏话，波子的一颗心离矢木越远，沼田的行为就越使波子感到反感。

《长崎踏绘》，长田干彦作，五幕七场新作舞剧，故事说的是：殉教变成悲恋；悲恋变成殉教。

作曲大仓喜七郎（听松），大和乐团演奏。用的是西洋乐器，但似乎依然是日本风格的音乐。这出戏剧既有清元曲①，也有圣歌合唱。

诹访神社的秋祭是第一景。作为神社的祭祀日，或许是为了强化已经遭到禁止的切支丹教的色彩，同时凸显社寺祭祀中的舞蹈场景。

"看过《彼得鲁什卡》中的节日之后，日本的节日就显得太冷清了。"休息的时候，沼田说道，"日本的物哀，亦如此也。"

因为沼田缠住她不放，波子决定下次幕间休息不到走廊上去。

昨天，她送给竹原一张入场票，因为座席远离，使得波子过多地担起心来。

---

① 江户净琉璃之一派，1814 年由清元延寿太夫根据富本曲创作，曲调轻快洒脱。

一直等到临近闭幕的第六景之前，竹原好容易才来。他站立门边，用眼睛寻找下面的座席。

　　"这儿。"波子听到呼唤般地站起来，走了上去。

　　"啊，我来晚啦。"

　　"我还以为您不来了呢。"

　　波子蓦地抓住竹原的手，当她意识到时又放开时，波子的手里握着竹原的一只手套，她是帮他脱了手套吗？

　　"佩卡利①……"

　　波子拿起来看了看，塞进竹原的口袋。

　　"什么佩卡利？"

　　"西貒皮。"

　　"我不知道啊。"

　　"沼田君来了。他说昨晚上他在银座看到了我们……"

　　"是吗？"

　　"回头出去时，我不想被他发现啊。"

　　波子顺着台阶向自己的座席走去。

　　"哎呀，脚有些不对劲了，刚才等你的时候，膝盖以上太用力气了。"她说罢，放松肩头离开了。

　　一开幕就是行刑的场面。殉教者们的身子被残酷地拖走。一个名叫清之助的手艺人，也遭遇了磔刑。他的恋人

———————————

① 原文 peccary，即西貒（tuàn），较之野猪形体更小的灰色野兽。

阿市夜间潜入刑场，一边仰望十字架上恋人美丽的容颜，一边跳舞。

这位吾妻德穗的舞蹈看得波子泪流满面。竹原来了，她可以专心致志看跳舞了。她所受到的感动是真率的、生鲜的、无穷无尽的，像是为自己而感动。

但是，舞蹈将要结束时，波子却蓦然站立起来，去招呼竹原一同离开。竹原也望着波子，应她邀约到身旁。

"下一场就是《踏绘》，我们还是逃走吧？"

"你想逃离？"

"不是因为害怕，我已经不再说害怕了。"

竹原只是以为波子为了躲避沼田的目光而企图退场，波子却说她不再害怕了。波子话音的深处所蕴含的娇媚深情，很使他惊叹不已。

"您难得来一次，只看了一场。"波子的心态显得很乐观，"我也好像只看了一场呢。吾妻君的舞蹈里，定有一种魔力啊。当我神思恍惚突然醒来之时，她正在舞台上跳舞。衣饰华美，两件服装，一件胭脂红的天鹅绒底子上绣着银波；一件鹅黄的天鹅绒底子上绘着花草纹络。"

接着，波子打开手里的纸包给竹原看。

"我想，这条围巾也许很适合你，所以就买下了。"

"送我的……"

"要是不合适就糟了。"

"很合适啊，两个人长期相处，互相在心中留下鲜明的印象，肯定合适的。"

"啊，太好啦!"

不过，波子似乎心怀歉意地谈到友子。说是卖了戒指，把钱寄给了友子，还买了这条围巾。

波子打从结婚前，就同竹原时而亲近，时而疏远，二十多年了。找竹原商量对策这类事，并非自现在始。

波子犹豫一阵子，这才说出矢木秘密存款的事。

"关于这件事嘛……"竹原陷入沉思，"看来不是很可怜吗?"

"您是说矢木吗?"

"不过，或许不止'可怜'那么简单。"

他俩避开日比谷电车线路，走在晦暗的道路上，这时迈入星剧场前明亮的灯光里。波子无意中一回头，看到高男站在那里。

高男凝望着母亲。

"妈妈!"

高男抢先喊了一声，从星剧场售票处走下来。

"啊，你怎么啦?"

波子停住脚。

儿子说他是和同学一起来买戏票的。

"刚来吗?"波子简短问了一句。

"是的,和松坂君一起来的。我想给妈妈介绍一下松坂……"

高男说罢,也跟竹原打了招呼。他那诚恳的样子,使得波子稍稍放心了。

"这是松坂君,近来我们成了最亲密的朋友。"

波子一见到站在高男身边的松坂,仿佛梦中遇到妖精一般,留下了深刻的印象。

"找个地方休息一下吧。你们也一道来吧,怎么样?"

竹原说道,他既没有面对波子,也没有面对高男。

他们走向银座,随后进入附近的温莎尔旅馆。

在进门处,竹原寄存了帽子,波子在身后掏出围巾的纸包说道:

"回去时把这个也带上吧……"

山那边

品子带领研究所新来的四位少女，前往银座吉野屋。

十三四岁的女学生来自同一个班级，四个人又一起成为入门弟子，这是很罕见的事。她们四人都梦想做芭蕾舞舞女。

她们立即想买舞鞋，品子解释说，不会马上练习脚尖站立，但对于少女们来说，穿舞鞋毕竟是她们通往理想的不可缺少的一步。

品子只好带她们去鞋店。

走进吉野屋商店，少女们都为自己前来买舞鞋感到自豪，而对于选购普通鞋子的一般顾客瞧不上眼。

同来的男友代为挑选鞋子的女孩子们，各自一副娇媚动人的表情。而独自前来购买不知道买什么式样的女子，有的显得极为认真的样子，有的涨红了脸孔。品子也站在远处，眺望着这个奇妙的世界。

品子说，她之后要顺路去一趟母亲的排练场，然后到帝国剧场观看《普罗米修斯之火》。少女们吵闹着也要跟她一道去这两个地方。

"我们都想尽快在排练场穿上舞鞋跳起来呢，可以吗?"

说罢，少女们随之在银座大街翘起穿着普通鞋袜的脚后跟站立起来。

"不行啊，大泉研究所的人，在别的排练场是不准穿着舞鞋跳舞的。"

"品子小姐的母亲，不是外人。"

"因为是母亲，更不行了。她看了或许会批评我的。"

"只看一下排练场，行吗？很想看看呢。"

"参观也不行的，刚进入大泉研究所，就要看别的地方……"

"那么，送您到门口都不行吗？"

如果带她们去看《普罗米修斯之火》，到深夜才能结束，品子为劝说姑娘们回家，说明江口舞蹈团的舞蹈技巧和古典芭蕾不同。一个少女却说：

"可以参考呀。"

"参考……"

品子咯咯笑起来。

然而，少女们的希望与好奇心，卷裹着品子一起来到母亲的排练场。

跟随品子一起来的女孩子们，带着认真的目光，望着结束排练离开地下室回家的少女们。她们都是脚穿舞鞋的同类，不是一般女子。

品子同少女们告别后下楼来到排练场。

波子在小房间里，同五六位学员一块儿换衣服。

品子在这里等待着，顺便走到小桌旁边放上唱片。这是贝多芬的《春天奏鸣曲》。

品子也清楚地知道，这支曲子蕴含着母亲对竹原的一片回忆。

"让你久等了。"波子走来，她一边对着镜子整理头发，一边问："品子，你见过高男的那位名叫松坂的同学吗？"

"我听高男说起过这位朋友，虽然没见过，但听说长得很帅是吧？"

"是很帅，不过那种帅，却是一种不可思议的妖艳的美……"波子坠入幻想之中，"昨晚，高男向我介绍了他，在从帝国剧场回来的路上。"

波子自是明白，她去看《长崎踏绘》女儿也知道；她同竹原在一起又被儿子撞见，反正早晚也会为人所知。想到这里，自己干脆说出来算了。

"我很怀疑，怎么会有这样的人呢？既不像地上的人，也不像天上的人。同日本人不一样，也没有西洋人的做派。脸色浅黑，并非深黑。也不是麦青色，怎么说呢？那皮肤上，总有一层微妙的光亮。既像个女孩子，又有点男子气……"

"是妖是佛？"

品子轻声地问，满心疑虑地看看母亲。

"或许是妖吧。高男交上那样的朋友，我连这个儿子都觉得怪里怪气的。"

波子从松坂身上获取了不祥的天使的印象。这是确定无疑的。

她同竹原正在散步的时候，高男突然出现，波子立即收住脚步，眼前一片暗淡。黑暗之中，松坂犹如一束光柱，独自站立。他给波子留下了如此的印象。

波子被沼田发现，接着又被高男发现，她的前进的脚步被封锁。当她感到似乎运数已尽时，不巧又遇到了松坂。

走进温莎尔旅馆，波子一边喝红茶，一边似看非看地盯着松坂。似乎她同竹原的关系由此即将结束，甚至已经面临破裂。波子正逢心情抑郁之时，同她毫无干系的松坂来到眼前，似妖精般美艳无比，波子以为，或许这是命运的某种暗示。

高男和同学在一起，没有什么奇怪，抑或松坂的美艳，对她发挥了奇妙的作用。

里头的座席，同大厅交接之处，挂着一道薄纱的帷幔，松坂的面孔浮泛在帷幔的浅蓝之中。透过帷幔，大厅看过去一派朦胧。波子只得告别竹原，同儿子一起回家。

直到今天，松坂的印象依旧如影随形留在她的心目中。

"高男什么时候同他交上朋友的呢？"

"就是最近吧？一下子就热络起来了。"品子回答，"妈妈，接着继续放后面的吗?"

"算了，咱们走吧。"

《春天奏鸣曲》在第一枚唱片的反面，是第一乐章轻快的结束部分。

"什么时候带到这里来的?"品子一边收拾唱片，一边问。

"今天。"

波子想，今天见不到竹原。

波子连续两天去帝国剧场。

今晚是江口隆哉、宫操子公演第一场。应邀出席的有舞蹈家、舞蹈评论家、音乐记者以及其他接受招待的客人。其中或许会有不少波子的熟人。波子接受昨晚的教训，没有再邀请竹原。

还有，因为是品子约请波子的。母亲昨晚同竹原在一起，品子也从高男那里听说了。但她着实没有想到，妈妈今晚还想见竹原。

波子本来想给竹原挂个电话，她等待着学生散去之后再说。不料品子来了，终于未能给竹原挂电话。

打从被同情父亲的高男撞见，自昨晚到今朝，矢木没再说什么，也没发生什么事。不过，波子就连这些也想告诉竹原，使他知道。而且只有听到竹原的声音，她心里才会觉得踏实。

电话没有打，波子一时难过起来。

"不知怎的，最近不愿意观看什么舞蹈演出。"

"为什么呢?"

"或许不愿见到那些老熟人吧。对方不知如何跟你打招呼，你也不知道如何应对才好。彼此很尴尬。时代变了，已经没有我的位置了。看到老熟人，他们经常会对你摆出一道相忘已久的样子。"

"哪儿会呢，是妈妈自己多虑了吧?"

"是的呢，战争期间，被人丢弃不管，这是确实的事，也许是自作自受吧。战前的人战后感到厌世，这在社会上并非罕见。心灵上或许变得纤弱了……"

"妈妈心性太弱了吧?"

"可不是吗，有人规劝过我，自己这样，也会使孩子们变得唯唯诺诺。"

那阵子，竹原曾在皇居的护城河边告诫过她。波子正朝那里走去。

钻过从京桥通向马场先门的电车线和国铁线交叉桥桥洞，高渺的街道树早已落光了叶子。接着，皇居的森林里升起了细细的夕月。

波子心里闪烁着青春的火焰，她随口说了相反的话:

"到底还是非上台表演不行啊，宫操子她们确实了不起。"

"宫操子的《苹果之歌》，还有《爱与 scrum（争夺）》?"品子举出舞蹈节目的名字。

《苹果之歌》，伴有诗朗诵。唤起棒棒女郎①翩翩起舞。《爱与 scrum》则为复员兵士的群舞，他们穿着褪色的汗迹斑斑的军服，白衬衫，黑裤子；女人们则穿连衣裙跳舞。

古典芭蕾没有这类节目。战后生活的诸相，生动地编入了舞蹈之中。品子记得以前也看过这样的舞蹈。

"战前过来的人，跳得好的，不光是宫操子，妈妈也会跳啊。"

"下次跳跳看。"

波子也回应了一声。

六时开幕，提前二十分钟到达。波子为了避开人眼，坐在座席上一动不动。今晚的座席依然在楼上。

品子提起四个女孩子。

"是吗？四个人相约?"波子微笑着说，"不过，你在这个年龄，已经在舞台上大展头角了。"

"嗯。"

---

① 二战后专为美国占领军提供性服务的街娼。

"最近，有个四五岁的女孩子要到我这儿来学舞蹈，说想做芭蕾舞演员。……这不是她自己的意愿，而是她母亲想这样。日本舞有从四五岁学习的，西洋舞里也不是没有，不过我拒绝了。我劝她至少上了小学再来。但我并不想嘲笑她的母亲，因为你生下来后，我就想叫你学习跳舞，也不是孩子的意志……"

"是孩子的意志，我从四五岁时，就想跳舞了。"

"因为母亲在跳，同时又时常领着如此幼小的孩子观看演出……"波子在膝前抬起手比划着，"我牵着你的小手，带着你……"

其实，那些乐器的神童，也都是父母一手培养起来的。尤其是日本艺术，有家族、流派、袭名以及父母传子女的很多因习，子女被命运的绳索捆住了手脚。

波子有时也会从这个角度思考女儿和自己的情况。

"打这么小就开始……"这回是品子将自己的手举到前边，"我就想像妈妈那样跳舞。和妈妈一起站上舞台的那一天，我真的太高兴了！已经是多少年前的事了啊……妈妈，继续跳舞吧。"

"是啊，趁着妈妈还能跳，在舞台上为品子当个配角吧。"

昨天，沼田也希望波子举办一次春季汇报公演活动。

不过，其费用如何筹划？波子如今什么依靠也没有。竹原的姿影留在她心中，波子害怕这两件事会结合到一起去。

"女学生来了吗？我去找找看。我说技巧不一样，叫她们回去，但她们又说，可以作参考嘛……真是令我惊讶啊。"

品子站起身离开了，开幕的铃声响起时回来了。

"也许回去了，也许在三楼座席……"

前边是几种短小的舞蹈，《普罗米修斯之火》属于第三部分。

菊冈久利编舞，伊福部昭作曲，东宝交响乐团演奏。

以希腊神话故事普罗米修斯为依托，共四场。从序曲群舞开始，就不同于古典芭蕾，立即把品子吸引住了。

"哎呀，裙子是连在一起的！"品子惊讶地说。

十个女子，跳起序曲舞。演员的裙子连在一起，几个女子犹如钻进一枚大裙子底下联翩起舞。青春的波涛，汹涌澎湃，时而扩展，时而相聚。暗色的裙裾，看上去就是象征性的前奏。

接着是第一场，不知火为何物的人们黑暗的群舞。第二场是普罗米修斯手持干枯的芦苇，盗取太阳的火焰之舞。第三场，人们接过火炬，跳起欢乐的群舞。

普罗米修斯盗取天火、持往人间。终场第四场是这位盗火者被捆绑在高加索峰顶的岩石上。

第三场天火之舞，是这出舞剧的高潮，达于顶点。

昏暗的舞台正面，普罗米修斯圣火熊熊燃烧。火把从人们手中一一传递下去。获取圣火的人们，不久挤满了舞台，跳起了欢快的火之舞。五六十位舞女，男子也加入其中，各自手持燃烧的圣火，狂跳不止。赤红的火焰，照亮了整个舞台。

波子和品子母女二人，也感到胸中燃起了舞台的圣火。

演员的服装素朴，在薄暗的舞台上，通过光裸的手臂和腿脚，进行了生动而鲜明的表演。

这出神话舞剧，火焰意味着什么？普罗米修斯意味着什么？

终场之后，品子回忆着留在脑海里的舞蹈动作，如此思考起来。她觉得其中包含着各种意思。

"有了人间圣火之舞，此后下一场，便是普罗米修斯被缚于高山悬崖之上了，对吧？"品子对母亲说道，"他将被大黑鹫啄食肌肉和心肝……"

"是的，四场舞剧，结构紧凑，场景转换，清晰自然，给人留下很深的印象。"

母女二人缓缓走出剧场。

四个女学生等待着品子。

"哎呀，你们来啦？"品子望着四位少女，"我去找你们了，没找到，以为你们回去了。"

"我们坐在三楼。"

"是吗？有意思吗？"

"有意思，是吧？"一个少女，问起同来的另一位少女。

"不过，我有些胆战心惊，有些地方挺吓人的。"

"是吗？快点回去吧。"

但是，少女们还是跟随品子身后。

"舞蹈家也会坐在第三层吗？"

"舞蹈家？谁啊？叫什么？"

"似乎叫香山，是吧？"

那位少女又看向同来的另一位少女，问道。

"香山先生？"

品子停住脚步。

"你是怎么知道是他的？"

品子转头盯着少女。

"我们身边的人闲谈时，提到香山也来了……所以我就想那位可能是香山。"

"是吗？"

品子立即面色和悦地问道：

"那位提起香山来了的人长得什么样？"

"说话的人吗？……那位人士，我没有仔细看清楚，是一位四十光景的男士。"

"那位叫香山的人，你也看到了？"

"嗯，看到了。"

"是吗？"

品子心中顿时淤塞了。

"那些身边的人，见到那位香山，都在议论纷纷。我们也只是往那边看了一眼。"

"他们说些什么来着？"

"那位叫香山的，是个舞蹈家吧？"少女们探询地看看品子，"他们都谈论着香山的舞蹈，说不知道他如今到底怎么样了，还说他停止跳舞太可惜了……"

十三四岁的女学生们，不知道香山是谁。战后，香山不跳舞了，香山被埋没了。

那位香山坐在帝国剧场三楼，似乎难以置信。品子问母亲波子：

"真的是香山先生吗？"

"也许是的。"

"香山先生是来看《普罗米修斯之火》的吗？"品子问道。她在问妈妈，更是在问自己。声音低沉了。

"他在三楼，是不想被人看见吧？"

"或许是的。"

"他想悄悄躲藏起来，似乎又想观赏舞蹈。香山先生的心情莫非起了变化？他是特意从伊豆赶来的吗？"

"哎呀,这个嘛。也许到东京办事,顺便到这里来。可能是偶尔在哪里看到《普罗米修斯之火》的海报,就过来看看的吧?"

"'顺便过来看看',他不是那样的人。香山先生来看舞蹈,一定有他的想法。肯定是这样的。说不定我们的演出,他也悄悄来看了呢。"

波子以为,女儿展开想象的翅膀在天空翱翔。

"香山先生很热心地观看了舞蹈,是吗?"品子问少女。

"不知道。"

"什么样的打扮?"

"一身西服……没看清楚啊。"少女和那位女伴相互对望了一下。

"他呀,到东京来也没有告诉我们一声,怎么会是这样的呢?"品子悲戚地说,"我们坐在二楼,香山先生上了三楼,我竟然没有想到。这到底是怎么回事啊?"

品子靠近母亲的眼前,说:

"妈妈,香山先生肯定在东京站,我去找找看,好吗?"

"是吗?"波子安慰女儿说,"香山先生要是悄悄躲着而来,就让他一直躲着不好吗?他不愿意被人发现啊。"

然而,品子有些性急起来。

"香山先生放弃舞蹈,为何还要前来观看舞蹈呢?我只想问问他这个问题。"

"那么，你快点去吧。不知道他还在不在车站……"

"好的，我先去看看，妈妈随后来就行……"

品子说罢，一边加快脚步，一边对四个女孩子说：

"你们快回去吧。"

波子朝着女儿离去的背影喊道：

"品子，在车站等着我……"

"好的，在横须贺线站台。"

品子一阵小跑，回头看看，已经远远离开了母亲，于是撒腿奔跑起来。

品子越是心急，越坚信香山肯定在东京车站候车，而且稍晚一点他就会离开那里。

她气喘吁吁，心潮起伏，犹如随波逐流，火焰飞升。

她看到，《普罗米修斯之火》舞台上，跳舞的人们手里高擎的火炬，如今就在自己心里燃烧。

火焰的对面，香山的面孔时隐时现。

薄暗道路两侧的古老的洋馆，几乎全被占领军使用，所幸这里很少有行人，便于品子继续奔跑。

"挥鞭转①，三十二次，三十二次……"

---

① 法语 fouettéen tournant，芭蕾舞动作之一。以单腿足尖为轴心，另一侧迅速高抬直腿而旋转身子。

画 | 斋藤清

品子自言自语，借以分散痛苦。

《天鹅湖》第三幕，魔鬼的女儿变为白天鹅，单足直立，迅速旋转。旋转三十二次或三十二次以上，永保健美之丽姿，是芭蕾舞演员终生的骄傲。

品子还没有担当过《天鹅湖》的主角，但她经常练习挥鞭转，增加旋转次数。这"三十二次"，是她在喘不出气时给自己加油打气的口号之一。

到达中央邮电局前面，品子放慢了脚步。

她一边向四面八方瞭望，一边登上横须贺线路的台阶，看到开往湘南的电车正在上客。

"肯定是这趟车，终于赶到啦！"

品子还没平静一下气喘，就一边走一边逐一窥探车窗。她心中同时记挂着已经看过的车厢，担心那些站着的人之中，会不会有香山。

还没有到车尾，已经吹响了发车的哨子。品子纵身跳上车。

"啊，妈妈……"

品子想起自己和妈妈约好来这里的。

"可以到大船见面。"

品子站在车厢的通道上，扫视着乘客。

品子想，香山肯定在这趟电车上，她打算角角落落仔细找一遍。

到达新桥站，车内越发拥挤了。

电车抵达横滨之前，品子对各个车厢都查看了一遍。

没有香山的影子。

"会不会是下一趟火车，还是电车?"

香山很久没来东京了，他也许去逛一逛银座大街了。

抵达横滨站，要不要换乘下一趟车呢? 她犯了犹豫。

不过，品子依旧感觉香山待在这趟电车里。只找了一遍或许漏掉了。直到在大船站下车时，品子还是这么想。

她在站台上一边走一边窥探车窗，列车开动了，她停下脚步望着。

随着车窗内的人一一迅速闪过，品子仿佛被这趟电车吸引住了。

这是驶往沼津的电车，香山在热海应换乘伊东线。假如品子也乘这趟电车，在热海站或伊东站突然站到香山面前……

品子老半天，目送着电车驶去。

电车消失了，黑夜的原野上似乎浮动着普罗米修斯的影像。

那被捆绑在高加索高山岩石上的普罗米修斯，被秃鹫啄食着肌肉和心肝，受尽风雪侵凌；一头白色母牛从山下走过；主神的妃子朱诺①因嫉妒，将美丽的少女伊娥变成母牛的姿影。普罗米修斯对母牛伊娥说，向南走，再向遥远的西方走，走到尼罗河畔去吧。于是，母牛在那里恢复了美女原形，做了国王的妃子。在国王的一脉血统之下，勇士赫拉克勒斯诞生，为普罗米修斯砸断了铁索。

宫操子扮演母牛伊娥，她的舞蹈充溢着哭诉般的憧憬，沉浸于无限的、谜团重重的悲苦之中。品子心里莫名地感到，自己就是伊娥，香山就是普罗米修斯。

品子换乘横须贺线，在北镰仓下车，等待母亲。

"哦，品子，你到哪儿去啦？"

波子看到女儿，随即放下心来。

"我乘了湘南电车。我急匆匆赶到东京站时，看见湘南电车就要发车，我想香山先生或许就在这趟车上，所以就上去了。"

"那么，香山先生呢？"

"他不在车上。"

出了车站，跨过线路，向圆觉寺方向走去。母女二人都沉默了。

看到那里樱花树的阴影印在小路上，波子说道：

---

① 对应希腊神话中主神宙斯的妻子赫拉。此段提及的普罗米修斯、伊娥、赫拉克勒斯皆为希腊神话中的人物，唯"朱诺"作者使用了罗马神话中的人物名。

"你不在东京站，我还以为你同香山先生到哪里去了呢。"

"我要是在东京站碰到香山先生，肯定会在站台上等妈妈的。"

品子应道，听声音心情尚未平静下来。

今晚，两人分别在帝国剧场的二楼和三楼，这一事实令品子感到，香山猛然向自己逼近过来了。

她们回到家中，看到矢木守在餐厅地炉边，同高男面对面谈话。

高男稍稍紧绷着表情说道：

"您回来了。"他抬头望望母亲，"今天我遇见松坂了，他托我向妈妈问好。"

"是吗？"

矢木不悦地沉默着。父子俩似乎在议论关于波子的传言。

波子一阵气闷。

"松坂说，妈妈很漂亮，使他很惊艳。"

"我倒也是看他长得帅，很感惊奇呢。他是你怎样的一个朋友呢？"

"怎样的朋友？……"

高男翻翻白眼珠，突然羞怯了。

"同松坂在一起，我感到很幸福。"

"是吗？那孩子使你感到很幸福……不过，我见了，倒像见了一个小妖精……男孩子有个从少年转向青年的时期，有的快些，有的不太显眼，各有各的情况。不过，他的转变倒是一下子出现的。"

"高男也处于转变期。"矢木从旁插了一句，"你要珍重他啊。"

"啊……"

波子看了看矢木。

"今晚上又是和竹原君在一起吗？"

"不，和品子……"

"哦，今晚和品子在一起？"

"是的，品子去排练场请我……"

"是吗？和品子在一起很好，不过你最近同高男在一起过没有呢？除了你同竹原一道散步撞见高男之外？……"

波子极力抑制住双肩的颤动。

"你不想同高男在一起吗？"

"哎呀？当着高男的面，怎么可以这么说话？"

"没关系。"矢木沉静地说，"自从高男生下来，已经二十年了。这段时间，要说亲人，不就是四口人吗？我真想一家人相互爱护，一起过日子啊！"

"爸爸！"品子叫道，"如果爸爸珍重妈妈，大家也都会相互珍重的。"

"嗯？估计品子是会这么说的。但是，品子不知道，你只是看到妈妈成了爸爸的牺牲品，其实并非如此。夫妇长年相守，谈不上一方成为另一方的牺牲品。一般都是一起垮台。"

"一起垮台？……"

品子凝视着父亲。

"一时垮掉，就不能相互扶持，重新站起来吗？"高男插了一句。

"这个么……女人自己垮掉，却认为是丈夫打倒的。"

"于是，以为是被丈夫打倒的，就想去靠别人的手扶起来。尽管是自己垮掉的。"

矢木翻来覆去说了好多遍。并且夹杂了"别人的手"这个词语。

"爸爸妈妈都没有倒。"

品子蹙起眉头说。

"是吗？那么说，你妈现在正摇摇欲坠吧。品子，你是一直偏袒妈妈的，不过，你认为妈妈同竹原君此种奇妙的关系，可以继续维持下去吗？"

"我认为可以。"

品子明确回答。

矢木安然地笑了。

"高男，你看呢?"

"我不想回答这个问题。"

"那倒是的。"

矢木点点头。高男敏锐地追问道:

"不过，妈妈的确动摇了，爸爸也应该看到了。家里的日子也来越痛苦，可爸爸却熟视无睹，这才是我最苦恼的事。"

矢木从高男那里转过脸，仰望着挂在波子上方的良宽书写的匾额"听雪"二字。

"但是，这其中有历史。这二十年来的历史你不懂啊。"

"历史?"

"嗯，我不想再提起。战前，我们家的生活很奢侈，不过，那是你妈，不是我。我从来都不想奢侈。"

"但咱家的日子变得艰难，并非因为妈妈奢侈，而是战争造成的啊。"

"那当然，我不是指的这个，我是说，即使在家中生活奢侈的年月，独有我一人心理上一直过着贫穷的日子。"

高男似乎受挫般地"啊"了一声。

"在这一点上，品子不用说了，就是高男，也都是妈妈奢侈型的子女。三个富人养活一个穷人。"

"怎好这么说呢。"

高男语塞了。

"我不太明白，不知怎的，我感到我对爸爸的尊敬之情受到了损伤。"

"我做过你妈妈的家庭教师，你不知道那段历史。"

波子觉得矢木的话句句都很合乎事实。

然而，波子弄不明白，丈夫为何要提起这些旧事。听起来，仿佛要将郁积心底的憎恶一吐为快。

"你妈妈也许以为被我伤害了二十年。不过，果真如此吗？要是这样，那么品子和高男的出生不也成坏事了吗？你们姐弟二人应该向妈妈道歉才是啊。"

波子感到冷彻心灵深处。

"您是说品子和高男都应该向妈妈道歉？说生下来真对不起？……"

品子反问。

"是的，假如你妈妈后悔不该同我结婚……一味压抑下去不说，到头来其结果不就是如此吗？"

"只向妈妈道歉，不向爸爸道歉行吗？"

"品子！"

波子厉声喊道。然而对矢木说：

"对孩子们怎么能说这么无情的话呢？"

"我是打比方……"

"是这样啊。"高男插进来，"生下来之后，这样那样，如此等等，我们即使听了也无实感，就连爸爸也没有实感，只是说说罢了。"

"我只是打个比方。两个孩子也都过二十岁了，假若你们的妈妈依旧对我不满意，我只会对女人顽强的理想力倍感惊奇。"

波子被丈夫击中要害，一阵困惑起来。矢木进一步说道：

"论及竹原，不就是个凡夫俗子吗？你对他的向往，不正因为他没同你结婚吗？他只是个幻想中的人物。"

矢木笑了。

"女人一旦胸间中箭，就无法拔除吗?"①

波子不明白他是何意。

"两个孩子都二十多岁了。"矢木重复地说，"从小姑娘长到二十岁，大体上就是一个女人的一生。你的一生只是毫无意义地在幻想中度过，事到如今也追悔莫及了。"

波子低下头来。

丈夫的真正意图在哪里呢？她实在猜度不出。矢木的语言尽管句句都合乎事实，但缺乏一贯性。

---

① 此处似指希腊罗马神话中的爱神厄洛斯（丘比特），凡被他的金箭射中，便会产生爱情。

矢木谴责竹原，想通过平静的冷嘲调侃一下波子，也并非绝对没有。

不过，波子也由此看到了矢木的空虚与绝望。矢木如此崩溃般孤注一掷的言语，是从来没有过的。

波子不曾见到过矢木当着孩子们的面，如此暴露自己的耻辱。矢木似乎要孩子们认识到，母亲受到伤害，父亲也会受到伤害；母亲倒了，父亲也会倒下。此种说话的方式，给予品子与高男怎样的震动呢？

"如果说起全家四口应该相互体贴……"波子声音打颤，说不下去了。

"品子，高男，你们仔细想一想，凭着你们妈妈的做法，用不多久，就会卖掉这个家，全家人光裸着身子。"矢木一吐为快。

"没关系的，妈妈，您可以随时毁掉一切。"高男耸着肩膀说道。

这个家既没有大门，又没有围墙。小山团团环抱着庭院。山峦的缺口自然成了出入口。这里是山洼，冬天温暖，阳光普照。

入口左右，各有一幢小小的厢房，右首一幢，虽说是别墅看守人的住居，但也足见波子父亲对建筑事业的爱好。战后，有段时期为竹原所租住。眼下，高男住在这里。波子要卖的正是这一幢厢房。

左首厢房住着品子一人。

"姐姐，我可以到你那里去一下吗?"

高男离开堂屋时问道。

品子手里拿着盛满炭火的铁铲，燃烧的火苗照亮了黑暗的庭院，映射在外套的纽扣上。

品子低着头向火钵续炭火，手在打颤。

"姐姐，关于爸妈的事，你是怎么想的呢? 如今，我既不感到惊讶，也不感到悲伤。我是男人嘛……我对家庭对国家都不抱幻想，即便没有父母之爱，也能独立生活下去。"

"我们有爱，既有母爱，也有父爱……"

"这种爱是有的，但如果父母之间也有爱，那就能汇成一股暖流，倾注在儿女身上，那该有多好。如此各自流动，我呀，既要理解父亲也要理解母亲，实在太累了。今天这个不安的世界，对于我们这种处于不安的年龄段的人来说，不在于父亲如何表白，而是随着父母一道生活了二十年，不知道父母夫妇不和原因何在? 如果要为出生而道歉，只能是对自己，对不安的时代。父母并不理解我们。如今，子女的不安，父母也不可能为之抚平。"

高男一边滔滔不绝地说着，一边不停对着火苗吹气。

烟灰飞扬起来，品子抬起面孔。

"妈妈说像妖精的那个松坂，他见了妈妈一面，就问我：'你妈妈在恋爱吧？'他还说，这是一场悲伤的爱！看到后给人一种乡愁的感觉。看到妈妈恋爱的身姿，就能感知爱的滋味……与其说他喜欢妈妈，毋宁说他喜欢恋爱中的妈妈。松坂虽然属于虚无，却是一种妖艳的濡湿花朵般的虚无……也许我的身上也附上了松坂的魔力，并不感到妈妈的恋爱有什么不贞。妈妈是不是以为我在为爸爸做眼线，监视妈妈的行动，从而憎恨我呢？"

"谈不上什么憎恨……"

"是啊，我确实在监视妈妈，我偏爱爸爸，尊敬爸爸，这是肯定无疑的。但我偏爱和尊敬的是受妈妈照顾的爸爸，被妈妈背叛的爸爸则令我深感幻灭。"

品子的心窝仿佛被人重击一拳，她看看高男。

"不谈这些了，姐姐，我或许要去夏威夷读大学，爸爸正在为我联系。他怕我留在日本会成为一个共产主义者。似乎很害怕。爸爸说，在决定之前瞒着母亲。"

"啊？"

"爸爸他也要去美国的大学教书，在进行各项准备。"

高男说，他自己去夏威夷，爸爸去美国，都还没有确定，但矢木瞒着妻子和女儿独自策划，却使品子感到惊讶。

"撇下我们母女而去？……"她嘀咕着。

"姐姐也可以去法国或英国嘛，我想。把这个家，还有母亲的东西，通通卖掉……纵然维持现状，将来也会一无所有……"

"全家离散？……"

"住在一个屋檐下，不也是各人有各人的想法；现在挤在同一条沉船上，每个人都在奋力挣扎……"

"照你刚才的意思，妈妈要一个人留在日本吗？"

"会吗？"高男的音调像父亲，"不过，妈妈或许也想获得解放。一生之中，即使很短暂，有那么一个时期完全只有自己一人，那将是什么心情？二十多年了，她一直在为我们爷儿三人服务，如今她也在叫苦连天，不是吗……？"

"啊呀，干吗这样冷言冷语的？"

"看来，爸爸以为把我留在日本很危险。就像过去的人一样，我等不会以国家为骄傲，为依靠。我觉得父亲的想法很新鲜，我很感兴趣。不是为了出世和学业要到外国去。而是要是待在国内，我就会堕落，被毁灭，处于危险之中，因而把我赶出日本。夏威夷本愿寺有父亲的朋友，他可以给我发邀请，我去那里工作，不再回日本。爸爸同我的意见一致。我将成为一个国际化的人。其中既有希望，又有绝望。父亲在给我打麻醉剂啊！"

"麻醉剂……？"

"细想想，父亲把孩子丢到国外，作为父亲，心理上也有可怕的一面。"

品子看着高男修长的双手紧握拳头，在火钵的边缘上磨来磨去。

"妈妈真傻。"高男撂下一句，"姐姐要想学好芭蕾，还是应该尽早走向世界。否则，一生渺茫，一事无成。再说，不管走到世界哪里，一年就是一年。近来我这么想，就对这个家无所留恋了。"

高男说，父亲之所以要去美国或南美，是因为害怕发生下次战争。

"姐姐，一家四口，去了世界四个国家，各人过各人的日子，一旦想日本这个家，还会泛起怎样的情爱来呢？我一旦寂寞起来，就会像这样胡思乱想。"

高男回到对面的厢房，品子随即变成一个人。她一边拭去脸上的白粉，一边把脸凑近镜子，窥视眼眸。

父亲和弟弟心底的洪流，总叫人觉得有些可怖。

然而，她闭上镜子中的眼睛，眼前出现被绑在山岩上的普罗米修斯的身影，她一心认为那就是香山。

当天夜里，波子拒绝了丈夫。

长年以来，她既没有明显拒绝过他，更没有主动要求过他。尽管有一阵子波子自己开始觉得这样有些奇怪，但她也只得承认这就是女人的做派，听其自然好了。不过，一旦拒绝，拒绝本身也就变得稀松平常，不过是顺势而为罢了。

蓦然间不知怎的，波子一跃而起，紧紧闭拢睡衣的领子，坐在那里。

矢木大吃一惊，以为波子的身体哪里疼痛难支，睁开眼睛看着。

"这里似乎插进个棍子。"波子从胸口到心窝，迅速抚摸一下，同时说，"请别碰我。"

对丈夫突然的拒绝，使得波子自己也甚为不解，面孔涨红了。她那抚摸胸膛的手势，简直就像小孩子。

看样子，她羞怯难当，团缩着身子。

矢木没有注意到波子惊恐不安的样子。

波子关掉枕畔的电灯，躺下了。矢木从背后温柔抚摸着妻子"插进棍棒"般的胸膛。

波子背脊的肌肉，冷然地震颤起来。

"这里吗？……"矢木摁住紧绷的背筋。

"不用了。"

波子扭过胸膛，想避开，矢木用手硬是拉近她。

"波子，刚才我一个劲儿叨咕二十年二十年，意思是二十年来，除了眼前的女人，我再也没有抚摸过其他女人啊！我只被你这个女人吸引过。男人的一生，为了眼前的女人，有着奇妙的例外……"

"请您不要再说什么这个女人这个女人的了。"

"因为没有另外的女人，所以才说这个女人的。这个女人是不知道嫉妒的。"

"我知道。"

"你嫉妒过谁呢？"

眼下，她不好说嫉妒竹原的妻子。

"没有嫉妒的女子是不存在的，哪怕是看不见的事物，她也在嫉妒。"

她听见矢木的呼吸，捂住了耳朵，躲避着他呼出的臭气。

"如果连生下品子和高男都是我们夫妇的坏事，那我们……"

"我只是打个比方而已，不过高男之后，一直没生孩子，这是为什么呢？再生一个也很好嘛。想想看，自从你热衷于舞蹈之后，就没有孩子了，不是吗？基督教牧师说过，第一个创造舞蹈的人是魔鬼！舞蹈的行列就是魔鬼的行列……你一旦停止跳舞，今后也许还能再生一两个孩子。"

波子听了又是一阵毛骨悚然。

隔了二十年再生孩子，波子想也没想过。经矢木这么一说，听起来就是有意奚落她，令她难堪。

不过，这样的错误也不是不可能发生。波子感到一阵恐惧。

波子和竹原在一起，有时也会陷于恐惧之中。她和矢木在一起，今夜依然受到恐怖的袭击。

看罢《长崎踏绘》之后，波子对竹原说：

"我已经不再说害怕了。"

波子之所以如此嘀咕，是她觉悟到，以往恐惧的发作，其实不正是爱情的发作吗？她向竹原诉说了内心激烈的变化。

然而，和矢木在一起感到的恐惧，她不认为是爱的发作，如果硬要同爱连在一起，那就是失去爱之后的恐惧，不是吗？或者说，于没有爱之处描绘爱，从而感到一种幻想泯灭之后的恐惧。

夫妇之间的厌恶，较之人和人之间的厌恶，更使人感到切肤般的深沉。波子对此也颇为熟知。

一旦变为憎恶，就是最丑恶的憎恶。

不知为何，波子回想起一些无聊的事。那是她同矢木婚后不久的事。

"小姐不会烧洗澡水吗？"矢木问。"盖上盖子可以节约煤炭。"

矢木拆毁一只啤酒箱，亲手做了一个盖子。

矢木亲切地教她随着水温的改变掌握好煤炭的火候。

波子入浴时，粗劣的盖子漂在热水上，她觉得很脏。

矢木为了制作浴池盖子，花了三四个小时。波子站在他身后，呆呆地瞧着。当时矢木的姿势，至今也还记得很清楚。

矢木坦白地说，在过去全家人奢侈的日子里，他独自一人从心理上依旧过着贫穷的日子。此乃今夜矢木言谈之中，最使波子受到震动的话语。她听到后腿脚发软，仿佛被人推入黑暗的深渊。

二十多年来，他仰仗波子的财产养活自己，这似乎就是一种根深蒂固的憎恶和复仇。是矢木的母亲撮合矢木同波子结婚的。矢木硬是将母亲的计谋顽强地实现了。

矢木通过寻常的手法，温存地引诱波子，波子继续予以拒绝。

"您竟然说出那种话来，品子和高男怎么想呢，我很担心他们。我去看看就来。"

波子说着起床离开了。

她来到庭院里，仰望星空，波子觉得已经无处可去。

天空同后山交界处，白云飘飘，仿佛日本画中汹涌的波涛。

佛界与魔界

品子走入父亲的房间，矢木不在。一行颇为眼生的字幅挂在壁龛里。

入佛界易，入魔界难。

大概是这样读的。

靠近些，看见印章，是一休。

"一休和尚？……"

品子稍感亲切。

"入佛界易，入魔界难。"

这回她读出声来了。

禅僧这句话的意思她不甚了了。但"入佛界易，入魔界难"似乎说反了。不过她看到这样的文字，又用自己的声音读出来，品子也觉得有些惊讶。

这句话似乎就停住在这个无人的房间里。一休的大字，由壁龛里，用生动的眼神凝视一切。

看来，父亲刚才还在房间里，因此，屋子里反而保有温馨的寂寥。

品子静静坐在父亲的座垫上，心情很不平静。

她用火筷子扒拉一下煤灰，随之迸发出小小的火星。这是备前①瓷的手炉。

书桌一角的笔筒旁边，竖立着一尊小小的地藏菩萨。

这尊地藏像，本是波子的，不知何时到了矢木的书桌上了。

这尊高七八寸的木雕像，是藤原时代的制作。黑乎乎的，显得很脏。浑圆的和尚头倒是佛头般的圆滑，一只手拄着高过身子的拐杖。这拐杖也是原有之物，直线条，清晰明了。

就大小来说，这也是一尊可爱的地藏雕像，可品子看了一会儿，不由得害怕起来。

父亲今早也这样坐在桌前，时而看看地藏木雕，时而看看一休的题字吗？品子一边想着，一边又望着壁龛。

那个"佛"字倒是下笔严谨的楷书，到了"魔"字，则是纷乱的行书。品子似乎感受到一种魔幻，同样害怕起来。

"在京都买的吧……？"

这不是家里原有的挂轴。

这是父亲在京都偶然发现的一休的题字，还是他喜欢一休的字特意寻购来的呢？

---

① 日本冈山县东南部古称，以无釉瓷为特色的"备前烧"，隆盛于桃山至江户时代中期（16—18 世纪）。

家里原有的挂轴收起来了，放在壁龛一侧。

品子站起身来走去看了看，是《久海断简》①。

波子的父亲早年在这个家里还放了四五幅《藤原和歌断简》。目前只剩下《久海断简》，其余都被波子卖了。《久海断简》据说是紫式部墨迹，矢木舍不得放手。

"入佛界易，入魔界难。"

品子离开父亲的房间，再一次自言自语。

这句话莫非同父亲的内心有着某种牵连吗？品子反复琢磨这句话的含义，但始终不能准确理解。

品子想同父亲谈谈母亲的事，在母亲去东京之前，她一直待在排练场，这阵子特来父亲房里看看。

难道一休的题字替父亲回答了什么吗？

大泉芭蕾舞团研究所有二百五十余名学生。

这里不同于学校，升学考试以及开学日期不定，学生随来随考，有的连续请假，还有的不来上课。学生始终有进有出，很难掌握准确的人数，但不少于二百五十人。细算起来，有增无减。

---

① 原文为"久海切"（kyuukaigire）。此处的"切"即"古书切"（古代书道的断片、断简），即收藏者久海（人名，不详）保有的古代书道《紫式部断简》。安土桃山时代，随着茶文化之兴盛，将古代书道挂轴语句切割、分离，悬于茶室，以增风雅，成为时尚。

大致可以这么看，除了大泉芭蕾舞团之外，大凡东京著名的芭蕾舞团，一般都具有二三百名学生。

但是，如此众多的学生，并非经过严格的考试进来的。同其他艺术门类一样，都只是凭着想学芭蕾舞的愿望，轻而易举入学的。这些女孩子适合不适合学习芭蕾舞，将来有没有希望在舞台上崭露头角，入学时都没有进行深入的考查。

东京芭蕾舞教习所有六百家，较大的教习所假如有三百名学生，那么就可以考虑成立一座组织严密的舞蹈学校，选择素质优秀的学生，施行严格、正式的教育，但似乎尚未听说有这样的计划。

大泉研究所也一样，学生多为女生，都是放学回家途中来排练所的。

女生班一共五个组。下边是小学生儿童科。

女生班上面有两班学生年龄大些，技能也很熟练，再上面还有一个尖子班。

尖子班顾名思义，都是芭蕾舞优秀者，研究所大泉所长经常亲临指导，共同学习，是这家芭蕾舞团的中坚力量。只有十个人，女生八名，男生两名，品子也是其中之一。从年龄上说，品子最年轻。

尖子班的人都作为助理教员分别担任下个班级的辅导工作。

除了这些班级之外，另有专科组，这是上班族的班级，年龄各不相同，芭蕾舞团公演时，也会因受其工作的妨碍，不能登台演出。

品子每周三次为尖子班上课，再加上作为助理教员的排练日，大体上每天都去研究所。

研究所位于芝公园后面，从新桥车站徒步而行，只需十分钟。

今天仍然心情沉重，她避开交通工具，独自茫然地走着，看见一位母亲领着一个像是小学五六年级的女孩子，站在研究所门口。

"请问，我想叫她参观一下，可以吗?"

"啊，请进。"品子回答后，随即看看那个少女。

或许是缠着要学习芭蕾，她母亲才陪她来的吧。品子打开门扉，让这对母女先进去。只听房里有人喊道:

"品子小姐来得正巧，我一直等着呢。"

呼喊品子的是野津，这里的首席男性舞蹈演员。

野津是首席男舞者①，他以王子的角色出场，亦即作为扮演公主的女演员的搭档。他名副其实，形象俊美，细腰长肢，全身线条流畅，潇洒而浪漫。一副独具匠心的带

---

① 法语 danseur noble，有资格饰演王子的芭蕾舞者。

有古典芭蕾风姿的白色戏装，非常合体，这在日本人眼里十分罕见。

然而排练时，他穿黑色衣服。

"今天太田小姐休息。品子小姐来了，我想请你弹钢琴。"野津说话，时时夹带女人的腔调，"可以吗？"

"行啊。"品子点点头，"弹钢琴，不管谁都可以啊。"

那位太田小姐，是专门来伴奏的，她是女钢琴家。

即便没有钢琴伴奏，也能通过教师的嘴和手打拍子，进行芭蕾舞基本动作练习。无伴奏的教习所很多，而这里使用的是切凯蒂①练习曲。有没有音乐伴奏，大不一样，排练时习惯于带有伴奏的学生，一旦没有伴奏，就变得手忙脚乱起来。

品子回头招呼前来参观的母女：

"请到这边来。"

她叫她们坐在门口一旁的长椅上，自己走向火炉边。

"品子小姐脸色很不好，怎么了呀？"野津小声问。

"是吗？"

品子站立不动。

"请你弹钢琴，你不高兴是吗？"

---

① Enrico Cecchetti（1850—1928），意大利芭蕾舞教师。生于罗马。遍历欧洲各地，教授芭蕾舞。1918 年，于伦敦开办芭蕾舞学校。晚年回米兰，作为芭蕾权威，主持拉斯卡拉剧团。

"不是。"

野津头发上扎着碎水珠花纹的蓝色绸带，没有打结子，扎得很巧妙。虽说只是为了防止头发散乱，但由此也可以看出野津很着意打扮。

"纵然有人能弹练习曲，不过……"

野津从火炉边的椅子上，半转过头仰望着品子，裹着蓝色绸带的前额，眉眼秀媚。

他是在赞扬品子的钢琴弹得好吧。

品子打小时候起就跟母亲学习弹钢琴了。

波子过去练习钢琴极为专注认真，到了如今这份年纪，甚至或许是做个钢琴教师更为轻松。她早在二十年前的年轻时代，就告别外行走向专业了。

多数舞曲品子都会弹。因为切凯蒂的练习曲是用于教授芭蕾舞基本功的，自然容易一些。另外，每天反复听闻，自己也每每弹奏，早已熟记在头脑里了。

品子弹琴时有点分心，野津走过来问：

"怎么啦？有点快了。和平常不一样。"

这个时间的排练，是女生班上面两班中的 B 班，称为高等科。在公演的舞台上，是跳群舞的角色。

从高等科的 B 班可以升到 A 班，跳得更好的人还可以选拔进入品子的尖子班。

用芭蕾的术语来说，群舞中既有跳方阵舞①的，也有跳群舞领舞②的。群舞领舞，即指站在群舞的最前方跳舞。

然而，尖子班的舞者有时也会担任群舞领舞，而跳群舞领舞的人，有时可以被选拔担当独舞演员。

大泉芭蕾舞团二百五十余人中，可以登台公演的有五十人左右。

论及高等科 B 班，都是训练有素、技艺娴熟的学生。他们对研究所的风格和教学方法也很熟悉。

况且，课程一开始抓住杠杆的训练，都是一些学过动作的重复，可以平滑推进；因而，品子弹钢琴，也就像寻常一样，动动指头罢了。

而这遭到了野津的追究。

"对不起。"品子表示歉意，"你是说快了些，对吗……?"

不大可能吧？品子当面冷不丁遭人指责，自觉有点下不来台。

"我只是有这种感觉罢了，听到有些放空弹奏，我便急躁起来……"

"哎呀，对不起。"

---

① 法语 quadrille，男女四对的方阵舞。
② 法语 coryphée，群舞的主角演员。

品子脸色涨红了，眼望着白色的琴键。

"没关系的。不过，品子小姐，你在想什么心事吧?"野津小声说，"就说跳舞吧，也是一样，时时感到沉重，跳着跳着，就感觉气闷起来。"

他这么一说，品子果真呼吸急促，心跳加快了。

仿佛是野津的汗臭，越发得品子胸闷起来。

自打野津走近，直到品子回过神来，野津的汗臭就一直刺激着她。

两人共舞时，野津的汗臭还能忍受，眼下，似乎是这汗臭已经有些时日了。

野津经常洗换排练的舞衣，或许是冬季，他有些怠惰了吧。

"对不起，我会注意的。"

品子厌恶汗臭，她没好气地说。

"一会儿再聊……"野津一边离开，一边说，"好的，拜托啦。"

品子用心弹琴，像是配合着学生们的脚步，自己也一同翩翩起舞一段，调整好节奏。

练习离开了把杆。

正像音乐使用意大利语一样，芭蕾舞使用法兰西语。

学生们一个个奉命做无把杆（一种舞蹈动作）练习。

野津的法语随着品子的琴音，越发流畅起来。品子则被野津的嗓音所吸引，继续弹了下去。

野津的声音蕴含着几分甜美，逐渐变得清澄高亢，此时，野津反复发出的一连串丽辞美语："plié"（下蹲）、"pointe"（足尖直立）……对于品子来说，这些发音宛如在梦幻中阴柔地震响。

野津时而用手打着拍子，时而用嘴数着数目。

这一切听起来皆如梦中私语，品子感到学生的脚步声也越来越远了。

"不行!"她望着乐谱。

排练本来是一小时，因为野津很热情，延长二十分钟。

"谢谢，辛苦啦。"

野津走到钢琴边，擦擦额头。

新的汗臭强烈刺激着品子，鼻子如此易感，或许是心理上疲劳所致吧？

"排练场接下来一个小时空闲，我们稍微休息一会儿，之后一起练习一下好吗？"

野津对她说着，品子摇摇头。

"今天算了，我来弹钢琴。"

一小时之后，有女生班课程，接着还有上班族的课程。

品子回到火炉旁，参观的两个女学生，离开门口边的长椅走过来说：

"我们想要一份章程……"

"好的。"

品子拿出章程，再添上申请书交给她们。带领小学生来的母亲对品子说：

"也请给我一份吧。"

野津站在排练场的镜子前边，一个人进行无把杆跳跃练习。

他跳跃而起，在空中两足拍击，练习击腿跳①和击打跳②。野津的击打跳，动作优美。

品子坐在火炉前，靠着椅背，茫然地观望着。

担任下期班级的助理教师们，也来到排练场，分别进行自我练习。

品子本以为野津已经先行离开，没想到他换下全部戏装，从里面走了出来。

"品子小姐，今天回家……我送送你。"

"不过，没人伴奏啊。"

"没关系，总会有人弹琴。"

野津一边将胳膊伸进大衣的袖筒里，一边说道：

----

① 法语 entrechat，芭蕾舞技法之一。两足踏地，垂直跳跃，于空中双足交叉相拍，然后落地。

② 法语 brisé，芭蕾舞技法之一，身体向跳跃方向倾斜，前脚向前踢起，后脚在空中击打前脚后侧，落地时后脚落在前脚前方。

"我从对面的镜子里，看到品子小姐的脸色，知道你很辛苦。"

品子以为野津通过镜子只是在观察自己的动作，没想到他从远处正在用心瞅着自己的脸色呢。

他们顺着斜坡向御成门走去。

"我要到母亲的排练场去一下……"品子说。

"我也很久没见你母亲了，我也去走一趟，可以吗？"

于是，野津拦住一部空车。

"上回会见你家母亲那是什么时候来着？当时谈起芭蕾舞演员结婚好还是不结婚好，她说还是不结婚好。我说，还是得恋爱吧……"

记得有一次，他们排练双人舞时，品子听野津提起，为了求得二人气息真正的和谐一致，是做夫妻好呢，还是恋人好呢，或者是毫无关系的人好呢？

一心无挂碍跳舞中的品子，突然有所介意，身板儿僵直，动作也不灵活了。一旦有了局限，跳起舞来，就不能将身子全心交付给男方了。

芭蕾舞女演员，将被男方以各种姿势怀抱、托举、置于肩头；还有投体、承接、全身交托、存置等舞蹈动作。可以说通过男女的身体，在舞台上描绘出爱的各种形象。

作为首席男舞者，他就是"芭蕾舞女演员的第三条腿",担当一名骑士的角色;而女演员则作为恋人,同首席男舞者珠联璧合,将此"第三条腿"作为自己身体的一部分。

品子还不是大泉芭蕾舞团当红舞后或首席女演员的时候,野津就非常喜欢她,甘愿当她的双人舞搭档。

在别人看来,两人恋爱、结婚,那是自然的趋势。

品子尽管还是姑娘家,比起结婚,她的身子或许早已被野津所熟知。品子的一部分已经是属于野津的了。

然而,野津的有些地方,尚未使得品子感受到他的男子气。

是因为两人跳太熟了,还是因为品子是个姑娘呢?

因为是姑娘家,品子的舞蹈很难流露出性感,一旦野津说些什么,身子立即就僵直了。

两人同乘一部出租车,比起二人共舞更加使得品子难堪。

更何况,品子今天也不想让野津会见母亲。

她不情愿被野津看到母亲忧郁的面色、苦恼的形象。再说,品子一心记挂着母亲,她只想独自前往。

"真是一位好母亲啊!然而一提起芭蕾舞演员结婚、恋爱的话题,你母亲马上就想到品子小姐的事来……"

听到野津这么说,品子也觉得心烦。

"是这样吗?"

波子的排练场，没有开电灯，大门敞开着。

波子不在。

即将日暮，地下室晦暗起来，只有墙壁上的镜子放出钝光。沿着对面的道路、横长的高窗，映射着街上的光明。

空旷的大厅，寒气森森。

品子打开电灯。

"没有来上班，还是回家啦?"野津问。

"唔，不过……没有上锁啊。"

品子走进小房间查看，里头挂着母亲的排练服，摸上去冷冰冰的。

波子和友子各有一把排练场的钥匙。一般都是友子来得早些，她先开门。

友子走了之后，不知母亲将友子那把钥匙交给谁保管了。品子对母亲排练场的钥匙没有多注意，看来，友子离开后造成的不便，竟然反映到钥匙上来了。

尽管如此，一丝不苟的母亲怎么会忘记锁门就走了呢?品子感到不安起来。

今天是奇怪的一天，她到父亲的房间一看，父亲不在;再到母亲的排练场一看，母亲也不在，两件事放在一起，更加使得品子坐立不安。

犹如一个人刚刚还在，转眼离去，心影依稀，反而更

画 ｜ 小 早 川 清

加显得空虚。

"母亲到哪里去了呢?"

品子用那里的镜子照照面孔,她似乎觉得母亲刚刚还在镜子里。

"啊,铁青……"

品子看到自己的脸色,吓了一跳。因为野津站在对面,她不便重新化妆。

品子她们因为排练时出汗,几乎不施白粉,口红只有薄薄一层,很少利用化妆掩盖脸色。

品子来到排练场,点燃了煤气炉。

野津背靠把杆,眼睛追逐着品子。

"不要点炉子,品子小姐也该回去了。"

"不,我等着母亲。"

"她要回到这里吗?那么,我也……"

"会不会回到这里来,我也不清楚。"

品子把水壶放在炉子上,再从小房间拿来咖啡瓶。

"真是一座好排练场啊!"野津环顾四周,"共有多少学生呢?"

"六七十人吧。"

"是吗?前些时候,沼田先生说,你母亲将要在春天举行公演……?"

"尚未决定。"

"若是品子小姐的母亲，我们也想助她一臂之力。这里没有男生吧？"

"是的，因为不招收男生……"

"不过，公演时没有男演员，不觉太单调吗？"

"是啊。"

品子很不安，她也懒得说话了。

品子低着头倒咖啡。

"排练场也有成套的银质设备？……"野津感到很稀奇，"只有女人的排练场，倒是很整洁啊。你母亲想得很周到。"

野津这么一说，一套银质设备也显得适得其所，收拾得干干净净。这里不像大泉研究所那般充满活力。大泉研究所里的墙壁上张贴着研究所几次公演的海报，花花绿绿，而这里只装饰着外国芭蕾舞女演员的照片。就连从《生活》杂志上剪下的照片，波子都将它们整整齐齐嵌镶在镜框里了。

"我观看你母亲的演出是什么时候呢？大概是战争初期吧……"

"或许是吧，战争激化之后，母亲就不再登台了。"

"是同香山先生一起跳的吧……？"

野津似乎回忆起当时波子的舞蹈来了。

"现在想想，当时香山先生很年轻，就像我这个年龄吧……?"

品子只是点点头。

"他和你母亲年龄相差很大，但很难看出来。"野津压低嗓门，"听说香山先生和品子小姐，也经常一起跳舞，是吗……"

"跳舞……? 我那时还是小孩子，怎么可以说是一起跳舞呢?"

"当时品子小姐多大了?"

"同他跳，最后一次吗? 是十六岁。"

"十六岁……?"

野津反复品味着这句话。

"品子小姐一直没有忘记香山先生吗?"

品子自己也觉得意外，她明确回答:

"嗯，忘不掉啊。"

"是吗?"

野津站起身，将两只手插进大衣口袋里，在排练场里转悠起来。

"是的啊，我想是这样的。我很理解。不过，香山先生已经不在我们这个世界了，是吧?"

"不会的。"

"那么，品子小姐同我一起跳舞，可以感觉到就是和香山先生跳舞吗?"

"不会的。"

"两次都是一样的回答。所谓'不会的'到底是?"

野津从远处径直走向品子,说:

"我可以等待吗?"

品子害怕野津靠近她,随即摇摇头。

"等待什么呀,这……"

"我的这个等待,品子小姐自然明白……再说,香山先生也不是你的恋人,不是吗?"

香山不是品子的恋人,或许野津说得对,事情就是这样。

然而,野津的一番话是对品子的纯洁的挑战。

野津尚未走近身边之前,品子猝然站立起来。

"香山先生可以什么都不是啊。我不管别人的事……"

"别人? 我也是别人吗?"野津嘀咕着,转个方向,朝旁边走去。

壁镜映着野津的背影,品子望着。花格子围巾上的红线,清晰地闪现在脖颈上。

"品子小姐还在做少女之梦吗?"

品子在镜中追逐着野津的姿影,觉得自己的眼睛明亮起来。这不是因为野津,而是因为拒绝野津使得她更增添了力量。

并且，她要战胜内心的寂寞。

究竟是何种寂寞呢，使得品子紧紧团缩着身子不得伸展？这样的寂寞存在于某个地方。

"除非母亲说我已经不能跳舞，在这之前我决心不考虑结婚的事。"

"等到断定品子小姐不能跳舞了？和香山先生结婚也不考虑吗？"

品子点点头。

野津走到对面的墙壁跟前，他回过头来，看见品子在点头。

"做梦啊，真是个娇小姐……照这么下去，我同你一起跳舞，就等于是在阻碍你结婚，是吗？所谓小姐，就是专给男方出难题的吗？"

野津说着，走了过来。

"你撒谎！你心里想着香山先生，才这么说的……"

"不是撒谎，我要同母亲在一起，母亲为了我的舞蹈，花费了二十年光阴。"

"品子小姐的舞蹈寄托在我身上……"

品子对此也似乎点点头。

"好吧，我相信你的话。你同我一块儿跳舞期间，不会想着同香山先生结婚的事，对吧？"

品子紧蹙眉头，凝视着野津。

"我爱你，你爱香山先生。但是，你同我一起跳舞的时间里，这两种爱都受到压抑。这样一来，品子小姐和我的双人舞，倒是怎样的梦幻啊！这两种爱不是都在白白地流逝吗？"

"没有白白流逝。"

"总觉得像脆弱的梦境。"

然而，品子明媚的眼神，深深感动了野津。品子的面色和刚才全然不同，变得神采奕奕。扑面而来的俊丽中，唯有眉宇间流露出一星愁思。

"我一边跳舞，一边等待。"

品子眨眨眼睛，微微摇摇头。

野津把手搭在品子的肩膀上。

品子回到家中，看见高男的厢房里亮着灯光。

"高男，高男！"品子呼喊。

"姐姐，回来啦？"高男从挡雨窗内回应。

"妈妈呢，回来了没有？"

"还没有。"

"爸爸呢？"

"在家。"

听到高男开门的声响，品子逃脱似的说：

"不用不用啦，回头再……"

庭院里虽然已是暗夜，但品子不想让高男看到自己不安的姿影。

开门声停了下来。

高男似乎站在走廊里。

"姐姐，记得有一次你谈到过崔承喜吧?"

"是的。"

"崔承喜啊，十二月三日，她在《真理报》① 上发表了一篇文章。"

高男仿佛在讲述一件大事。

"是吗?"

"她在其中还讲述了女儿的死。她女儿到苏联演出时，在莫斯科受到热烈的欢迎……崔承喜的教习所里，听说有一百七十多个学生。"

"是吗?"

说起崔承喜给苏联的报纸写稿，品子并不像高男那般激动得声音都变了。

然而，品子不安的目光，遥望着冬枯的梅枝映射在挡雨窗上的模糊的阴影。

"爸爸吃过饭了没有?"

_____

① 苏联共产党中央委员会机关报。

"啊，吃过了，和我一起吃的。"

品子没有回自己的厢房，她直接走进堂屋。

今晚上她没有见到母亲，就这样先会见父亲总有些忐忑不安。然而，当她想到这里，一声招呼之后，反而难以离开父亲的房间了。

"爸爸，中午我到您这里转了一圈儿，以为您在呢……"

"是吗？"

矢木从书桌上抬起头来，身子转向手炉方向，似乎等待着品子。

"爸爸，一休说的'佛界'和'魔界'，是什么意思呢？"

"这个吗？这话颇有意味啊。"矢木沉静地望着壁龛里的墨迹。

"爸爸不在屋里，我一个人看了，着实有点发怵呢。"

"哦？为什么？"

"应读作'入佛界易，入魔界难'吧？这里的'魔界'就是人类的世界吗？"

"人类的世界？你说魔界指的是这个？"矢木有些意外地反问，"也许是这样，那也很好嘛。"

"像人一般的生活，怎么像魔界呢？"

"说是'像人一般'，'人'是什么？在哪里？或许都是魔鬼。"

"爸爸就是带着这个想法，望着这幅墨迹的吗？"

"没有啊……这里写的'魔界'依然是魔界，那是个可怕的世界。因为比佛界难入。"

"爸爸想入魔界吗？"

"你是问我想不想入魔界吗？你这样问是什么意思呢？"矢木满脸怡悦，温和地微笑着。

"如果品子断定妈妈会入佛界，我也可以入魔界……"

"哎呀，不是的。

"'入佛界易，入魔界难'这句话，使我想起另一句话：'善人能成佛，何况恶人乎'。不过，不一样。一休的话，是排斥伤感的，不是吗？是排斥妈妈和你等人那种感伤的情绪的……排斥日本佛教的感伤与抒情……是一句严酷的战斗性语言。对啦对啦，十五日的会上，展出《普贤十罗刹图》时，品子也去看了吧？"

"去看了。"

北镰仓名曰"住吉"的古美术商的茶席，每月十五日举办例会。茶具商和茶道爱好者，轮番掌灶，在关东一带为主要茶会之一家。

老板住吉，担任东京美术俱乐部总经理，是美术商界元老。他恬淡脱俗，有点像禅林和尚，较之茶道师傅，有些地方更像一位茶人。十五日的茶会，全靠这位住吉老人人品的支撑。

因为就在附近，矢木有时心血来潮，就到那里走走，本来益田家的《普贤十罗刹图》，有时悬挂于壁龛里，逢到那一天，他就邀约妻子女儿一道去看看。

"那都是你妈妈很喜欢的，围绕着骑白象的普贤菩萨十罗刹，都是身穿十二单衣①的美女丽姬。原样模仿当时宫中妇女的身姿。藤原时代华美而感伤的佛画之类，可以窥见藤原的女性趣味与女性崇拜。"

"不过，听妈妈说，普贤的面孔只是美丽，并不华贵。"

"是吗，普贤是美男子，却被描绘成美女的样子。纵然是阿弥陀如来自西方净土前来迎接的《来迎图》，也带有藤原的憧憬与幻影，出现了'满月来迎'的词语。藤原道长死时，阿弥陀如来手里坠着一条丝线，道长自己抓住丝线的一端。《源氏物语》诞生于道长时代，我年轻时曾经研究过《源氏物语》，但你妈妈认为源氏是个野蛮的穷人家的儿子，同藤原的风雅相去甚远，粗鲁、卑贱，她似乎很不喜欢这个人。"

说到这里，矢木看看女儿的脸，继续下去：

"在那幅《来迎图》中，前来迎接人类灵魂的圣佛们，

---

① 古代女官、贵族女子穿着的衣服，单衣之上多层重叠而成。

衣着华丽，手持乐器，姿态翩跹。女人的美丽，因舞蹈而达于极致，所以我没有阻止你妈妈跳舞。但是，女人不是凭精神跳舞，而只是凭肉体跳舞。长期以来，我观察你母亲，可不是这样？女子较之当尼姑，还是跳舞更美丽。仅此而已。你母亲的舞蹈，只不过表达了她的哀伤情绪，属于日本风味……而品子你的舞蹈，不也是青春虚夸的幻影吗？"

品子本想回击父亲。可是矢木随口又说：

"假若魔界里没有感伤，我还是选择魔界。"

堂屋里有矢木的书斋和波子的起居室、餐厅，还有储藏室和女佣房间。

波子的起居室，只好同时兼做夫妇卧室。

这幢房子还是波子娘家的别墅时，这间六铺席大的屋子设计就带有女性意味，以古老的缎片作为墙壁的壁饰。说古老，也就是经元禄①以下至江户时代的各种女子服装等物。

最近波子躺在床上，望着彩线刺绣的古代花纹，变得寂寞难耐。这些缎片的女性意味过于强烈了。

自从波子拒绝矢木，就寝对波子而言变得很痛苦。

---

① 江户中期东山天皇时代（1688—1704 年）。

丈夫遭拒，不再求她了。

矢木喜欢早睡早起，通常是波子随矢木之后上床。不过，波子入睡前，矢木总是醒着，每次都要同波子说上几句话后再入眠。

波子在品子的厢房里闲谈到很晚时，会突然想起来，随即说道：

"你爸爸要休息了。"

说完，她就回堂屋了。波子担心丈夫等着她，还没有入睡。这是长年的因习，身不由己。

其实波子也一样，回到卧室，如果矢木不招呼她一声，也会觉得有点异样。

然而，这样的因习眼下却在威胁着波子。矢木一旦在床铺上说什么话，波子就心头一惊，浑身团缩起来，立即钻入被窝。

"我不是罪人啊！"

她心中犯起嘀咕，感到很不安。波子有意无意倾听着丈夫的呼吸，自己到底是犯了什么罪？

波子不能翻身，她在等待什么呢？是等着丈夫入睡，还是等着他来求自己呢？

他若来求她，她或许还会拒绝，波子害怕这样的争执。但是，他若不来求她，那也是很可怖的。

总之，矢木入睡之前，波子是无法入睡的。

今晚上，波子在品子的厢房里谈话，直到丈夫就寝时也没有回堂屋。

"听你爸爸说，品子对壁龛里的断简挂轴不满意?"

"哎呀，不满意? 爸爸是这么说的吗?"

"是的。两三天前爸爸说过，因为品子不喜欢，他想换掉……"

"哎呀，我只是问了问爸爸那段文字是什么意思。爸爸跟我说了很多可我还是没懂。爸爸还说，妈妈和我的舞蹈充满感伤情绪。我听了觉得很遗憾。"

"感伤情绪……"

"他好像是这么说的。爸爸说的是舞蹈，他说跳舞本来就是感伤。是这样的吗?"

"是吗?"

波子想起来了，十五年前，矢木对她说过，女人的身子会因跳芭蕾舞而受到锻炼，从而赢得丈夫的欢心。

矢木对她说，二十多年来，除了"这个女人"之外，他不曾触摸过其他女子。当时，波子一心躲避丈夫的手臂。或许因为这个，总觉得他的话黏糊糊的，害怕被他粘缠住了。

后来想想，正如矢木所说，他作为男人，是一个"不可思议的例外"，作为"这个女人"的波子，是有幸获得了这个"例外"的缘分吗？

波子对丈夫的话并不怀疑，她信以为真。

不过，她如今对这一点并不觉得幸福，反而感到沉重。

抑或这正是矢木性格异常的表现吧。波子拉开距离看待丈夫。

"如果说我们的舞蹈充满哀伤，那么，我同爸爸一块儿生活也是感伤的，……对吗？"波子边说便思索，"这阵子妈妈或许太累了，要到春天才能缓过气来。"

"是爸爸连累了你，爸爸从魔界眺望着妈妈。"

"魔界？……"

"我和爸爸说起话来，不知怎的，总觉得生活能力也丧失了。"

品子将修长的秀发，用缎带扎起来，随即又解开。

"爸爸是靠吞噬妈妈的灵魂活下来的。"

波子听了女儿的话大吃一惊。

"总之，是妈妈背叛了爸爸，这一点我也应该向品子道歉……"

"爸爸是否在等着大家都垮掉才甘心呢？"

"怎么会……不过，最近我想把这座房子卖掉。"

"早点脱手，可以到东京建立排练场。"

"一座充满感伤的排练场……是吗？"波子嘀咕道，"不过，爸爸会反对的。"

凌晨两点过后，波子回到堂屋。

矢木已经睡着了。

波子摸黑换上冰冷的睡衣。

她躺下之后，眼睑到额头一带，依旧没有暖和起来。

"妈妈，您到我屋里去睡吧。反正爸爸已经歇息了。"品子说，但波子回道：

"正因为如此，才被爸爸取笑，说成是感伤情绪……"

其后，波子虽然回到堂屋来睡，但总怀着寂寞，倒不如像一个年轻姑娘，同品子一起，俩人一块儿待到黎明更好。

她一直睡不着觉，生怕惊醒矢木，心里怀着恐惧。

早晨，波子醒过来，已经是矢木起床之后了。这是从来没有的事。

波子颇感惊奇。

深刻的往昔

波子和竹原走向四谷见附近旁旧宅邸的废墟时，刮起了风。

拨开齐膝的枯草，波子一边寻找排练场的舞台基石，一边说：

"钢琴就放在这块地方的。"

她想，竹原当然是知道这件东西的。

"当时趁着能运走，若是搬到北镰仓就好了。"

"如今说这些还有什么用呢？这是六年前的事……"

"不过，施坦威的这种 O 型钢琴①我现在买不起了。那架钢琴，还满载着我的记忆。"

"小提琴可以拎着走，但我也把它烧毁了。"

"是瓜达尼尼小提琴②吧？"

"是瓜达尼尼，图尔特③弓子。想想，实在可惜。购买

---

① STEINWAY 公司制造的大三脚架式大型钢琴。
② 由手艺高强的意大利工匠瓜达尼尼（Guadagnini，1711—1786）手工制作的小提琴。
③ 佛朗索瓦·格扎维·图尔特（François Xavier Tourte，1747—1835），法国制弓大师，被誉为现代琴弓之父。

的时候，由于日元货币很吃香，美国乐器公司为了获得日元，将乐器运来日本贩卖。当我现在为了将照相机销往美国，遇到困难时，偶尔就会想起那时的往事。"

竹原将帽檐按住，背着风向，站在那里保护波子。

"我一尝过苦头，就想起那首《春天奏鸣曲》。如今站在这里，仿佛觉得从钢琴的废墟中听到了那首曲子。"

"是的，同波子夫人在一起，我也似乎听到那首乐曲。由两个人共同弹奏《春天奏鸣曲》的这两件乐器，全都烧成灰烬了。不过，小提琴即使幸存，我也不能摆弄它了。"

"我弹钢琴也不可指望……不过，如今就连品子也知道，那支《春天奏鸣曲》里蕴含着我和你的一番记忆。"

"那是在品子小姐出生之前，那是深沉的往昔。"

"如果春天能够举办我们的公演，那么，蕴含着你我互相回忆的曲目中的舞曲，我真想跳一次试试看呢。"

"跳着跳着，要是在舞台上恐惧症发作，那就糟了。"

竹原跟她开玩笑地说。

"我已经不再害怕了。"

波子闪耀着炯炯有神的眼睛。

枯草看上去寒颤颤的，随风披拂，闪烁着斜阳的光亮。

波子玄色的裙子上，也晃动着枯草闪光的影像。

"波子夫人，即使找到原有的舞台基石，也不建造原来那样的家了。"

"是的。"

"请我的一个熟悉的建筑家来看地址吧。"

"那就拜托了。"

"也请考虑一下新家的设计吧。"

波子点点头，随即问道：

"你说的'深沉的往昔'是指'深深埋在枯草中'的意思吗？"

"不是的。"

竹原似乎一时找不到合适的词儿。

波子回头望望那段破墙，走到马路上。

"那段围墙也不能用了，盖新房时要先拆除掉。"竹原说着也回头看了看。

"大衣的底边沾上了些枯草的草籽呢。"

波子抓起大衣的下摆，翻转过来看看，先给竹原的大衣掸了掸。

"请转个身。"

这回竹原先发话了。

波子的衣服下摆上没有沾枯草。

"你终于决心建排练场了，矢木先生同意吗？"

"没有，我还没有跟他说呢。"

"这件事有点难。"

“嗯，在这里建立排练场，等到建成后，我们还不知会怎么样呢。”

竹原默默地走着。

“我和矢木一起生活二十多年了，如今，孩子也都长大了。不过，这不是我的一生。我自己也不理解。似乎有好几个‘我’，其中，一个同矢木一道生活；一个在跳舞；还有一个，也许在思念着你呢。”波子说道。

西风从四谷见附的高架桥那里吹过来。

两人从圣依纳爵教堂拐过来就是护城河畔，微风吹拂，土堤上的松树发出簌簌响声。

“我想使自己变成一个人，将那好几个‘我’变为一个。”

竹原点点头，望望波子。

“你为何不跟我说‘同矢木分手吧’这种话呢？”

“关于这个……”竹原接过话头，“我呀，刚才就在考虑，假若我们不是老相识，而是初会，那将如何呢？”

“啊？”

“我说‘深刻的往昔’，也是因为脑子里有这一想法啊。”

“我和你是初会……”波子狐疑地回头看看竹原，“我反对，这种事我无法想象……”

“是吗？”

"不行啊，过了四十岁才和你初相识？"

波子双眼闪耀着悲戚的神情。

"年龄不是问题啊。"

"我不这么想。"

"重点是'深刻的往昔'。"

"不过，要是现在初会，你不会理睬我的。"

"你是这么想的吗，波子夫人？……或许我正相反呢。"

波子仿佛被重击一拳，随即站住了。

他们已经来到幸田屋旅馆门前。

"这件事等以后再细细问你吧。"

波子想进入旅馆，随即若无其事地掩饰一下。

"你看起来很冷吧……？"

长长的走廊中段，安设着棚架，排列着鲁山人①的陶器，均为志野瓷和织部瓷的仿制品。

幸田屋旅馆的餐具一律使用鲁山人制品。

波子站在棚架前，望着仿九谷②的碟子。那里的玻璃上映照着她的淡淡的面影，目光炯炯，十分清晰。

---

① 北大路鲁山人（1883—1959），日本京都人。陶艺家、书道家。

② 石川县九谷以烧制陶瓷而著称。明历年间（1655—1658）至元禄年间，九谷烧制的色绘陶瓷称为"古九谷"，风格豪放。江户末期再兴时，始趋于精巧，包括"赤绘""金襕手"等。

尽头的庭院里，花匠正在铺设枯松叶。

从那里拐向右侧，再转向左侧，接着再从汤川博士住过的"竹之间"后头进入庭院。

"矢木来时，住在哪里呢？"波子问女佣。

他们被领往厢房。

"矢木先生是什么时候来的？"

竹原一边脱大衣，一边问。

"打京都回来时路过这里，我是听高男说的。"

波子用手从面颊到脖颈抹了一下，说道：

"脸上被风皴得很粗糙……我稍微离开一会儿。"

波子到盥洗室洗过脸，又坐到下一间房子的镜台前。她一边熟练地巧饰淡妆，一边照着竹原所说的，想象两人假若是初遇，又将如何呢？不过，波子无论如何，都无法作如是想。

他们即使来到旅馆纵深处的厢房，也没有什么不安的感觉，是因为老相识的缘故吗？还是因为这里是熟悉的旅馆？

竹原所在的房间里，传来炉子里煤气的臭味。

波子想象着矢木曾经住过隔着一道竹林的对面的房间，借以平静自己和竹原待在一起的不安。

不过，丈夫来过这家旅馆之后，短短的一段时间内，妻子却在犯罪恐惧心理的追逐下，浑身反而犹如燃烧的火焰。如今，这种感觉也没有了。

想起这些，波子面颊泛起红潮。她再次打开化妆盒，重新浓浓地涂满了白粉。

"让你久等了……"

波子回到竹原身边。

"煤气的臭味都飘到对过去了。"

竹原望着波子妆后的姿容，说道：

"呀，变得好漂亮!"

"因为你说，还是初遇的女子最好嘛……"

波子微笑地说：

"我还想接着听听你刚才说的话。"

"是指'深刻的往昔'吗？换言之，如果是初遇，我应该会毫不犹豫地把波子夫人抢过来的。"

波子低着头，内心里波涛汹涌。

"再说，我过去未能同你结婚，也留下了一份悲伤。"

"对不起。"

"不是的，我已经没有怨恨和嗔怒了，与此相反。你和别人结婚，二十年之后，咱们又如此相会。想起这一点，不就是'深刻的往昔'吗？"

"深刻的往昔，你要说多少次呀？"波子抬起眼睛问道。

"这个'往昔'，或许把我变成一个老式的道德家了。"

竹原说到这里，似乎想起什么。

"此种感情度过深刻的往昔，没有消失，一直持续下来，束缚住我的手脚。我们分别结了婚，而且，如今此番相见，好像是不幸，也或许是幸福呢。"

波子如今又进一步想到，竹原已经是有妇之夫了。竹原的婚姻同波子的婚姻毕竟不同，竹原或许不想给自己的家庭添乱吧。

或者说，竹原也已经对结婚抱有幻灭感，他或许害怕和波子的关系过于亲密，同样会迎来幻灭。

波子仿佛感到被竹原一把推开了，然而，即使二人是初遇，没有往昔的回忆，竹原那番似乎尝到爱的口气，似乎也拯救了现场的波子。

"打扰了。"女佣招呼一声走进来，"风很大，我把挡雨窗关上吧。"

这座厢房没有玻璃门。

女佣关上挡雨窗的间隙，波子窥视庭院，低矮的竹林，枝叶翻卷，摇曳不止。

"已经是傍晚了。"竹原两肘支在桌面上，"我的话给你带来悲伤吗？"

波子微微点点头。

"这太意外了，不过，你和我在一起，会经常感到恐惧吧？"

"我说过，再也不害怕了。"

"此前看到你胆战心惊，我着实很痛苦。我也觉悟了，啊，这样不行……"

"不过我觉得，那不正是爱的发作吗？"

"爱的发作？"竹原似乎咬住不放。

波子仿佛真的感受着爱的发作，眼下她陶醉于欢爱之中，浑身震颤不已。波子变得娇羞无比，妩媚动人。

"就是说完全相反，你也应该可以理解我说'相反'的心情。过去，是我让你同别的男人结婚的。虽然不是我硬逼你结婚，而是你自己所为，可我从我的立场上可以这么说嘛。因为可以看作是我没有夺回你呀……因为我太尊重你了，缺乏使你获得幸福的自信。这是年轻男子常犯的毛病。不过，毛病归毛病，倒也使我穿越'深刻的往昔'，渐渐迎来了光明……我在其他方面并不胆小怕事，我自己也很惊奇，自己为何竟一直暗暗珍惜着你。"

"我清楚地知道你很珍爱我。"

波子老老实实地回答。她芳心半启，游移不定；纵然彻底开放，竹原也未必跨入进来。

"好奇怪啊，我们这样干坐着，似乎我同你老早就结婚一般。"

"是的吗？"

"我俩如此亲密，已经深深渗入我的躯体。"

波子用眼神给予认可。

"依旧是'深刻的往昔'造成的啊。"

"我的错误的往昔吗?"

"那也未必，我们相互都没有忘记……是去年吧，你给我的信中写了和泉式部①的一首和歌。"

"你还记得?"波子羞涩地问道。

相爱你我不相期，

相期彼此不相思。

问君何者为胜也?

这是波子在《和泉式部集》中看到的。

"这首和歌只是守着大道理不放……"

"不过，你说出要与矢木先生分手，历经了二十年时间。结婚是很可怕的事。"

波子似乎改变了面色，因为竹原好像是指她生了两个孩子。

"你在欺负我吗?"

---

① 和泉式部（生卒年不详），平安中期女流和歌诗人，大致与《枕草子》作者清少纳言以及《源氏物语》作者紫式部同一时代，相当于我国北宋林逋、范仲淹等文学家活动时期。

"如今，我心中已经没有余裕。我只是赤裸裸地一味颤抖。你心怀旷达，可以看到深刻的往昔。"

波子总觉得竹原是在调侃她，总有些怀疑，因而两人的谈话不甚契合。

竹原仿佛在等待波子痛哭流涕，纵身扑到他怀里；所以波子既没有哭泣，也没有缠着他不放。可波子看到竹原如此心胸达观，越发焦灼不安起来。

他为何不肯抱一下自称是裸体颤抖的情人呢？

然而，波子没有丧失理智。

今日同竹原见面，是为实际的要事而来。她和竹原商量了卖房子建立排练场的事。波子请竹原看看原来的地点，再到附近的幸田屋旅馆用餐。

更何况，竹原有老婆孩子；波子也还未同矢木分手。

熟悉的旅馆也会出岔子，波子开始没有想到这一点。

不过，波子或许也不会拒绝竹原，她觉得自己各方面早晚都是属于竹原的人。

"你说我心胸旷达，是吗？"

竹原反问波子。

饭后削苹果时，听到教堂的钟声。

"六点钟了。"

敲钟的当儿，波子停下手中的水果刀。

"到了夜晚，风静下来了。"

波子将削好的苹果放在竹原面前。

"看来，我必须见矢木先生一面，好吗?"竹原说道。

"为什么?"波子有些出乎意料。

"波子夫人，不论是修建排练场，还是同矢木先生分手，你自己一人是解决不了的。"

"不，我不愿意……你不要见他……"波子摇摇头，"我来办理。"

"没关系的，我可以作为波子夫人的老相识，和他见面……"

"那样也不行。"

"波子夫人，你总得找个代理吧。事情有点棘手，但我很想了解一下矢木先生的真面目，看他什么态度。"

"矢木一旦固执起来……"

"那么……北镰仓的住宅是在谁名下呢?"

"是我继承父亲的，一直未变。"

"在你不知情的时候，没有被重新改动吗?"

"你是说矢木? 怎么会呢，他不可能做到那个地步。"

"为了慎重一些，还是调查一番为好。正因我不太了解矢木先生的为人，不过我总以为，为了你，我和他早晚会有一次决战，或许眼下正是时候，但我目前还未从你这儿获得确实信息。"

"确实信息?"

"你曾经问过我,为什么不肯说一声'同矢木分手吧'?你真的认为可以分手吗?"

"早已不在一起啦。"

波子仿佛被引诱一般说出真情,她立即羞得满脸潮红。

竹原似乎如梦初醒,进一步追问:

"今天不是要回家吗?"

波子依旧俯伏着,微微摇了摇头。

竹原喘不过气来,一时沉默不语。

"不过,我作为你的朋友,总想见一下矢木先生,如果作为情人就不好说话了。"

波子仰起脸来,凝视着竹原。

一双大眼睛濡湿了,就那么望着他。

竹原站起身走过来,抱住波子的肩膀。

波子做了一个想离开的动作,随即触到竹原的腕子,手指一阵颤抖,接着就痉挛了。她让麻木的指头轻柔地从男人手上滑落下来。

竹原回家了,波子留在幸田屋旅馆。

"我一个人不好回家,我把品子叫来,一起回去。"

波子说罢,就给大泉研究所打电话,品子还在那里。

"我在这里陪伴你等她来好吗?"

竹原说完，波子稍稍想了想，说道：

"今天还是不见她的好……"

"就连品子我也不能会见吗？"

竹原一边微笑，一边满怀慰藉地看着她。

她送他到门厅，一直瞧着竹原汽车离开。波子忽然又想追过去。

为何没有同竹原一起离开这里呢？

波子固然想到，自己不能回矢木的那个家；但她忘记了，竹原回家也是挺奇怪的。

波子独自待在屋里，坐立不安，她在女佣的劝说下，到旅馆的澡堂洗浴去了。

"深刻的往昔？"

她反复品味着竹原的话，她泡在温暖的热水里，似乎觉得已经失去了往昔。波子一时触到竹原的手的那份喜悦，即使回到年轻姑娘时代，也和现在年过四十的感觉毫无二致。波子闭起眼睛，一直陶醉于自我所感觉的豆蔻年华的往昔之中。

"小姐来了。"

女佣走来通报。

"是吗？我马上出去，叫她到房间里等着。"

品子没有脱大衣，随便地坐在火炉旁边。

"妈妈？我还以为发生了什么事，到这里听说去洗澡，我就放心了。"品子抬头看见波子，"妈妈，您一个人?"

"不，刚刚竹原君来了。"

"是吗? 他已经回去了?"

"我给你打电话之后不久。"

"那时他还在?"品子有些不解。

"妈妈只是叫我来，就立即挂断了电话，我一直担心来着。"

"我和他商谈建立排练场的事，请他来看看现场。"

"哎呀，"品子心里一派明朗，"所以妈妈的心情也很好。我也想去看看啊。"

"住下来，明天去看吧。"

"您要住在这里吗?"

"本来不打算住，可是……"

波子一时不知说什么好，她避开女儿的目光。

"妈妈一人回家挺害怕的，想叫你来陪我一道回去。"

"妈妈不愿意单独回家吗?"

品子轻轻反问一句，说罢，眉头紧蹙，目光严肃。

"不是不愿意，而是很痛苦。似乎觉得不可饶恕……"

"是爸爸?"

"不，是我自己……"

"是对于爸爸来说吗?"

"不是吗? 也许对我自己。纵然说自己不可饶恕，但是

378

并非如此，妈妈自己也不清楚……我一味责备自己，实际上也好像是在为自己找借口。"

品子似乎想起了什么，说道：

"妈妈下回来东京，不论何时，我都和您一块儿回家。"

"妈妈像个小孩子啊。"波子笑了，"品子。"

"说回家很痛苦，我没想到妈妈会有这种感觉。"

"品子，也许妈妈和爸爸要分开。"

品子点点头，她在压抑内心的骚动。

"品子怎么看呢？"

"感到很悲哀。不过，早就有所预料，所以并不觉得吃惊。"

"妈妈并不了解爸爸的为人，从一开始就不了解。即便不了解也在一起过日子，这个时期已经结束了，不是吗？"

"纵然理解，也不能在一起了。不是吗？"

"我不知道，同不可理解的人生活在一起，会变得连自己都不可理解。妈妈和爸爸这样的人结婚，或许就是同自己的幽灵结婚。"

"我和高男都是幽灵的孩子吗？……"

"不是这意思。孩子是活生生的人之子，是神之子。你爸爸不是说过吗，若是妈妈如此同他离心离德，那么生下的孩子也是坏事。这是幽灵的话，不适合用于我们，不是吗？为了蒙混，为了解闷，一心要活下去，抑或这就是人生。可这样下去，妈妈也被当作幽灵了。不过，同爸爸分手，也不只是爸妈的事，也牵涉到你们姐弟两个。"

"我没关系，高男倒是……高男要去夏威夷，可以等到他离开日本嘛。"

"是吗，那就这样吧。"

"不过，依我看，爸爸肯定不会放走妈妈的。"

"可是妈妈也使爸爸吃尽了苦头。爸爸同我结婚，完全是遵照你奶奶的意志。直到现在，你爸爸依旧凭借自己的意志，打算将奶奶的意志努力贯彻到底。"

"因为妈妈爱竹原先生，所以才会这么想的，对吗？"

"要同爸爸离婚的妈妈，爱着另外的男人，作为女儿，这样说我觉得太残酷了。记得爸爸曾经问过我，妈妈同竹原先生继续交往下去，你觉得可以吗？我当时回答说：可以。我之所以如此回答，是因为爸爸的提问也很残酷。这件事高男也被问起，但高男说他不想回答这类事。高男毕竟是个男子汉啊！"

接着，品子压低嗓门说：

"竹原先生是个好人，我也不是未曾料到过。不过，我要是承认妈妈的爱，就等于进入魔界。这个魔界，要靠坚强的意志才能生存下去。"

"品子……"

画 | 斎藤清

"妈妈和竹原先生相会，叫我到这里来，品子我倒也没什么，假如将来母女远离，我也会想起今晚妈妈叫我来过这里。"

品子热泪盈眶，但她又不好问妈妈，同竹原在一起也觉得很寂寞吗？

"妈妈为何叫我来呢？"

波子突然回答不出来了。

或许同竹原在一起涌上来的情感一时无法排解，才给女儿挂电话叫她来的吧？

再不然就是既不想同竹原分别，又不想回家，正沉醉于互相厮磨难舍难分的喜悦之际，猝然升起满腔哀愁，已经无法自持了。此时总想获得些安慰与释放，才把女儿叫来的吧？

竹原假若抱住波子不放，波子的脑子里也不会浮现品子的影像。

"我想同品子一起回家。"

波子只回答这么一句。

"回家吧。"

她们来到东京站，横须贺线刚刚发车，还需再等二十分钟。

母女坐在站台椅子上。

"妈妈纵然同爸爸分手，也不会同竹原先生结婚吧？"

品子问道。

"是的……"波子点点头。

"同品子一起生活，妈妈也只是跳跳舞，是吗?"

"是的呢。"

"不过，我以为爸爸不会放开妈妈的。高男也许要去夏威夷，但爸爸离开日本，仅仅是幻想。"

波子沉默不语，眼望着对面月台上火车正在开动。

火车开走之后，可以看到八重洲口的街灯。或许是品子首先提起的吧，娘儿俩谈论起在波子的排练场品子见到野津的事。

"我回绝了他，不过，我会和他一起跳舞。"

第二天是星期日，下午，波子在家中排练舞蹈。

午饭后，女佣前来传达:

"竹原先生来访。"

"竹原君?……"

矢木严肃地望着波子。

"竹原君干什么来了?"他转向女佣，"你告诉他，夫人不想见他。"

"好的。"

品子和高男姐弟俩屏住呼吸。

"这样可以吗?"矢木问波子，"要见也要到外面相见为好，那样不是更自由吗？没必要恬不知耻地闯到家里来。"

"爸爸，我不认为那是妈妈的自由。"

高男嗫嚅地说，手在膝头上哆哆嗦嗦，细小的脖颈上的喉结也微微颤抖。

"嗨，只要你妈妈对自己的作为留下记忆，就不会有什么自由。"矢木冷冷地说。

女佣又走回来。

"他说不是会见夫人，他想见先生。"

"要见我？……"矢木再度望望波子，"那我就更得拒绝了。我没什么要见竹原君的事，再说今天也没有预约。"

"是的。"

"我去跟他说。"

高男迅即向上拢一把长发，走向门外。

品子的眼睛离开父母眺望庭院。

院子里几乎满是梅花，稍稍离开房屋，集中生长于山脚，房前只有一两棵。

品子的厢房附近，时常见到瑞香花，仔细瞧瞧，长着坚实的蓓蕾，但梅花怎么样呢？

品子似乎听到母亲的呼吸，她胸口堵塞，仿佛要喊出声来。她本来打算出去，穿上了西装，但此时又莫名地解开了扣子。

高男脚步响亮地走进来。

"他回去了，说去学校见面，问了爸爸何时上课。"高男边说边盘腿坐在地上。

"他有什么事？"

"不知道，我只是叫他回去。"

波子似乎被捆住手脚，纹丝不动。随着竹原的脚步声渐渐远去，她感到矢木的目光迫近了。即便如此，波子也不曾料到竹原这么快来访。

品子悄悄看一下手表，默默站起身来。她早已装扮完毕，立即走出家门。

电车半小时一趟，竹原一定还在车站。

竹原低着头，在北镰仓长长的月台上踱来踱去。

"竹原先生！"

品子从木栅栏外喊了一声。

"哎。"竹原惊讶地停住脚步。

"我马上过去，电车还要等一会儿……"

品子沿小路急急忙忙走来，竹原也顺着对面的月台赶往检票口。

然而，品子一旦来到竹原面前，就说不出话来了。她面红耳赤，表情僵硬。

品子拎着一只口袋，里面装着排练服和舞鞋。

竹原想，或许品子因为有事才追他而来的吧。

"去东京吗？"

"嗯。"

竹原边走边问，也不看品子一眼。

"刚才我去你家里了，你知道吧？"

"知道。"

"我想见见你父亲，可是没能见到。"

上行电车到了，竹原让品子先上车，他们相向而坐。

"请给你母亲传个话，就说名义是改了，行吗？"

"好，名义？什么名义？"

"就这么说，她知道的。"竹原一语岔开了，似乎又想起了什么，"将来你总会知道，是房子的名义。这件事还有其他事，我想跟你父亲商量一下，所以来了。"

"是吗？"

"品子小姐是站在母亲一边的吧？不管发生什么事……你母亲的一生在于今后，和品子小姐一样，品子小姐的人生也在于今后啊。"

电车抵达下一站大船车站。

"我在这里下车。"品子突然站起来。

驶往伊东的湘南电车进站了，两车在这里交错而行。

品子一直盯着那趟电车，转身飞也似的登上车厢，激动的心潮随即平复下来。

刚才竹原来到大门口时，父亲和母亲坐在餐厅里，品子受不住那种令人窒闷的空气，她体验到母亲的心思，一阵痛楚，热血奔涌。

因而，品子出来追赶竹原，不想她一见竹原，首先感到羞怯难当。她似乎要替母亲向竹原传话，但又一下子张不开口。

为什么要来这里呢？品子实在耐不住了，她在大船下了车。

她乘上湘南电车也是一时兴起，一想到要去见香山，心情便自然地沉静下来了。

到大矶站时，车上聚集着残疾军人讨要募捐，品子朦胧听到他们满腹牢骚的演说。

此时，她又听到站在车厢门口的乘务员说道：

"诸位，不要给这些残疾军人捐钱，因为禁止募捐……"

残疾军人停止演说，拖着金属假肢的足音，打品子身边走过。白衣里露出一只手，也是金属骨节。

品子从伊东车站，转乘东海公共汽车一号线。抵达下田要花三个小时，她估计路上就要黑天了。

（2010 年初始译，至第五章因原作版权被买断而中辍，2021 年暮春续译，8 月 3 日译毕于蝉声聒噪中）

《雪国》译后记

　　穿过国境长长的隧道，就是雪国。夜的底色变白了。火车停在信号所旁边。

　　这是川端康成的小说《雪国》开头的名句。读《雪国》，就想去雪国。作家醉心描写的，究竟是怎样一块神奇的土地？有着什么样的风景？那里生活着什么样的人群？

　　常年的疑问，常年的诱惑，常年的痴迷。于是，便有了一次雪国之旅。

　　还记得这部小说吗？简练的故事，朦胧的人物，迷离的山景，飘忽的文字……《雪国》在现代日本文学史上独树一帜，占尽风流，惹得不同层次的文化人评说不尽。推崇有之，贬斥有之，不褒不贬，以平常心对待有之。但不论采取哪一种态度，谁都无法忽视它，抹消它。在当今尚没有任何一种奖赏能够替代权威性的诺贝尔奖的时候，《雪国》和它的作者无疑是一个榜样，一座丰碑，一种品牌，具有恒久的魅力。

古今中外，文学的力量是巨大的。当川端康成带着他的《雪国》走向世界文学高峰的时候，诞生《雪国》这个艺术麒麟儿的摇篮——越后汤泽，这块自古封闭的山涧谷地，便成了人们趋之若鹜的文学的"麦加"。

真真假假，虚虚实实。不温不火，不即不离。欲进复退，欲言又止。苍狗白云，镜花水月……这就是我读《雪国》的感觉。久而久之，缥缈的《雪国》之感渐渐沉滞下来，"固化"成"新潟""越后"和"汤泽"等这些实实在在的地名了。

在这种逐渐"固化"的过程中，我切实体验了我们中国人常有的"京华何处大观园"般的追寻和发现的快乐。当然，故事的舞台谁都知道，尽管书中没有涉及。不过，要想深刻地感受作品，就得到故事的舞台上去，进入角色。带着此种想法，我来到了越后汤泽。

初冬季节，平原上还是晚枫如火，高山里已经冰封雪裹。我走的路线和小说男主人公岛村去雪国的路线正相反。川端康成首次访问汤泽是在1934年6月，走的是由南向北的路。他在一篇文章中写道："由水上车站乘火车到前一站上牧温泉……接着又在不知是水上还是上牧的旅馆老板建议下，去了一趟清水隧道对面的越后汤泽。那里比水上更加偏僻。"（1959 年 10 月《雪国之旅》）作品开头提到的"国境的隧道"就是群马县和新潟县之间三国山脉的清水隧道。这条隧道长约十公里，始凿于 1922 年，历时九年建成。由水上穿过清水隧道进入汤泽，犹如渔人进入桃花源，眼界豁然开朗，风景也随之一变，完全是另一个世界。尤其在冬天，四周苍山负雪，宛若莲花朵朵，冷，艳，奇。

我们的汽车从北方的津南町沿 353 国道渐渐驶入汤泽町。这里离 2004 年"中越地震"的中心——小千谷不算远，我发现这一带的房屋建筑很特别，房顶呈锐角形，北面窄而陡，南面阔而缓，正如《雪国》中岛村所看到的：

家家伸展着长长的庇檐，支撑着一端的木柱排列于道路上，好似江户时代町镇上的"店下"①。可是在雪国，自古称之为"雁木"，雪深时作为人行通道。

书里的描写，眼前的情景，使我想起广州的街道，觉得很相像。不过，广州是为了躲雨，而这里是为了防雪。自然环境的酷烈，考验着生命的强度，激发着人类创造的智慧。2006 年新旧交替之际，连续下了几场大雪，津南地方雪深达 4.16 米，出现了历史上前所未有的严寒天气，我

———————

① 店铺外侧廊下、通道等。

想起不久前亲自到过的这块地方，才真正掂量出"雪国"这两个字的分量，对那些豪雪拥门而毅然坚守故乡、同自然灾害英勇搏击的民众不由得肃然起敬。

江户时代，生于越后的铃木牧之（1770—1842）在《北越雪谱》一书中写道："凡日本国中第一深雪之地，乃越后也。古昔今人皆持此说。然越后雪深达一二丈者，唯我鱼沼也。"他说的完全是实话。鱼沼是出产良米之乡，著名的"鱼沼粳米"享誉国内外，市场价格比其他"越光"名牌大米高出一倍。鱼沼米之所以美味，就是因为这里冬期长，气温低，雪水足。

傍晚，抵汤泽，下榻于汤泽驿附近的波斯利亚饭店。此处距当年川端写《雪国》的高半旅馆约有十分钟的车程。高半旅馆原由一位名叫高桥半左卫门的人创办，至今已有八百年历史。这是一座典型的和式温泉旅馆，位于汤泽地区最高点，温泉水量最丰沛，常年不减。馆内有一间屋子，叫"霞之间"，这里就是川端康成创作《雪国》的地方。屋内布置依原样不变，一张矮桌，一把无脚背靠椅，左手一只暖炉，一只烟盘，墙上悬着字画。汤泽还有许多同《雪国》有关的景点，如"驹子之汤""雪国馆""雪国之碑"等。

江山还需文人扶，一个富于人文内涵的地方，自然会产生一种巨大的吸引力和昭示力。昔日寂静的高原小镇，今天成了人气旺盛的观光名所。上世纪 80 年代初期，东京、上野至新潟的上越新干线开业运营，巨蟒般的电车的呼啸声，震动着千年寂静的云山野水，驱散了现代驹子们的欢声笑语。雪夜，泡在饭店 13 楼楼顶的"露天风吕"里，我沉下心来，望着四面黑魆魆的山峦，想慢慢找回当年艺妓们幽怨的歌唱和三味线悲切的琴音。然而，除了眼前氤氲的水汽和耳边呼啸的朔风，什么也没有得到。我的努力也像作品主人公岛村一样，最后化作了一个接一个的徒劳。

一度雪国行，胜读十遍书。在雪国之地，读《雪国》之书，更有一番亲切的情味。我以为，理解《雪国》，只能凭借直接感觉。空灵，冷艳，虚幻，迷茫。主观取代了客观，自然淹没了人物，影像淡化了实体，感性排除了理智。作品的美质不正潜隐于这种剪不断理还乱、说不清道不明的晃漾着的混沌之中吗？这，就是我对《雪国》乃至整个川端文学的认识，或者称为评价。

川端自己说过："岛村不是我，甚至不是一个作为男人的存在。他也许只是映射驹子的一面镜子。"（1968 年 12 月《谈〈雪国〉》）

这部小说开头用大量文字描写叶子映现在车窗玻璃中的幻影，真是不厌其详，读得我们颇有些腻味。我所厌皆作者所爱，徒叹奈何而已。也许这就是我们和作者的差距吧。同样，结尾关于"火场银河"的一大段叙述，洋洋洒洒，又进一步把小说推向光怪陆离的太虚幻境，实现了作者心目中的"艺术的升华"。不过，这里没有秦可卿引路，作为读者的我们，只能凭借自我意识，在这座作者所精心营造的精神的伊甸园里，寻觅着美。

（这篇译后记系在旧作《感受雪国》一文的基础上改写而成）

译　者
2006 年 1 月初稿
2021 年 8 月改订

《舞姬》解读

三岛由纪夫

　　小说《舞姬》的登场人物，以芭蕾舞演员波子与品子母女为中心，包括波子的丈夫矢木、品子的弟弟高男、波子昔日的恋人竹原、波子的弟子友子、小说主线中不曾登场的品子所爱的香山、高男的男性朋友松坂、品子的舞伴野津、波子与品子的经济人沼田等。

　　小说绝不是描写这些人时疏时密、错综复杂的人际关系，而是他们各自独立，任何人都无力改变他人的命运。作者最着力描写的是矢木、波子那种斯特林堡①式的恐怖的夫妻关系。这位矢木虽然无疑是一个恶魔，但仍然是无力的。出现于这部作品中的善神、美神或恶魔，悉数经过

_____

① 奥古斯特·斯特林堡（August Strindberg，1849—1912），瑞典作家、戏剧家，以描写赤裸裸的人性为特色。代表作有小说《红房子》《狂人辩词》，戏剧《父亲》《朱丽小姐》《死的舞蹈》等。

精心安排，一律赋予一种无力感。

作者又似乎故意省略使得这些登场人物瞬间从这种无力感中脱出、陶醉于自我力量的场面。波子是个放弃舞台之梦的往昔的舞姬；而品子是尚未成为芭蕾舞后的未来的舞姬。作者只是描写她们观看别人的舞台，而没有描写通过自我努力提升自己的舞台。而且，在护城河所见的白色鲤鱼，犹如不祥的主题，游弋于全篇作品中。

走吧！你不能再盯着那种东西看啦！

竹原对一直盯着鲤鱼的波子这么说，他看到波子抛下他这个情人不顾，一心只注意银白而阴惨的鲤鱼，感到心绪不宁也是可以理解的。实际上，那条鲤鱼，一旦看到它，仿佛将所有的人际关系都一概闭锁，它是一种美的虚无的象征。

波子好比能乐剧情爱篇①中的花旦，优婉、哀伤，对人生所抱的梦想渐渐消失了。然而，波子的心灵并非像艾玛·包法利②那样，她没有继续沉沦于那种不满之中。在某种意义上，她更显得特立独行，最懂得享受罪即罪、悲

① 原文"鬘物"，以女性为主体的能乐剧篇目。
② 法国作家福楼拜《包法利夫人》中的女主人公。

哀即悲哀、绝望即绝望之术。

　　读完这部小说我就想，川端先生写小说的态度中有独特的现实主义。作者用自己的眼睛眺望人生，在他眼中，人生只能呈现如此景象，站在此种立场撰写小说，他的写作应当称为小说的现实主义。比起浪漫派的奈瓦尔①、心理主义的普鲁斯特②，以及自然主义现实主义的二流作家们，在某种意义上，他属于更加透彻的现实主义。

　　平易而非观念，乍看似乎是面向妇女儿童的文章，但却是川端先生时而竭尽全力，时而轻松自如，屡次驻步不前而作成的文体。此种文体，底部隐含着坚固的磐石，表现出"我就是如此看待人生"，作者的这一注释随处可见，不断地使得那些无缘的读者抱有"隔靴搔痒"之感。这正是作者忠实于自我现实主义的缘故。

　　将登场人物强行同作者的现实主义相结合，使之严丝合缝成为一体，此种手法是先生更加微妙的现实主义。试举一例，开头，作者对波子和竹原幽会的地点——电车线路旁的悬铃木林荫道，有着最为绵密的观察，那里既有大

---

① 钱拉·德·奈瓦尔（Gérard de Nerval，1808—1855），法国诗人，诗作着力描写梦与幻想的世界，代表作有《幻象集》《火的女儿》等。
② 马塞尔·普鲁斯特（Marcel Proust，1871—1922），法国意识流作家，二十世纪最有影响力的作家之一。主要作品有《追寻逝去的时光》，共七卷，250万字，1927年出版完毕。

部分落叶的树木，又有绿叶葱茏的树木。其实，这种观察既是纯粹的客观的，又是纯粹的内面的，作为映照于情侣们眼中的风景是不自然的、不可信赖的。当读者感觉到这一点时，紧接着下面一行，硬是使得读者信服了：

竹原想起波子说的话："树木也各各有着不同的命运哩……"

这种手法也表现于鲤鱼出现处。冗长的关于鲤鱼的描写之后，作者让竹原说出：

走吧！你不能再盯着那种东西看啦！

这句话同时足以表现波子的性格。这种手法，本来应该叫作小说的倒叙法，替代伏线，通过后注，逐渐强化小说向纵深发展。与此同时，这种漫长幽会的整个场面，也就成为巨大的伏线。在幽会的高潮中，为悬铃木和鲤鱼所吸引的这对恋人，预示着他们终不得热情结合，不了了之。

若将川端先生的这种现实主义戏称为"隔靴搔痒的现实主义"，这种"隔靴搔痒"最成功者当数矢木，最失败者则是竹原。讲求礼貌、优柔寡断的竹原，不论从哪方面看，都缺乏魅力，即矢木所说的"凡夫俗子"，波子的"幻想中的人物"。而矢木却以异样的现实主义鲜明存在。

卑怯的和平主义者，胆小的非战论者，逃避的古典爱好者，本来是妻子的家庭教师、仰仗妻子生活的人，体现着精于计算的母亲执念的人，瞒着妻子、私自存款的人，打算叫儿子逃往夏威夷，自己逃往美国的人，将妻子名下的宅邸偷偷改换成自己私有的人……而且，这个男人的一生从未有过不贞，而对妻子仅以昆虫学家的好奇心加以爱护，在孩子面前诘难妻子精神性的出轨。正说明他是个地道的渣男。

这部小说将波子置于前台，而使矢木作为背景，这种手法是成功的。波子持续不绝的恐惧（波子为此甚至精神恍惚!)，被一种无形之物缠身的不安，那种无法摆脱的焦躁，这一切皆来自对矢木"隔靴搔痒的现实主义"的描写，带有异样的现实感。倘若对于矢木作分析性的描写，波子的不安或许不会成立，即使成立，也将失去现实主义特征。

矢木在孩子面前诘难他们的母亲，孩子们各自加以反驳的会话场面，使人想起古典戏剧的最后，是明晰的悲剧的顶点。然而，颇具讽刺的是，此种"家"的悲剧之所以成立，正是由于战败后，这一家所表现的日本"家庭"徐徐崩溃的过程来到了最后的大结局。这一伴随日本民主化的一般现象，《舞姬》全篇对此作了极为微妙而精细的描写。然而，这个特殊的家族，进一步加速崩溃，促进崩溃，有的地方也孕育了与时代无关的自我内部崩溃的种子。到达此种悲剧的顶点之后，各人才从正面互相碰撞，不是依靠情爱，而是通过憎恶形成结合在一起的出色家庭的典型。这正是所谓具有讽刺意味的家庭小说。

此时终于出现了作为作品主题的"入佛界易，入魔界难"的恐怖的话语。

矢木用"感伤"一词取笑热心于芭蕾舞的母女，但波子和品子并非以舞蹈为媒介而可以进入魔界的天才。那么矢木又如何呢？正如品子所说的"魔界是凭借坚强意志而生活的世界"，矢木其实也大大缺乏居住于此种意义的魔界的资格。矢木也是无力的。

矢木究竟是什么人？

作者也让波子说出，矢木是个丝毫不可理解的人物，不过，矢木单单是无力的"观察的恶魔"吗？矢木对波子长期忠实的爱情生活里，作为观察者具有不同水平的爱的方式。波子无法永远拒绝矢木，也是因为遇到了这一非人性的爱的诅咒，由此化作《天鹅湖》中的白天鹅。

所有登场人物的无力，皆可以认为是源自矢木的此种无力，是置于矢木的无力的诅咒之下的。大团圆部分，品子逃离出来去找香山，暗示这种诅咒的一角已经崩溃。然而，要问矢木因为何种原因而如此无力？这可能有些类似我的独断，矢木是小说家的象征，因为超越一切人的行为而变得无力，不是吗？如此看来，小说《舞姬》描写的是：那些奔波于芭蕾舞艺术行为的女人，正因为如此而成为石女①，未能摆脱对所有行为抱着轻蔑态度的男人们的支配权。可以说，作者在波子和矢木身上，亦即在艺术家和艺术家的生活中，说得更明白些，在艺术和生活中，似乎隐藏了不断分裂的阴影。而且，此种相互之间，成了永恒的敌人。

总之，川端先生的观念与普通观念相反，他无疑是个对女人不抱任何幻想的作家。对波子的描写已经暗示了这一点。如此这般，只把女人当作感情之物，不对女人抱任何幻想的小说是不存在的。福楼拜将自己未能获得回报的梦想寄托于愚痴的艾玛·包法利，川端先生却没有任何委托。我之所以将其称作现实主义，理由就在于此。

对于川端先生来说，什么是永恒的美？我要是说"一切为己"，肯定会遭人耻笑，但或许就是属于美少年的东西。尽管只是简短的描写，在高男的男性朋友松坂身上，如电光一闪，希腊的 Ephebe（由少年转向青年时的年龄），猝然显现出不吉祥的妖精般的美来。这既是"东方的神圣

---

① 不具生育能力的女子。

399

少年"沙羯罗的面影，也是《山音》①中菊慈童②能面的
面影。

　　《舞姬》连载于 1950 年 12 月至 1951 年 3 月的《朝日
新闻》。

1954 年 11 月

---

① 川端康成另一部反映老年生活的家庭小说。
② 传说为周穆王所喜爱的儿童，因犯罪被流放于南阳郦县，由于饮
　食当地菊花露而成仙。谣曲观世流中《枕慈童》的别名，《山音》
　有所渗及。

1968 年度川端康成荣获诺贝尔文学奖授奖仪式欢迎辞

瑞典科学院常任干事

安德希·艾斯特林

陛下

阁下

女士们

先生们

本年度诺贝尔文学奖受奖者是日本川端康成先生。他1899 年生于工商业大都市大阪，父亲是具有高度教养的医师，对文学也很关心。但由于父母早逝，自幼失去良好的教育环境。他成为孤儿之后，就同住在郊外、体弱多病、双目失明的祖父一道生活。从日本人尤其重视亲族血缘关系这一点来看，这种悲剧性的双亲亡故，具有重要的双重意味。这一事实无疑给川端先生整个人生观以影响，成为他后来研究佛教哲学的一个缘由。

川端先生早在东京帝国大学学生时代，就立志要当作家。全力以赴、锲而不舍，是把文学作为天职的条件。川端先生就是一个典型的例子。二十七岁时，他首次发表为人们所注目的青春短篇小说。先生在作品里讲述一个学生的故事。这位主人公独自一人到秋天里的伊豆半岛旅行，邂逅人人厌弃的贫穷舞女，遂坠入令人怜惜的恋情之中。舞女展露出纯情的内心，以至于向青年表示深深的纯粹的爱。犹如满怀悲情地反复吟唱一首民歌，这一主题在先生以后的作品中以各种形式多次出现。川端先生通过这些作品表达了自身的价值观。而且，长年以来，名声超越国境，远播海外。实际上，在他的作品中，只有三部小说和数篇短篇被译成几种文字。这不仅因为要想准确翻译出来实为不易，还在于翻译只是一种网眼很大的过滤器，使用这种过滤器，务必会丧失作家各种极富表现力的微妙的表达。不过，迄今翻译的先生的作品，充分传达了浸透着作家个性的典型画像。

同已故的先辈谷崎润一郎先生一样，川端先生虽然明白无误地受到欧洲近代现实主义影响，但又忠实地涉足于日本古典文学，明显地表现出拥护、维持日本传统样式的倾向。川端先生叙事的技巧中，呈现出词语具有纤细差别的诗意，其来源可以追溯到十一世纪日本的紫式部所描述的生活与风俗的宏大画面。

川端先生作为微细观察女性心理的作家，尤其受到赞赏。他这方面的卓越才能，在两部中篇小说《雪国》和《千羽鹤》中得以展示。在这些作品里，我们可以发现作者寄予妖艳的插话以光辉闪耀的非凡才能、纤细而敏锐的观察力，以及具备精妙而神秘价值的编织工艺。有些方面常常超越欧洲的描写技法。川端先生的文章令人想起日本画，这是因为，他热爱纤细的美，并且赞赏那些充满悲悯的象征性语言，这种语言表达了自然生命与人类宿命的存在。如果能将出现于事物表面的行为之无常，比喻为漂浮于水面的水草，那么，可以说川端先生的散文里，反映着作为纯粹日本微细艺术的俳句。关于日本人传统的观念和本质，我们一概未知，似乎不可能接近他的作品的核心。然而一旦阅读他的作品，就会觉得在某些方面同西欧近代作家的气质相类似。关于这一点，作家屠格涅夫首先浮现于我们的心目之中。这是因为屠格涅夫也是一位极富于感受性的作家，他身处新旧世界交替的关头，运用伟大的才智，以厌世主义倾向，详细描写了社会。

　　川端先生的近作《古都》，也是最受注目的作品，写成于六年之前，也被翻译为瑞典语了。这里简单说明一下情节：遭到贫穷的父母遗弃的女婴千重子，被商人太吉郎夫妇拾来，按照日本古老的规矩养育成人。千重子是个多愁善感、认真诚实的姑娘，她暗暗对自己的出生秘密怀疑起来。据日本民间流传下来的迷信，被遗弃的孩子命运不济，千重子又是孪生姊妹，更多背负着一层耻辱。一天，千重子在京都郊外巧遇北山杉地区出身的一位年轻貌美的姑娘，她发现这位姑娘就是自己的孪生姊妹。勤劳健壮的苗子和娇生惯养的千重子，超越社会身份悬隔，逐渐亲密地交往起来。但是由于两人的相貌惊人地相似，出现了各种错综而复杂的场面。作者选取京都作为整个故事的舞台，描绘了一年四季节日的情景。自樱花盛开的春日，到白雪闪亮的冬季，一年之间，京都城本身成为主要登场人物。京都曾是日本首都，是天皇及其臣下居住的地方。即使千年之后的现在，依旧作为不容侵犯的浪漫的圣域保留下来，成为艺术与技艺精湛的能工巧匠的发源地。今日，京都又作为旅游城市为人们所喜爱。神社佛阁、能工巧匠们住居的古老的街衢、庭院、植物园等风景，川端先生都不过分感伤地加以描写，手法感人，目光锐敏，作品中洋溢着诗的情趣。

川端先生体验了日本决定性的失败，似乎认识到，为了复兴需要进取精神，需要发挥生产力和劳动力等。战后，纵然处于强烈美国化的浪潮中，川端先生通过作品，以平和的笔调呼吁大家，要为新日本保守古老日本的美与个性中的某些东西。这一点在阅读作品时也可以感受到：即便在描写京都宗教仪式的时候，或者在选择传统和服腰带图案的时候，作者都努力使文字精到细致。作品里描写的种种情景，即便作为记录，也是贵重的资料。不过，有的读者也许喜欢注目于极为特殊的方面，即这一段：美国驻军在植物园内建立厂舍，长期关闭园门。植物园一旦重新开放，中产阶级的市民就前来观看，那片优美的樟树林荫道，是否还像原来一样，完美无缺地保存了下来。今日还会继续使那些熟悉林荫道的人睁大眼睛瞠目而视。

川端康成先生受奖，使日本初次成为诺贝尔文学奖受奖国的伙伴。这个决定本质上有两个重点：其一，川端先生运用卓越的手法，表达了道德伦理的文化意识；其二，为架设东西方精神桥梁做出了贡献。

川端先生：

这份奖状奖赏您凭借杰出的富于感染力的小说技巧，表现了日本人心灵的精髓。

今天，我们高兴地在这座讲坛上，迎接您这位光荣的远来的贵客。

我代表瑞典科学院，衷心表达我们的祝福。同时，请您接受国王陛下亲自颁发的本年度诺贝尔文学奖。

（根据武田胜彦日语文本翻译，原书为《诺贝尔奖文学全集 16　川端康成卷》，发行者《主妇之友》，1971 年 1 月 5 日）

1968 年 12 月 10 日

1961年度诺贝尔文学奖推荐川端康成

三岛由纪夫

在川端作品中，纤细与强韧结为一体，优雅和对于人性深邃的理解携手共进。

作品清晰明朗，但同时暗含一种深不见底的悲哀，虽属现代，却栖息于中世日本修道僧孤独的哲学之内。他对用语的选择，极为精妙，表现出现代日语所能达到的最微细的颤动和惊人的感受力。他的独特的文体，不论其对象是少女的纯洁，还是老年可怖的厌世癖，他都要力求迅速果敢地挖掘出对象的本质，并给予完美的表达。

极度的简洁，一种象征主义者意味深长的简洁，使得他的作品纵然很短，也能在有限的纸面上，深刻而广泛地描绘出人生百态。对于现代日本多数作家来说，面临着传统要求与树立新文学的愿望几乎不能同时并立的困境。川端先生根据诗人的直观，轻易越过此种矛盾，实现了两者的综合。川端先生从青年时代到现在，一心追求的主题是始终一贯的。人的本源性的孤独和爱的闪烁之中刹那间窥见的不朽的美，相互辉映，恰似电光一闪，欻然照亮了深夜树木的花朵。

　　在日本作家中，我首先推荐此人获得诺贝尔文学奖，我真心感觉唯有他最适合。

川端康成年谱

明治三十二年（1899）

　　六月十四日，生于大阪市北区此花町医师川端家，父亲荣吉，母亲 GEN，长子，上边有比他大四岁的长姊芳子。

明治三十四年（1901）　两岁

　　一月十七日，父亲死于肺病。

明治三十五年（1902）　三岁

　　一月十日，母亲亦死于肺病，康成遂由祖父三八郎（大正三年改名康筹）、祖母 KANE 领养于原籍之地大阪府三导郡丰川村大字宿久庄字东村（今茨木市宿久庄）。川端家族世世代代担当本村的"庄屋"（村长），大地主。然而，后来祖父将家产抛散精光，一时离开村子。康成母亲死后，祖父祖母又回到昔日村内，建造更小的宅邸而居，养育幼孙。姊芳子寄养于姨族儿女婚家——大阪府东成郡鲶江村蒲生的素封秋冈之家。康成姨父乃众议院议员，母死留有遗金，为川端一族老小生活费之来源。

明治三十九年（1906）　七岁

四月，进入丰川普通高小读书，九月九日，祖母KANE去世（67岁）。

明治四十五年·大正元年（1912）　十三岁

三月，高小六年级毕业。四月，以第一名的优异成绩考入大阪府立茨木中学，早晚徒步往返六公里走读。遂使生来虚弱的身子得到锻炼。

大正三年（1914）　十五岁（初中三年级学生）

五月二十五日，祖父去世（73岁），写作《十六岁日记》。八月，被领养于母亲娘家大地主黑田家。

大正四年（1915）　十六岁

三月，开始住校，立志当作家。向《文章世界》等杂志投稿，皆无反应。

大正五年（1916）　十七岁

相继于当地《京阪新报》连载《H中尉》等习作。四月，任学生宿舍舍长，为低班生小笠原义人所友爱。此种体验后来写入《少年》（1948）一作。秋，同祖父一起生活过的故宅被出售给川端岩次郎。

大正六年（1917）　十八岁

三月，于茨木中学毕业。赴东京寄寓于母亲亲戚家里，准备投考第一高等学校（简称"一高"）文科。九月，进入乙类（英语）学习。

大正七年（1918） 十九岁

十月末，到伊豆旅行。偶遇江湖艺人，同行途中，获得十四岁舞女之好意与温情。

大正八年（1919） 二十岁

六月，于校友会杂志发表小说《千代》。其后，去本乡元町埃拉西咖啡屋，会见名曰"千代"的少女（本名伊藤初代），随之与学友经常出入于该家咖啡屋。

大正九年（1920） 二十一岁

九月，进入东京帝国大学文学部英文科。秋，与石浜金作、铃木彦次郎、今东光等人创立同人杂志《新思潮》，结识菊池宽，长期受其恩顾。

大正十年（1921） 二十二岁

二月，《新思潮》第六次创刊，二号（四月）刊出《招魂祭一景》，引起注目；四号（七月）刊载《油》。十月，往访十六岁的初代，签署婚约。一个月之后，初代毁约。此后康成数度努力，终未成功。

大正十一年（1922） 二十三岁

六月，转入国文科。带着失恋的悲痛，住在汤岛，著文记述当年同舞女和小笠原初遇之情景。

大正十二年（1923）　二十四岁

一月，加入菊池宽所创立的《文艺春秋》，为同人。开始写作有关"千代"的《南方之火》（《新思潮》，七月）。九月一日，关东大地震。

大正十三年（1924）　二十五岁

三月，于东京帝国大学文学部毕业。十月，与横光利一、片冈铁兵、今东光等共同创办同人杂志《文艺时代》。千叶龟雄称这一流派的出现为"新感觉派的诞生"（《世纪》，十一月），此后，人们渐渐以此名呼之。

大正十四年（1925）　二十六岁

发表《新进作家的新倾向解说》（《文艺时代》，一月）、《十七岁日记》（《文艺春秋》，八、九月）。《十七岁日记》后改为《十六岁日记》发表。这一年几乎都住在伊豆。

大正十五年·昭和元年（1926）　二十七岁

发表《伊豆的舞女》（《文艺时代》，一、二月）。四月，住在市谷左内町，开始与留守的松林秀（夫人秀子）一起生活。和横光利一等结成新感觉派电影联盟。六月，出版处女作品集《感情装饰》（金星堂）。

昭和二年（1927）　二十八岁

在汤岛疗养的梶井基次郎经常去汤本馆看望川端康成，帮助校对作品集《伊豆的舞女》（金星堂，三月）。四月，去东京参加横光利一结婚典礼。此后一直未回汤岛，入住于杉并区马桥。五月，《文艺时代》终刊。初次在报纸上连载小说《海的火祭》（《中外商业新报》，八月至十月）。十二月，租住热海小泽的鸟尾子爵别庄，至翌年春。

昭和三年（1928） 二十九岁

无产阶级文学隆盛，结交片冈铁兵等众多左倾势力。当局加强镇压左翼人士，林房雄、村山知义等一时寄居于川端之处。五月，移居大森。附近宇野千代夫妇、萩原朔太郎、广津和郎群集，交际频繁。开始爱好养犬。

昭和四年（1929） 三十岁

九月，移居上野樱町。往返于浅草，为写作《浅草红团》取材，发表于《东京朝日新闻》十二月至翌年二月。十月，加入堀辰雄主编的《文学》杂志同人集团。

昭和五年（1930） 三十一岁

加入中村武罗夫等十三人俱乐部，同新兴艺术派新人交往。为倡导新心理主义，横光利一写作《机械》（《改造》，九月），川端写作《针和玻璃和雾》（《文学时代》，十一月）、《水晶幻想》（《改造》，翌年一月）。

昭和六年（1931） 三十二岁

九月，"九一八"事变爆发。说服舞蹈家梅园龙子脱离浅草喜剧团，劝其学习西洋舞蹈音乐及英语等。十二月，同秀子订婚。

昭和七年（1932）　三十三岁

三月，千代（婚后为樱井初代）拜访川端家。创作《致父母的信》《抒情歌》《化妆和口哨》等。

昭和八年（1933）　三十四岁

二月，《伊豆的舞女》首次拍制电影（田中绢代主演）。无产阶级作家小林多喜二遭虐杀。写作《禽兽》《临终的眼》等。

昭和九年（1934）　三十五岁

六月，初访越后汤泽，十二月再访。《雪国》执笔。

昭和十年（1935）　三十六岁

以《暮景中的镜子》为起始，《雪国》各章连载于各报纸杂志。一月，担任芥川文学奖评审委员。同被遗漏的太宰治往来交信。十二月，听林房雄劝，迁居镰仓。

昭和十一年（1936）　三十七岁

向《文学界》推荐北条民雄《生命的初夜》，震动文坛。夏，赴轻井泽，开始关注信州。

昭和十二年（1937）　三十八岁

七月，《雪国》（创元社，六月）荣获文艺恳话会奖。战争开始，写作《牧歌》，以信州为舞台，描写战争时代的社会百相。九月，购买轻井泽别墅。

昭和十三年（1938）　三十九岁

出版《川端康成选集》（九卷，改造社）。观看本因坊秀哉退隐比赛，于《东京日日新闻》连载观战纪实。后来，据此创作《名人》。

昭和十五年（1940）　四十一岁

《爱的人们》（副题《母亲的初恋》）、《逝去的人》、《年暮》等九篇，相继发表于《妇人公论》。

昭和十八年（1943）　四十四岁

三月，领养表兄黑田秀孝三女麻纱子为养女。创作《故园》，发表于《文艺》六月至翌年一月。四月，为梅园龙子做媒，并出席婚礼。

昭和十九年（1944）　四十五岁

战争激烈时期，亲近《源氏物语》和中世文学等典籍。

昭和二十年（1945）　四十六岁

四月，作为海军报道班成员，采访鹿儿岛鹿屋海军航空队特攻基地，停驻月余。五月，同久米正雄、小林秀雄等开办租书屋"镰仓文库"。八月，日本投降，二战结束。镰仓文库改为大同造纸工厂旗下的大同出版社。

昭和二十一年（1946）　四十七岁

一月，接待三岛由纪夫来访。推荐《香烟》发表于《人间》杂志六月号。十月，转居于镰仓长谷二六四番地，终生居于此地。

昭和二十三年（1948）　四十九岁

五月，《川端康成全集》（十六卷本）由新潮社出版。

六月，任日本笔会第四届会长。十二月，完结版《雪国》由创元社出版。

昭和二十四年（1949）　五十岁

《千羽鹤》《山音》等相继问世。镰仓文库倒闭。

昭和二十五年（1950）　五十一岁

二月，《天授之子》发表于《文学界》。十二月，《舞姬》连载于《朝日新闻》。

昭和二十六年（1951）　五十二岁

八月，《名人》连载于《新潮》。

昭和二十八年（1953）　五十四岁

四月，《波千鸟》连载于《小说新潮》。十一月，当选为艺术院会员。

昭和二十九年（1954）　五十五岁

一月至十二月，《湖》连载于《新潮》。五月，《东京人》连载于《北海道新闻》等。

昭和三十一年（1956）　五十七岁

英译本《雪国》在美国出版。三月，《身为女人》连载于《朝日新闻》。

昭和三十二年（1957）　五十八岁

三月，与松冈洋子一起赴欧，出席国际笔会执行委员会会议。九月，主持召开第二十九届国际笔会东京大会。事前为筹措资金四方奔波。

昭和三十三年（1958）　五十九岁

二月，当选为国际笔会副会长。十一月至翌年四月，因胆结石住院。

昭和三十五年（1960）　六十一岁

《睡美人》，一月至翌年十一月，连载于《新潮》杂志。

昭和三十六年（1961）　六十二岁

《美丽与哀愁》，一月至后年十月，连载于《妇人公论》。《古都》，十月至翌年一月，连载于《朝日新闻》。十一月，荣获文化勋章。

昭和三十七年（1962）　六十三岁

二月，因停服睡眠药出现异常而住院。六月，《古都》由新潮社出版。十月，当选为保卫世界和平七人委员会委员。

昭和三十八年（1963）　六十四岁

四月，财团法人日本近代文学馆成立，任监事。《臂腕》，八月至翌年一月，连载于《新潮》。

昭和三十九年（1964）　六十五岁

《蒲公英》，六月至昭和四十三年十月，连载于《新潮》。

昭和四十年（1965）　六十六岁

四月起一年间，NHK 播送电视连续剧《玉响》。十月，辞去日本笔会会长职务，由芹泽光治良接任。

昭和四十三年（1968）　六十九岁

七月，担任今东光参议院议员选举委员会事务局长。十月，作为日本人，首次荣获诺贝尔文学奖。十二月，应邀前往斯德哥尔摩出席授奖式，会上发表演讲《我在美丽的日本——序说》。

昭和四十五年（1970）　七十一岁

十一月二十五日，三岛由纪夫剖腹自杀。

昭和四十六年（1971）　七十二岁

一月，担任三岛葬仪委员会委员长。

昭和四十七年（1972）　七十三岁

三月，因阑尾炎住院。四月十六日，于逗子马丽娜公寓含煤气管自杀。十月，财团法人川端康成纪念会成立。

昭和五十六年（1981）

为纪念川端康成逝世十周年，新潮社出版新版《川端康成全集》（三十五卷，增补两卷，凡三十七卷）。

（2020 年夏据羽鸟彻哉所编年谱并参阅其他诸家作成）